KB264292

까마귀와 부엉이

까마귀와 부엉이

圓潭 金光燮 제2희곡집

까마귀와 부엉이

다인미디어

어제를 새기고 오늘을 맞는 기쁨
-두 번째 희곡집을 펴내면서-

서기 2001년 벽두에 두 번째 희곡집을 펴낸다.
1997년 고희를 맞아 첫 번째 희곡집을 펴낸 지
꼭 3년만의 기쁨이다.

남들은 벌써 나보다도 훨씬 많은 희곡집을 펴낸 이가 있건만
겨우 두 권째 희곡집을 펴내고서 웬 호들갑인가 싶지만
그러나 70을 넘기고야 두 권이나 희곡집을 펴냈다는 것은
과작인 나에게는 꿈같은 일이요, 이만저만한 기쁨이 아니다.

기쁨은 이에 그치지 않는다.
20세기와 21세기를 넘나들면서
두 세기를 호흡할 수 있었다는 것이 또 하나의 기쁨이요,
시공간적으로는 문헌을 통해서라도
아득한 선사시대로부터 현대에 이르기까지
이 땅을 거쳐간 숱한 사람들과 대화하면서
어제를 새기고 오늘을 맞았으니
이것이 또 하나의 기쁨이다.

내가 부모님 덕으로 목숨을 받은 지 70여 년 세월동안
이 지구상에는 얼마나 많은 전쟁과 혁명과 공황 등이
꼬리를 물며 일어나 숱한 사람들의 행복을 앗아갔던가?

내가 태어나기도 전에 망국의 세월이 시작되었고
청소년 때에 국권이 회복되는 광복을 누렸다.
그리고 다시 국토 분단에서 전쟁과 휴전,
그리고 정치적 격변기를 거치면서
그 오랜 세월 이 땅에서 숨쉬며 살아온
겨레 속의 하나로서 존재했던 나,
돌이켜보니
나의 70여 평생이 참으로 대견하고 가슴 벅차다.

그 오랜 세월을
어떻게 살아 내었나?
그 험난한 세월에도 굶어죽지 않고
용케 일가를 이루었고
피비린내 나는 전쟁의 소용돌이에도
총 한방 맞지 않고 상처 하나 없이
삶을 이어올 수 있었다니
실로 만감이 서린다.

어차피 인생이란 제행무상(諸行無常)인 것을

뒤늦게 깨달았어도 허무하기는 매 한 가지일 터
그럼에도 못 다한 창작욕에 미련을 가짐은
내 남은 여생이 얼마인지는 몰라도
끝내 문학과 더불어 생을 마감하고 싶은 욕망 때문이리라.

그 동안 펴낸 이른바 저서라는 이름의 책만도 이미 네 권.
온갖 장르에서 쓴 원고지와 전파로 날아간 분량도 수만 장일 것인데
제대로 간수를 못해 지금은 기억 속으로만 남았다.
오늘 같은 정보대량보존시대가 오리라고 누구인들 예측했으랴만
문화사업의 콘텐츠화가 세계를 변모시키고 있는 오늘에 이르고 보니
앞을 내다보지 못한 정보청맹과니의 오늘이 참으로 후회 막급이다.

워낙 연극이 좋고 영화가 좋아
어려서부터 꼬마 단골손님이 되어
장안의 극장을 누볐고
끝내 청년시절에는 무대에도 올라서는 등
연극단체를 이끌고 지방 순회공연에 나선 한 때가 있었다.

그러나 인생 길은 나로 하여금 방송극 작단에 접어들게 하여
깜냥에는 예술을 합네 문학을 합네 하며
활자로 심은 책을 네 권이나 펴냈으련만
매양 앙앙불락하면서
마침내 희곡문학에 손을 적신 끝에

문단의 말석에 이름을 걸고 살아온 지 또 십 수년.

한 달 4주일만 보내면 월급을 받는 재미에 맛들려
창작도 오만스레 게을리 하고 내일로만 미루다
70고개에 이르렀다 하여 현대판 고려장을 당하고 보니
놀고먹은 베짱이신세가 별 것이 아니다.

차라리 재주 없으면 진즉에 붓꺾고 초야에 묻힐 일이지
그랬으면 지금쯤은 피말리는 창작작업 집어던지고
발길 닿는 대로 마음가는 대로 살아냈으련만
짝사랑처럼 알리지도 않았으면서 알아주기를 바라며
세월만 죽였으니 도무지 허허롭기가 그지없다.

희곡 또한 소설이나 시처럼 묵독(默讀)의 기능으로 하여
문학의 향기 그윽한데
또한 노벨문학상을 받은 이도 대개가 희곡을 썼다 하는데
오늘 우리네 희곡에 대한 인식은 날로 쇠잔하다.

문학잡지도 희곡의 게재가 성하지 않고
제작비 등 여러 가지 사정 때문에 공연되는 기회도 드무니
작가는 작가대로 생활이 간데 없고

그나마 젊은 나이면 부업에라도 기대건만

나이든 노작가들은 기댈 곳, 붙일 곳도 없어
자식의 눈치에 기대어 살아야 하니
어느 여가에 창작에 전념하며
많은 작가지망생들은 또 어찌 희곡에 대한 꿈에 불을 댕기랴.

　이번에 한국문화예술진흥원이 생활이 어려운 가난한 작가들에게 창작지원금을 주어 창작의욕을 북돋아 준 것은 참으로 고마운 일이요, 나 또한 많은 도움이 되었지만, 등록된 작가의 수가 희소한 희곡작가에게는 겨우 두 사람에게만 주어진 혜택이어서 나 못지 않게 고단한 삶 속에 희곡창작에 밤을 지새우는 작가들에게 더 많이 혜택이 돌아갔으면 싶은 마음 간절하다.

　써도써도 미흡하고 어렵기만 한 희곡의 세계.
　아직은 나는 한 편의 희곡도 연극으로 공연되지 않았으나 설사 평생 연극으로 공연이 되지 않더라도 문학작품으로서의 희곡으로 남는데 자족하려 한다.
　일찍이 극단을 운영한 경험 때문에 굳이 거창한 비용이 전제가 되는 공연보다는 묵독을 통해서 독자와 교류하는 기능이 매력이 되어 택했던 희곡의 세계였다.
　희곡 한 편을 연극으로 공연하는데 드는 비용이 크게는 몇억, 작아도 몇천이 든다는 데 누구 망칠 일 있나, 구태여 내 작품 공연해 달라고는 정녕 못하겠다.
　묵독으로도 나름대로의 감동은 오간다고 믿기에 그 때문에 여러 해

전부터 달마다 한국문인협회 희곡분과 회장을 맡고 있는 東國大 金興雨교수가 주재하는 희곡 읽기 워크샵에 적극 동참하여 늘그막의 기쁨으로 삼고 있는 터이다.

그 동안 인간의 발자취에 심취하여 선사시대 이래의 역사를 더듬었고, 남의 나라 사정은 어떤가 싶어 미국과 일본 등 몇몇 나라도 기웃거렸다.

그렇게 하여 엮어진 장막 두 편, 단막 네 편, 개작분 장막 한편의 작품 모두 일곱 편을 담아 제2회곡집이라 이름 붙인다.

그리고 내게 주어진 남은 시간이 얼마나 될지는 모르나 저승여행을 떠나는 날까지 몇 권 더 희곡집을 펴내게 되었으면 얼마나 좋을까, 벌써부터 마음 설레인다.

이제 圓潭 金光燮 제2회곡집 「까마귀와 부엉이」를 세상에 펴낸다.

나를 아끼는 어떤 분으로부터 작가명을 그냥 金光燮이란 이름을 쓰면 됐지 아호 圓潭까지 내세울 게 뭐냐는 핀잔을 자주 듣는다. 이제사 내 솔직한 심정을 이 글에서 밝히고자 한다.

그것은 송구한 이야기로 문단의 大先輩요. 詩仙이신 故 怡山 金珖燮 선생과의 혼란을 피하기 위함이었던 것이다 (이름가운데 가운데 글자는 틀림없이 글자가 다르다).

그저 읽는 소리가 같다하여 사람을 잘 못 보는 경우가 문단에서도 적지 않았기에 고육지책으로 아호를 짓게 된 것이다. 차라리 필명을 하나 만들었으면 좋았을 것을 본명을 씀으로써 혼란을 드렸던 점 송구스럽기 짝이 없다.

　끝으로 이 책이 세상에 나올 수 있도록 2000년도 창작지원금을 배려하여 주신 한국문화예술진흥원 당국, 한국희곡작가협회 李康列 회장, 그리고 창작지원금 수여대상으로 선정되도록 힘써 주신 洪承疇선생을 비롯한 심사위원 여러분께 고마운 뜻을 새기며 아울러 이 책의 제작에 힘써준 대학선배이며 희곡작가인, 柳甫相선생께 뜨거운 감사를 드린다.

2000년 12월 세모에
長位洞 寓居에서
저자 새김

장막

충 절

전 5막17장

□ **작의**

임금과 나라를 위해서는 생명조차 초개처럼
던지는 박제상(朴堤上) 등 초기 신라인의
생사관, 당시의 신라인이 겪어야 했던 볼모
등 왕실의 이산가족문제, 삼국사기와
삼국유사 등 사서의 사화(史話)를 통하여 이
겨레의 오늘을 되새겨 본다.

때, 곳

5세기의 신라, 고구려, 그리고 왜국, 현대의 일본 대마도.

등장인물

박제상 (56세가량, 신라 삽량주간)

금교부인 (50세가량, 박제상의 부인)

아 기 (25세가량. 박제상의 큰딸)

아 영 (20세가량. 박제상의 둘째딸)

아 경 (16세가량, 박제상의 셋째딸)

문 량 (5세가량, 박제상의 아들)

눌지마립간 (신라 제19대 왕)

서불한

수주촌간 벌보말 (水酒村干 伐寶靺)

이촌간 구리내 (利村干 仇里迺) · 이이촌간 파로 (利伊村干 波老)

그밖에 상대등 등 신라왕조의 중신들 수명

김철복 (제상의 부관·아막) · 설부장 (제상의 관속)

그밖에 삽량주 군졸들 및 고구려 중신과 군사들 수명

고구려장군 (삽량주 주둔)

왕제 복호 (눌지마립간의 첫째 아우)

장수왕 (고구려왕)

막리지 (고구려의 중신)

김무알 (신라의 장군·복호 왕제의 부관)

왕제 미사흔 (눌지마립간의 막내 아우)

박사람 (미사흔 왕제의 부관)

왜왕

왜왕의 시종중신

왜병 1, 2 (파수병사들)

안내원 (해설자를 겸한다)

관광객 남녀 각 수명 (신라·고구려·왜왕의 중신과 무사들 역을 겸한다)

프롤로그
대마도 사호의 미나토 소재 박제상공 순국비 앞뜰

막이 올라가고 무대가 밝으면 일본국 장기현 대마도 상현군 상현정 미나토 소재 해변가에 위치한 신라국사 박제상공 순국비가 있는 앞뜰이다. 순국비 옆에는 안내문 동판을 박아 넣은 화강석 대석이 놓여 있다. 해안가. 서막이 진행되는 동안 처얼썩, 처얼썩, 파도 소리가 들린다. 한국인 관광안내원이 한 무리의 남녀 관광객을 인솔하고 등장.

관광객 일행이 다 들어온 것을 확인한 안내원의 안내 스피치가 시작된다.

안내원   자 자 여러분. 여기가 이번 대마도 역사 탐방의 마지막 코스인 신라 국사 박제상공의 순국비입니다.

남녀 관광객들 저마다 감탄을 하며 여기 저기 순국비 안팎을 둘러본다.

안내원   이 며칠 동안 여러분께서는 한국 역사에 얽힌 대마도의 여러 고장을 살펴보셨습니다.

관광객1   그래요. 우리는 이번 답사 여행을 통해서 이 대마도가 우리와 같은 생활문화권 안에 있는 섬일 뿐 아니라 오랜 옛날에는 한 때 우리 땅이었다는 것을 알게 되었어요. 참 유익했어요.

관광객2   어디 그뿐입니까? 일본 황실의 조상은 이 대마도로 건너갔던 우리의 조상들이었다는 것도 알게 되었죠.

관광객3   한반도와 일본 땅의 중간 절해고도에 자리잡은 이 대마도, 크기가 고작 400여 리에 토지는 산이 많고 험해서 쓸만한 밭 한뙈기가 없으니 섬사람들로서는 고작 해산물에 의지해 생계를 유지할 밖예요. 그런 자연 환경 때문에 대마도는 일찍부터 왜구의 소굴이 되

없고 그 바람에 우리 나라를 1000년이 넘게 괴롭혀 왔다는 사실을 알았을 땐 솔직히 말해 등줄기에 소름이 끼치더라구요. 여러분은 안 그러셨습니까?

관광객4 왜구의 본거지는 대마도만이 아니죠. 가까운 곳에 있는 일기섬, 구주에 가까운 다섯섬 오도지방이 모두 왜구의 소굴이었잖습니까. 그래서 삼도 왜구라는 말도 있었는데 이들 여러 고장의 토호나 어민들이 선단을 조직해서 우리 나라의 연안 지방을 습격해 가지고 식량을 약탈해 가거나 사람들까지 잡아다가 나가사끼를 통해서 여러 나라에 노예로 팔아 넘겼으니 이야말로 천인이 공노할 일이 아니고 뭐겠습니까?

안내원 하하하 이번 답사 여행을 통해서 여러분께서는 진짜 애국자가 되셨습니다. 역시 이번 여행은 정말 뜻이 컸어요.

관광객1 구한말의 의병장 최익현 선생께서 일본 제국주의에 항거해서 단식으로 최후를 마치셨다는 수선사는 어떻구요. 피가 머리로 치솟는 것 같은 울분을 견딜 수가 없었다구요.

관광객2 나는 대마도 북쪽의 사스나 포구에 갔을 때 제19대 숙종대왕 29년에 대마도에 사신으로 왔던 역관사 일행 1백 여덟 분이 거센 풍랑을 만나 조난을 당하신 조난추도비를 보고는 그만 어찌나 눈물이 쏟아지던지 걷잡을 수가 없었습니다.

관광객1 저 역시 눈시울을 적셨었는데 숙종대왕 44년에 이 고장을 거쳐간 조선통신사의 발자취를 보았을 땐 가는 곳마다 우리 사신들의 글한 폭 받으려고 혈안이 되는 등 일본 조야의 융숭한 영접을 받았던 선진문명국의 사절다운 그 기개가 얼마나 자랑스러웠다구요.

안내원 아무튼 이곳 신라 국사 박제상공 순국비 탐방을 끝으로 4박 5일 동안 여러분과 함께 했던 대마도에 얽힌 한국역사 답사여행은 일단 매듭을 짓게 되었습니다. 그 동안 단체활동에 불편이 많으셨을 텐데 많이 협조해 주셔서 안내의 중책을 맡은 사람으로서 심심한 감사를 드립니다. 오늘은 마침 날씨도 별로 좋지 않고 바닷바람도

거세군요. 아마도 박제상공께서 후손인 여러분의 방문이 반가우셔서 기쁨의 눈물을 흘리고 계시는가 봅니다. 자 여러분! 모두 비석 앞으로 모여서 절을 올리시지요.

남녀 관광객들 비석 앞에 도열하여 맨바닥에 무릎을 꿇고 엎드려 절을 올린다. 여기서는 극의 진행상 유교 형식을 따라 2배반의 절을 올린다. 절을 마치자 안내원의 설명이 이어진다.

안내원   이 비석은 지금으로부터 약 1580년 전쯤 그러니까 서기로 418년에 고구려와 왜국에 인질로 잡혀 가 있는 왕자들을 능란한 외교로 무사히 신라로 귀국시키고 자신은 왕제를 신라로 탈출시켰다 하여 왜왕의 노여움을 사서 모진 고문을 당한 끝에 장렬한 일생을 마친 충열공 단양군 박제상공의 충절을 기리기 위해 한일 양국 관계자가 장장 삼십여 년 동안 노력한 끝에 한국의 후손들과 뜻을 모아 대지를 마련하고 조형물을 제작하여 1999년에 비로소 세워진 것입니다.

관광객1   순국비 건립이 너무 오래 걸렸네요. 무려 1580년의 세월이 흘렀으니 말입니다.

안내원   그렇습니다. 저도 이번 역사 탐방에 앞서서 이곳 저곳 찾아다니며 대마도의 여러 가지 사정을 알아 봤습니다마는 아시는 바와 같이 대마도는 현재 일본 땅입니다. 이 대마도 어디에 순국비를 세울 것이냐! 박제상공을 시조로 받드는 직계 후손인 영해 박씨 대종회 관계자도 무던히 고민했었다고 들었습니다.

관광객2   하기야 무려 1600년 전이 지난 지금, 순국장소를 찾는 일이 그리 손쉬운 일은 아니었을 테니까요.

안내원   한국의 사서인 김부식의 삼국사기에 보면 왜왕이 왕제 미사흔을 신라로 도망시켰다하여 박제상공을 목도로 유배한 뒤 섶으로 전신을 불태운 다음 목을 베었다는 대목이 나옵니다. 그런데 그 목

도가 어디인지 한국 쪽에는 기록이 없고 단지 일본 쪽 사서인 일
본서기에 그 목도가 대마도의 사우미에 있는 미나토, 즉 지금 이
지점이라는 기록이 남아 있는 것입니다. 한데 이 고장의 저명한
학자가 하는 말을 빌리면 이 대마도에는 박제상공의 순국과 관련
한 유서 깊은 장소가 여러 곳이 있다는 거였습니다.

관광객3　(비석을 바라보며) 어쨌든 이제라도 순국비가 세워졌다는 것은 의
미 있는 일이 아니겠어요?

안내원　그렇습니다. 제가 알기로는 박제상공의 순국비를 세우는 문제는
제3공화국 시절부터 태동이 되었다고 합니다.

관광객1　아, 아까 한일 양국의 관계자가 삼십 여 년 동안 노력을 했다더니
바로 그 말씀이로군요.

안내원　네. 한국의 역사학자와 이 고장의 역사학자가 오랫동안 연구에 연
구를 거듭한 끝에 일본 쪽 사서인 일본서기에 밝혀 놓은 대로 이
지점에다가 순국비를 세우는 것이 좋겠다는 데에 견해를 같이하
고 한국의 후손들과 연락을 해서, 의견을 모은 다음, 부지를 매입
하는 등 애를 쓴 끝에 1999년에 준공을 본 것이지요.

관광객1　하기는 나도 김부식의 삼국사기와 일연의 삼국유사를 통해서 박
제상공의 충절에 대해 읽어 본 적이 있어요. 그 때 고구려에 가 있
던 인질이 신라왕조 제19대 눌지임금의 바로 밑의 아우인 복호이
고, 왜국에 가 있던 인질이 역시 눌지임금의 막내아우인 미사흔이
었지요?

안내원　잘 아시네요 하하하.

관광객2　하지만 일부 학자들에 의하면 박제상공의 진짜 순국장소는 이곳
이 아니라 구주땅 박다만, 즉 북구주의 하카다만에 있는 신라시라
는 설이 있다는 말을 들은 적이 있어요.

안내원　저로서는 금시 초문이네요.

관광객2　그런데 그 신라시 즉 일본말로는 시라기시라고 하는데 그 신라시
를 음이 같은 백목시, 즉 흰 백, 나무 목자로 글자를 바꿔가지고

시라기시로 둔갑을 시켰다나 어쨌다나…. 아무튼 역사왜곡 잘 하는 일본 사람의 근성이 여기서도 여지없이 드러났다고나 할까요. 헛참.

관광객3 그렇다면 그 시라기시라는 곳에 가 보신 적은 있으신지요?

관광객2 웬걸요. 아직 가 보지는 못했습니다. 하지만 오래 전에 경상남도 울산 지역에 관광여행을 갔다가 얻어들은 이야기인데요. 그 때 박제상공의 시신은 왜인들이 화장을 해서 박다만 앞 바다에 뿌리고 단지 박제상공께서 생전에 입으셨던 의복이며 모자며 소지품들을 수습해서 묻은 의관묘가 있다는 이야기는 들은 적이 있어요.

관광객1 아니 그럼 박제상공의 의관묘가 실제로 있단 말입니까?

관광객2 그렇다니까요. 박제상공의 부인되시는 금교부인께서 왜국 쪽 바다로 이어지는 동해안 치술령에 올라가 왜국으로 건너간 박제상공이 돌아올 날만을 기다리던 끝에 기다림에 지쳐서 끝내 숨을 거두고 망부석이 되었다는 전설의 땅에서 들은 이야기니까 거짓말은 아니겠지요. 한데 재미있는 것은요….

일 동 (관심이 있는 듯 일동 목을 늘이고 관광객2를 주시한다)

관광객2 박제상공의 의관묘가 있는 곳을 유방원이라고 한다던가요. 당시 왜국의 뜻있는 사람들이 목숨까지 버리면서 고국땅 신라왕에게 바치는 박제상공의 높은 충절을 기리려고 기념관 같은 집을 꾸렸는데 그곳을 유방원이라고 한다는 거죠. 바로 그 유방원 앞에 세운 묘석에다가 계림 충신 박선생 제상지묘…라고 새겨놓았다는 거예요.

관광객1 한번 가 봤으면 좋겠네요. 그 곳이 어디랍니까?

관광객2 일본 본토 서쪽 끝자락인 야마구치현 시모노세키시 아시죠.

관광객1 아 시모노세키라면 지금도 부산과 사이에 연락선이 왕래하는 하관 아닙니까?

관광객2 그렇습니다. 그런데 또 한가지 흥미로운 것은 박제상공의 의관묘 부근에 여러 그루의 소나무가 서 있었는데 말이죠.

관광객1 네. 그래서요.

관광객2 그 소나무가 모두 한결같이 한국 땅을 향해서 뻗어 있다지 뭡니까?

관광객1 허어 그거 희한하네요.

관광객2 하지만, 이 소나무 모양이 마음에 들지 않았 던 왜국의 관리들이 그만 성화가 나서 기울어진 소나무를 바로잡아 보려고 동아줄로 묶어서 비트는 등 온갖 요상한 짓거리를 다 해봤지만 말짱 도로아미타불! 두손들고 말았다는 거죠 허허허.

관광객5 여러분. 대마도 답사 여행이 오늘로 끝인데 우리 하루쯤 답사 스케줄을 연장해서 내일 하관에 가서 의관묘를 찾아보는 건 어떨까요?

관광객6 나는 안되겠네요. 집안에 일이 있어서요. 빨리 돌아가야 해요.

관광객3 나도 휴가가 끝나서 내일 아침 첫 비행기로 후꾸오카를 거쳐서 서울로 돌아가야 해요.

안내원 하하하. 시간의 여유와 의관묘에 관심이 있으신 분은 개별행동을 하시기로 하고 이번 대마도 역사탐방은 오늘로 일단 마치기로 하는 게 좋겠군요.

관광객1 그보다도 여러분. 오늘은 오후 내내 자유시간인데 차라리 공부삼아 안내원 겸 강사로 모셔 온 김선생으로부터 박제상공의 이야기를 들어보는 건 어떻겠습니까?

일 동 (박수를 치며 환호한다) 찬성이요, 찬성!

안내원 (머리를 긁적이며) 하지만 제가 워낙 밑천이 짧아서요 허허허.

관광객1 이 양반이 왜 갑자기 비싸게 구시나? 이봐요 김선생, 대마도에 얽힌 우리 역사를 탐방하기 위해서 일부러 당신을 안내원 겸 강사로 한국에서부터 특별히 모셔 왔는데 이제 와서 꽁무니를 뺄 겁니까?

관광객2 특별강사료라도 냅시다 그려.

관광객3 그래요, 그래요, 자 찬성하는 분은 모두 박수!

일 동 (요란한 박수)

- 막이 내린다 -

제 1 막

제 1 장
신라 왕궁에서 흘리는 눌지 마립간의 눈물

유량한 음악과 함께 막이 올라간다.
무대가 밝기 전, 안내원을 겸한 해설자에게 조명이 쏟아진다.
음악 그친다.

해설자   (초기 신라인의 복색에 모자를 썼다) 저는 이제부터 여러분을 지금으로부터 1580년 전, 신라 왕조 제19대 눌지마립간 즉위 2년, 즉 서기 418년 봄의 신라 왕궁으로 안내하겠습니다.

제1막이 개막되기 전 이미 순국비와 안내문 동판을 박은 화강석 대석 세트는 호리존트 위로 올라가고 대신 관상수 등 무대의 배경이 되는 궁궐 후원 세트가 호리존트에서 내려온다.
무대에는 신라 왕조 제19대 눌지마립간이 간이 의자에 앉아 있고 그 옆에 1품직인 서불한이 시립해 있다.

해설자   보십시오. 지금 의자에 앉아 있는 분이 신라 왕조 제19대 임금 눌지마립간이시고, 그 옆에 시립해 있는 이가 오늘날의 총리대신 격인 서불한입니다.

해설자를 비치던 조명 꺼지고, 해설자 사라진다.
무대 밝아 온다.

눌 지   서불한!
서불한   예, 마립간 전하!
눌 지   마립간이라는 짐의 왕호가 바로 왕말뚝을 뜻한다지요?

서불한   그렇사옵니다. 전하의 왕호는 분명히 마립간, 이 나라의 왕말뚝이
          시옵니다.

눌 지   (음미하듯) 왕말뚝이라….

서불한   왕말뚝은 만인의 맨 윗자리에 앉으시는 이, 바로 임금이시오며 나
          머지 말뚝은 모두가 신말뚝, 즉 왕말뚝 밑에 벌여 있게 되는 신하
          들을 이르옵니다.

눌 지   좀더 일찍 왕호를 바꿨던들 짐과 같은 불행하고 박복한 임금은 없
          었을 것을, 짐은 선조님들이 원망스럽기 그지없소. 도무지 거서간
          이니 차차웅이니 이사금이니, 무슨 왕호가 그러하오?

서불한   아니옵니다 전하. 시조 혁거세 임금께서 쓰신 거서간이란 왕호는
          나라의 왕이나 귀인을 일컫는 신라의 독특한 호칭이옵고 제2대
          남해 임금께서 왕호로 쓰신 차차웅도 나라의 제사를 받드는 으뜸
          가는 존장자요 무당을 일컫는 칭호였사옵니다. 예로부터 전해 오
          는 고기에 보더라도 나라의 최고통치자는 제사장이나 무당이었사
          온데 배달나라 단군 임금 또한 단군이란 왕호가 바로 제사장이요
          무당이라 하였사옵니다. 다만 전하께만은 아뢰옵기 황공하오나 이
          사금이라는 왕호 때문에 전하께옵서 왕위 계승이 순조롭지 못했
          던 것이 사실이었사옵니다. 통촉하시옵소서.

눌 지   (격앙된 어조로) 그렇소. 바로 그 이사금이라는 그 왕호가 짐을 선
          왕을 죽이고 즉위한 악명 높은 임금으로 역사에다 이름을 남게 했
          소이다.

서불한   전하. 실인즉 이사금이란 왕호는 제3대 유리임금대부터 시작해서
          선왕인 제18대 실성임금에 이르기까지 16대에 걸쳐 장장 400여
          년에 걸쳐 받들어온 왕호이옵니다.

눌 지   선왕인 제18대 실성, 그 실성만 아니었더면 짐이 이토록 가슴을 쥐
          어뜯으며 세월을 보내지 않아도 되었을 것을…. 어허! 어허! (피를
          토하는 심정으로 외친다)

서불한   비극의 씨앗은 박·석·김, 이 세 성씨가 교대로 임금의 자리에 오

르게 되는 왕위계승제도를 마련했을 때에 이미 싹텄던 것이 아니
        었사옵니까?
눌 지   그러니 조상님들 원망을 말라, 이 말씀이요?
서불한   시조 혁거세 거서간 이래 박씨 문중에서 일곱분, 석씨 문중에서 여
        덟분, 그리고 김씨 문중에서 선왕까지 세분, 도합 열여덟 분의 임
        금께서 왕위를 이어오시는 그 기나긴 세월동안, 무슨 일인들 없었
        겠사옵니까?
눌 지   짐의 아버지 제17대 내물이사금께옵서 승하하셨으면 장자인 짐이
        마땅히 그 뒤를 이어 제18대 임금으로 왕위에 올랐어야 했거늘 어
        찌하여 선대왕인 내물이사금과 사촌간이며 동서간인 실성 숙부에
        게 왕위가 넘어가야 한단 말씀이요.
서불한   선왕 실성의 외가는 석씨 가문, 바로 그 석씨 가문에서 임금을 낸
        다는 것은 석씨 문중의 염원이옵니다. 임금의 자리가 김씨 가문의
        독점물이 되는 걸 원치 않았던 것이옵니다. 사실상 선왕은 몸은
        김씨 가문 출신이지만 속내는 석씨 가문이었사옵니다.
눌 지   더구나 고구려를 등에 업고 임금자리를 탐을 내다니, 엥이!
서불한   하오나 전하. 이사금을 왕호로 삼은 내력에는 이런 이야기도 전하
        옵니다.
눌 지   무슨 이야기요?
서불한   제2대 남해차차웅 때 서라벌사람들은 유리태자를 임금으로 내세
        우려 하였사온데 큰사위인 대보 탈해님께오서 임금의 자리는 아
        무나 오를 수 있는 것이 아니다, 마땅히 성스러운 지혜를 가진 사
        람은 이의 수가 많다고 하니 떡을 물어 시험해 보자, 하여 떡을 가
        져다가 물어보니 유리 태자의 이가 많아 유리 태자가 제3대 이사
        금이 되셨사온데 바로 연장자로 왕위가 계승되기에 이르른 내력
        이 이와 같다는 이야기이옵니다.
눌 지   그렇다고 나이가 어리다는 것을 구실로 삼아 남당 중신회의에서
        할아버지 항렬의 이찬 대서지의 아들, 짐과는 오촌 당숙벌인 실성

에게 임금자리를 내줄 수가 있느냔 말이요!

서불한   고정하소서 전하!

눌 지   고정하라, 고정하라, 그래 서불한은 고정하란 말밖엔 할 말이 없
소이까? 그래, 짐의 아버지 내물이사금이 실성이 미워서 고구려에
볼모로 보냈소이까? 한여름 악마구리처럼 날뛰는 왜구를 물리치
려고 고구려의 군사적 도움을 요청하자 그것을 빌미로 고구려가
왕자 한 사람 볼모로 보내라고 하는데 어찌 거절을 하오. 그때 짐
을 비롯해서 직계왕자는 모두가 어린아이들. 해서 왕족 중 가장
가까운 실성이 뽑혔던 게 아닌가 말이요.

서불한   하기는 선왕도 인질로 잡혀간지 10년의 세월은 좀 길었사옵니다.
그 동안 얼마나 고국이 그리웁고 가족이 보고 싶었겠습니까.

눌 지   그래서 짐의 아버지 내물이사금께오서 고구려 광개토왕에게 간청
을 해서 신라로 돌아오게 하지 않았소. 게다가 다음해에는 왕위까
지 계승해서 제18대 이사금에 올랐던 것이고. 그런데 내물이사금
께 고맙다는 생각은커녕 선대왕의 혈육인 짐에게 왕위를 빼앗길
까 두려워 짐의 바로 밑의 아우 복호는 고구려로, 막내 미사흔은
왜국으로 볼모를 보내더니 끝내는 이 몸마저 고구려로 보내 고구
려 군사로 하여금 짐을 죽이려 들었으니, 지금 생각을 해도 이가
북북 갈린단 말이요. (이를 갈듯 분노에 치를 떤다)

서불한   돌이켜보면 선왕 실성이 즉위한 지 16년, 선왕 실성에게 있어서
늠름하게 장성하시는 전하 삼형제 분은 참으로 두려운 존재였을
것이옵니다. 결국 전하의 아래로 두 분 왕자님을 번갈아 고구려와
왜국에 볼모로 보내 버리고 전하마저 없이하려고 날뛰다가 끝내
는 고구려군의 철퇴를 맞은 것이오니 추호도 마음에 두지 마옵소
서 전하.

눌 지   그 바람에 나는 결국 역사상 선왕을 죽이고 임금에 오른 악독한
신라왕이 되고 말았소만, 바로 그 원수 같은 실성만 아니었다면
오늘날 내가 이리도 혈육과 흩어져 사는 단장의 슬픔은 겪지 않아

도 되었을 것이요. (옛 생각이 떠올라) 선왕 실성이 고구려에 가 있었던 세월이야 10년밖에 더 되오. 한데 선왕 실성은 즉위하자마자 왜가 요구한다 하여 겨우 열 살밖에 안된 막내 미사흔을 외국으로 볼모로 보내고 어느덧 17년의 세월이요, 무정한 세월 17년이 흘렀단 말이요! 아! 이 기막힌 짐의 심정을 그 누가 알겠소이까? (두 손으로 가슴을 치며 단장의 아픔을 토해 낸다.)

서불한　신이 어찌 전하의 창자를 끊어 내는 듯한 그 아픔을 모르겠사옵니까마는, 하오나 전하, 걸핏하면 왜구가 쳐들어와 분탕질을 치는 이 긴박한 시절에 아무리 왜국에 볼모로 잡혀 간 미사흔 왕제님 생각이 간절한들 어찌하옵니까?

눌　지　어디 미사흔 아우뿐이오. 고구려에 잡혀간 큰 아우 복호는 또 어찌하오?

서불한　참, 복호 왕제….

눌　지　그 아우도 선왕 실성이 즉위 11년 되는 해에 고구려에 볼모로 보냈소. 그리고 어느덧 7년의 세월이 흘렀소이다.

서불한　춘하추동 사시사철, 그 기나긴 세월을 형제분과 헤어져 살아오신 전하의 절통하신 그 마음을 어찌하면 좋사옵니까?

눌　지　아! 짐은 선대왕의 돌보심이 있어서 신라의 임금이 되었소. 하지만 짐은 지금 이 순간에도 타국에 볼모가 되어 가서 고국 땅을 그리며 눈물로 세월을 보내고 있을 두 아우의 처지를 생각하면 살아도 산 것 같지가 않고 그냥 미칠 것만 같소이다.

서불한　(안타깝게) 전하!

눌　지　이보시오 서불한!

서불한　예 전하! 말씀하시옵소서.

눌　지　(간절한 마음으로) 무슨 방법이 없겠소이까?

서불한　방법이라 하오시면….

눌　지　왕제들을 적국에서 구출해 낼 방법 말이요!

서불한　(너무나 엄청나) 왕제들을 적국에서 구출하자는 말씀이옵니까, 전하!

눌 지   (기대를 걸고) 그렇소!

         잠시 사이.

서불한   전하!
눌 지   그래 무슨 묘수라도 있소?
서불한   이 나라의 중신 중에 수주촌간(水酒村干) 벌보말(伐寶靺), 이촌간
         (利村干) 구리내(仇里迺), 이이촌간(利伊村干) 파로(波老) 등 촌주
         세 사람이 지혜가 많고 현명하옵니다. 한번 불러서 하문해 보심이
         어떠하올지요.
눌 지   좋소. 당장 궁으로 부르시오!

                                                        - 암전 -

제 2 장
촌주 세 사람, 왕제 구출 대임을 맡을 적임자로 박제상공을 천거

1장과 동일한 왕궁 후원. 무대 위에 회의용 탁자가 준비되고 중앙에
눌지마립간의 자리, 양쪽에 촌주 세 사람과 서불한 등 중신 여럿이서
주위에 신경을 쓰면서 숙의하고 있다. 이 때는 아직 눌지마립간이 등
장하기 전이다. 지금은 사람의 이목을 피해 야외 궁중모임이 조촐하게
진행되고 있는 분위기.
무대가 밝기 전, 어둠 속에 나타난 해설자에게 조명이 쏟아진다.

해설자   이렇게 해서 눌지마립간은 촌주 세 사람을 왕궁으로 부릅니다.
         걸핏하면 바다건너에서 아귀같이 쳐들어오는 왜군과 막강한 힘을
         배경으로 신라의 땅에까지 군사를 보내 부대를 주둔시키고 있는
         고구려군의 눈을 속이기 위해서도 장소는 은밀한 곳이어야 했습

니다. 자 그럼, 무슨 중대한 이야기가 오가는지 함께 가보실까요.
조명이 꺼지면서 해설자가 사라지면, 무대가 밝아 온다.

소　리　마립간 전하 납시오!

탁자를 둘러싸고 숙의 중이던 중신들 모두 일어나 눌지마립간을 영접
한다. 눌지마립간 시종 없이 홀로 등장하여 읍을 하며 예를 표하는 중
신들에게 손을 들어 답례한다.

눌　지　자 자, 모두 앉읍시다. (자리에 앉는다)
서불한　(선 채로) 상대등 여러분께서는 자리에 앉으십시오. (사이)

상대등이라고 지목된 중신들만 자리에 앉는다.

서불한　(선 채로) 전하, 소개 말씀 올리겠사옵니다. (사이, 호명한다)
　　　　수주촌간 벌보말 촌주, 전하께 인사 여쭈시오.
벌보말　(읍하며) 예. 전하, 수주촌간 벌보말, 인사 여쭈옵니다.
눌　지　만나서 반갑소!
서불한　다음은 이촌간 구리내 촌주!
구리내　(읍하며) 예. 전하, 이촌간 구리내, 인사 여쭈옵니다.
눌　지　오래간만이요!
서불한　다음은 이이촌간 파로 촌주!
파　로　(읍하며) 예. 전하, 이이촌간 파로, 인사 여쭈옵니다.
눌　지　잘 오시었소! 자 모두들 앉읍시다.
서불한　모두 앉으세요.

서불한과 촌주 세 사람 자리에 앉는다.

눌　지　(마음 조리며) 그래, 무슨 묘책이라도 나왔소?
서불한　예. 전하께옵서 일구월심, 고구려와 왜국에 볼모로 가 있는 형제분

을 그리워하시는 심정을 설명하고 두분 왕제님들이 살아서 돌아
올 방법이 없겠는지 세분 촌주와 더불어 의논을 거듭했사옵니다.
(촌주들에게) 촌주 어르신들, 여러분의 생각을 전하께 여쭈시지요.

벌보말　(벌떡 일어나) 수주촌간 벌보말, 전하께 여쭙겠습니다.

눌　지　말씀해 보시오!

벌보말　신라에서 말로나 글로나 무예로나 적국에 들어가 왕제를 구출해
낼 수 있는 언변이 능한 인물로는 삽량주의 간 박제상 태수 이상
가는 적임이 없는 줄로 아뢰옵니다.

눌　지　삽량주의 간 박제상 태수가 적임이라?

벌보말　예, 전하.

벌보말이 앉고 구리내가 일어난다.

구리내　이촌간 구리내가 전하께 여쭙겠습니다.

눌　지　어서 어서 말씀들 해보시오!

구리내　전하께서도 잘 아시겠사오나 박제상 태수는 자를 중운이라 하옵
고 호를 도원, 석당, 관설당 등으로 부르옵니다. 또한 박제상 태수
는 시조 혁거세 거서간님의 직계 후예요 제5대 파사이사금의 5세
손이 됩니다.

눌　지　그건 짐도 알고 있소이다.

구리내　관설당 박태수는 내물이사금 8년 9월에 삽량주 효충동에서 태어
나 신라의 왕성인 이 금성의 삼강동에서 자랐습니다.

눌　지　(고개를 끄덕인다) 으음.

구리내　스물 한살 나던 해에는 간관으로 뽑혔사온데 내물이사금의 탑전에
서 벼슬아치들이 부정으로 축재하는 폐단을 극력 아뢰었사옵고….

눌　지　호오! 임금 앞에서 거침이 없었다니 아주 담대한 인물인 것 같소.

구리내　그때 선대왕 내물이사금께옵서 말씀하시기를 「신하된 사람이 바른
말하는 것을 오늘에야 처음 본다. 그대가 아니라면 그 누가 그렇
게 하겠는가!」 하시고 그후 보문전 태학사를 제수하시었사옵니다.

눌　지　박태수의 인품이 참으로 고매하구려!

구리내　그뿐이 아니옵니다. 어느 때이던가 왕명으로 서북 땅의 각 진을
　　　　돌아본 바가 있었사옵니다.

눌　지　서북 땅의 각 진을 돌아보았다? 그렇다면 바로 국경지대 사정에
　　　　밝다는 말이 아니오?

구리내　그렇사옵니다, 전하! 그때 각 진의 탐관오리들이 태학사 박제상이
　　　　내려온다는 말을 듣고는 벼슬자리를 내버리고 모두 도망을 친 일
　　　　이 있었사옵니다.

눌　지　(감탄) 허허, 성품 또한 강직하기가 쇠붙이 같구려.

구리내　그러하옵니다, 전하.

　　　　구리내가 앉고 파로가 일어난다.

파　로　전하! 이이촌간 파로가 여쭙겠습니다.

눌　지　오오, 이이촌간 파로 촌주! 말씀해 보시오.

파　로　관설당 박태수는 스물 다섯 되는 해에 조정의 의례를 관장하는 합
　　　　문각 이찬에 임명되자 백성들의 농사일에 큰 도움이 되는 정전도
　　　　를 만들어 상소를 올렸을 뿐 아니오라 선왕인 실성 이사금 2년 마
　　　　흔 한살 때 봄에 시중에 발탁되어 상례차례를 뽑아 올려 신라인의
　　　　예절을 바로 잡게 하였사옵니다.

눌　지　문관인 그 사람이 어떻게 무관도 감당하기 어려운 삽량주의 간이
　　　　되었소?

파　로　쉰 두살이 되던 실성 이사금 14년에 실성 이사금께 바른말을 아
　　　　뢰었다가 선왕의 노여움을 크게 사서 삽량주의 간으로 쫓겨난 것
　　　　이옵니다.

눌　지　쫓겨났다? 허허허. 아니 지방 고을의 태수라면 군사에도 밝아야
　　　　하는데 쫓겨난 자가 어찌 그 큰 고을의 태수가 될 수 있소?

파　로　관설당 박태수는 무예도 출중하옵고 고금의 병법서에도 통달해 있
　　　　는 줄 아옵니다.

눌 지   (눈을 반짝이며) 그래요? 등잔 밑이 어두웠구려. 그래 박태수의 나
        이가 올해 몇이오?

파 로   쉰 여섯이옵니다.

눌 지   뭐 쉰 여섯? (고개를 절래 절래 흔든다. 실망하고 있는 것이다)

        파로가 자리에 앉는다.

서불한   어찌 그리시옵니까 전하?

눌 지   쉰 여섯이라면 상늙은이가 아니요, 중대한 임무를 띠고 적국으
        로 들어가기에는 나이가 너무 많소!

벌보말   (벌떡 일어나) 아닙니다 전하, 관설당 박태수는 문무에 뛰어나 중
        원 땅의 역사에도 밝을 뿐 아니라 마술이며 활솜씨는 가히 달인의
        경지인 줄로 아옵니다.

눌 지   정녕 적임자다 이 말이요? (좌중을 둘러본다)

일 동   (모두 일어난다) 그렇사옵니다, 전하.

서불한   더구나 박태수의 지식은 천문지리에도 밝아서 신라는 물론, 고구
        려와 백제를 통틀어 동이족의 역사에도 해박하고 이미 징심록이
        라는 문집 열다섯 권을 지은 바가 있다 하옵니다.

눌 지   징심록이라는 문집을 열다섯 권씩이나 지어?

서불한   그러하옵니다, 전하!

구리내   박태수가 시중으로 있을 때 소신이 한번 박태수의 집에 들려서 박
        태수가 지었다는 징심록이라는 문집 중 첫째 권인 부도지만을 잠
        깐 살펴보았사온데….

눌 지   부도지라고 했소?

구리내   국조 단군 할아버지께서 도읍하신 곳이 부도 아니옵니까?

눌 지   그 부도의 내력을 지은 책이다 이 말씀이요?

구리내   그러하옵니다, 전하. 하옵고 우리 동이겨레의 시조는 마고할미….

눌 지   뭐 마고할미?

구리내   예, 마고할미.

눌 지   마고할미가 동이 겨레의 시조라는 말은 짐도 얼핏 들은 바가 있
        소. 아반과 나반이 처음으로 세상천지를 만들고 그 때 마고할미가
        마고성에 내려와 사람의 자손을 만들었고….
구리내   전하께서도 알고 계셨사옵니까?
눌 지   입에서 입으로 전해 내려오는 전설이라고 도리질을 할 수는 없지
        않겠소?
구리내   (감격하여) 금상전하 천세!
서불한   박제상 태수를 부르오리까, 전하!
눌 지   그럽시다. 여러 중신들이 나를 구하시었소. 한시가 급합니다. 당장
        삽량주로 왕명을 전하시오. 이제야 십여 년 동안 묵은 한을 풀려
        나 보오! 하하하, 하하하.
일 동   금상 전하, 천천세! 천천세!

        일동이 두 손을 들어 천천세를 외치며 환호한다.

                                              - 서서히 막이 내린다 -

제 2 막

제 1 장
삽량주 관아 부근의 징심헌에서 왜구 토벌 작전에 골몰하는 박제상공

        막이 오른다. 무대가 밝기 전 무대 왼편에 나온 해설자에게 조명이 쏟
        아진다.

해설자   관설당 박제상공이 태수로 있는 삽량주는 현재의 경상남도 양산

땅입니다. 당시, 이 양산 땅을 비롯해서 신라의 곳곳은 왜구들의 잦은 침공으로 삽량주 태수 박제상공은 말할 것도 없고 위로는 왕으로부터 아래로는 백성에 이르기까지 온 신라 사람의 심기가 편안할 날이 없었습니다. 뿐만 아니라 동해안을 지척에 둔 양산 땅 삽량주에는 고구려군의 발길 또한 끊이지 않아 국력이 허약한 신라로서는 왜군을 무찌르는데 고구려군의 신세를 지는 일이 한 두번이 아니었습니다. 나라의 힘이 약할 때, 남의 나라의 업신여김을 받는 것은 예나 이제나 다를 것이 없는 천고의 진리인 것입니다. 고구려와 왜국에 볼모로 가 있는 왕제를 구출하는 대임을 맡기려고 신라 왕 눌지마립간이 박제상 태수를 부르는 왕사를 보낸 사실을 알 리 없는 삽량주 태수 박제상은 이 무렵 부하 장졸을 비롯해서 이 지역에 주둔하고 있는 고구려군 파견대의 지휘관과 더불어 적침에 대비한 전략을 짜고 있었습니다.

자, 그럼 여러분을 삽량주 관아 근처에 있는 징심헌으로 안내하겠습니다. 징심헌은 박제상공이 세운 정자입니다. 자, 가보실까요?

스포트·라이트가 꺼지고 해설자도 사라진다.
무대가 밝으면 호리존트에서 내려온 징심헌 정자 세트.
「澄心軒」이라는 정자 이름 석자가 완연하다.
징심헌 옆으로 큰 강이 흐른다.
무대 위에는 여기 저기 숲이 우거지고 걸터앉을 수 있는 통나무 대용 의자가 몇 개 놓여있다.
박제상과 부하 장졸, 그리고 고구려군 파견대 장수 등이 탁자 위에 지도를 펴놓고 구수회의를 하고 있다.
박제상도 고구려군 장수도 모두 그 나라의 장수복장이다.

박제상　(지휘봉으로 지도상의 한 지점을 가리키며) 이번에 다시 왜구가 침공해 온다면 필경 이 지점, 이 지점을 노릴 것이라고 소장은 판단하고 있소이다. 고구려군에서는 어찌 보시는지요?

고구려장수　단연코 삽량주 지경이 많소이다 그려.

박제상　식량이 풍부하고, 솜씨가 뛰어난 대장장이 야장이 많으니 군침이
　　　　돌만도 하겠지요. 왜구들이 대장장이 야장을 마구 잡아가는 것을
　　　　보면 백성들의 농기구며 무사들의 무기며 쇠부치 다루기에 혈안
　　　　이 되고 있는 게 틀림이 없소이다.

고구려장수　그렇소이다. 근년에 들어와서 신라의 해안마다 자주 왜구가 침범
　　　　해 오는 것을 보면 조짐이 심상치 않소이다. 하지만 헹 어림 반푼
　　　　어치도 없는 소리. 삽량주에 주둔하고 있는 우리 고구려군이 바지
　　　　저고린 줄 알았다간 큰코 다치지. 안 그래도 소장의 보고를 받은
　　　　우리 고구려의 금상대왕께서 쳐들어온 왜구는 한 놈도 살려보내
　　　　지 말라고 지엄한 군령을 내리셨소이다.

박제상　용맹스런 고구려군에 대해서는 항상 감사를 드리고 있소이다.
　　　　앞으로도 유사시에는 신라군을 많이 도와 주셔야겠소이다. 장군만
　　　　믿소이다, 하하하.

고구려장수　(계면쩍은 듯) 원, 박장군의 휘하 신라군 장졸의 용맹함도 고구려
　　　　군에 뒤지지 않소이다. 암요. 우리 힘을 합쳐서 왜구를 쳐부숩시다.

박제상　한데 장군!

고구려장수　왜 그러시오 박장군!

박제상　다시 왜구가 쳐들어오면 그때는 우리 신라군이 선봉을 서겠소이다.

고구려장수　아닌 밤중에 홍두깨로 이 무슨 말씀이시오! 선봉은 언제나 우리
　　　　고구려군의 몫이 아니오!

박제상　이 보시오 장군. 장군도 잘 알고 계시듯이 왜구와의 전투 때마다
　　　　언제나 선봉을 서는 건 고구려군이라 번번이 고구려군에게 선수
　　　　를 빼앗긴다고 신라군의 사기가 말씀이 아니오이다.

고구려장수　(단호히) 아니 될 말씀이오!

박제상　고구려군의 욕심이 과하십니다.

고구려장수　우리 고구려군의 욕심이 과하다니요. (화가 나서, 칼자루를 잡고)
　　　　이보시오 박장군!

박제상   (달래듯이) 아, 아, 어째서 이리 화를 내시는 게요.

고구려장수 (벌떡 일어나서) 아무리 동맹군인 신라군의 장수라도 우리 고구려
          군을 모욕하는 욕된 발언은 용납할 수 없소이다!

박제상   글쎄 모욕을 드린 게 아니올시다. 소장은 그저 저희 신라군 장졸
          의 사기가 염려되어서 고구려군 장군께 부탁을 드린 것뿐이오이
          다. 장군! 오핼랑 푸시고 우리 약주나 한잔 나누면서 전의에 불을
          당겨봅시다.

김철복   (거든다) 그렇습니다, 장군! 삽량주 태수님의 부장인 아막 김철복
          이가 모시겠습니다.

박제상   그러십시다. 자, 김철복 아막이 장군을 관아 객관으로 모시도록 하
          구려!

김철복   예, 그리 하겠습니다 태수어른! (고구려장수에게) 자, 장군님 안으
          로 드시지요.

고구려장수 우리 고구려의 선왕이신 광개토 대왕께옵서 살아 계셨더라면 소
          장의 목은 백 개가 있어도 모자랐을 것이외다. (한 손으로 목을 쓸
          어 보인다)

박제상   (웃으며) 원 장군도…. 그 대신 소장에게 기회를 주신다면 내 기
          필코 장군께 크게 보답할 것이요.

고구려장수 (기대를 걸며) 보답이라구요?

박제상   그렇습니다. 무어든지 말씀만 하시면 소원하시는 것을 꼭 이루어
          드리리다.

고구려장수 하하하. 차차…차차…. (하면서 누그러진다)

박제상   소장은 저희 막료들에게 몇 가지 지시를 하고 곧 뒤따라 들어가
          겠소이다. 장군 먼저 한 발 앞서서 들어가 계시지요. (김철복에게)
          무엇하는가? 김철복 아막! 어서 장군을 뫼시지 않고!

김철복   네… 네. 자, 가시지요, 장군.

고구려장수 (멋쩍은 대로) 그럼…어흠 (크게 헛기침하며 오만하게 가슴을 펴고
          김철복을 따라 무대에서 퇴장)

박제상   (깊은 한숨) 후유 남의 나라 군졸 다루기가 이리도 힘들다니, 엥이!

이 때 안으로부터 설부장이 뛰어나온다.

설부장   태수어른!
박제상   음 설부장! 왜 그러는가?
설부장   방금 금성에서 왕사가 당도하셨습니다.
박제상   금성에서 왕사가 나와?
설부장   네. 어찌 하올까요.
박제상   지금 어디 계시는가.
설부장   관아의 태수어른 집무실에 모셨습니다.
박제상   알았네. 내 곧 들어가겠네. 마침 고구려 주둔군의 장군이 와 계시
니 그리 알고…. 알겠는가?
설부장   네. 잘 알겠습니다.

- 암전 -

제 2 장
눌지왕은 박제상공에게 왕제 구출의 중임을 맡기고

무대는 제1막 제2장과 동일한 왕궁의 후정.
무대가 밝기 전 무대 왼편에 나온 해설자에게 조명이 쏟아진다.

해설자   이렇게 해서 삽량주의 간 박제상 태수는 왕궁으로 불려옵니다.
자, 이번에는 여러분을 다시 왕궁의 후정으로 모시겠습니다.
가시지요.

조명이 꺼지고 해설자가 사라진 다음 무대가 밝아온다.

서불한과 박제상이 눌지왕을 기다리며 담소하고 있다.

서불한   태수어른! 요즘 심기는 어떠하십니까?
박제상   서불한께오서 염려해 주시는 덕분으로 아주 명쾌합니다.
서불한   활 솜씨는 여전하시다지요?
박제상   아, 예, 하하하. 한번 나오십시오. 삽량주 땅에 꿩이 지천입니다.
서불한   국사에 매인 몸, 어디 한가롭게 꿩사냥인들 할 수 있겠습니까?
          말씀만 들어도 고맙습니다.
박제상   허허허.
서불한   하하하.
박제상   참, 이번에 전하께서 어인 일로 갑자기 소신을 부르셨는지요?
서불한   아마도 중대한 의논이 있으신 걸로 압니다.
박제상   중대한 의논이라니요?
서불한   곧 전하께서 나오실 겝니다.
박제상   아, 네.
소 리   마립간 전하 납시오!

          서불한과 박제상, 의자에서 일어나 읍하고 선다.
          눌지마립간, 시종 없이 홀로 등장.

서불한   전하, 삽량주간 박제상 입시이옵니다.
박제상   (읍하고) 삽량주간 박제상, 전하께 문후 여쭈옵니다.
눌 지   오! 박태수 어서 오시오. 자 자, 앉읍시다.

          일동, 의자에 앉는다.

눌 지   이목이 번다해서 장소를 후원으로 마련했소이다.
박제상   (그저 황송해서) 황공하옵니다, 전하!
눌 지   (박제상의 두 손을 덥석 잡으며) 박태수!

박제상 (할 바를 모르며) 아, 전하!

눌 지   짐 좀 살려 주시오!

박제상 아니, 전하! 갑자기 이 무슨 말씀이시옵니까?

눌 지   경도 알고 있겠지만, 내 두 아우가 고구려 땅과 왜국에 볼모로 잡
       혀간지 오래요!

박제상 소신이 어찌 그 일을 모르오리까?

눌 지   짐의 두 아우를 생각하면 하늘이 무너지고 땅이 꺼지는 것만 같소.
       그러니 볼모로 잡혀 간 두 아우를 데려올 무슨 묘책이 없겠소?

박제상 소신이 말씀이옵니까?

눌 지   경 말고는 적임자가 없소. 너도나도 모두가 박태수 박태수, 경만이
       적임자라 하였소!

박제상 전하께서도 소신을 적임자라 생각하시오니까?

눌 지   그렇소! 내게 경 말고 또 누가 있어 이런 막중대사를 의논한단 말이요.

       눌지마립간에게 잡힌 손을 뺀 박제상은 자리에서 일어나 눌지마립간
       앞으로 나아가 무릎을 꿇고 두 번 절한 다음 두 손을 짚고 아뢴다.

박세상 신이 듣자옵긴대 자고로 임금에게 근심이 있사오면 신하의 욕이
       요, 임금께 욕이 있사오면 신하는 죽어 마땅하다 하였나이다.

눌 지   (자리에서 일어나 엉거주춤 서서) 오, 박태수!

박제상 일이 어렵고 쉬움을 생각한 연후에 행함은 불충이옵니다. 또한 생
       사를 돌아보고 움직이면 이는 용기가 없다 할 것입니다. 신이 비
       록 어리석사오나 감히 왕명을 받들겠나이다, 전하!

눌 지   오, 박태수!

- 암전 -

제 3 장
고구려로 떠나기에 앞서 사행 준비를 서두르는 박제상공

제2막 제1장의 징심헌과 동일한 무대.
무대가 밝기 전 무대 왼편에 나온 해설자에게 조명이 쏟아진다.

해설자   마침내 박제상 태수에게 고구려에 볼모로 잡혀간 복호 왕제를 구
         출해 오라는 눌지왕의 명은 떨어지고 박제상은 그 막중한 임무를
         맡겨준 눌지왕의 신임에 감격하고 흔쾌히 명을 받습니다.
         그날부터 박제상 태수는 침식을 잃고 연일 복호 왕제 구출 전략
         을 짭니다. 자, 이번에는 여러분을 다시 삽량주 관아 부근의 징심
         헌으로 모시겠습니다. 가시지요.

         조명이 꺼지고 해설자가 사라진 다음 무대가 밝아온다.
         정자 앞에서 서성이며 박제상은 설부장을 상대로 고구려로 떠날 사행
         채비를 점검한다.

박제상   어떤가, 설부장! 고구려로 떠날 사행 채비는 잘 되고 있는가?
설부장   네. 태수어른께서 지시하신대로 병사들에게 입힐 고구려인 복색
         이며 비상식량 등 만반 준비를 마쳤사옵니다.
박제상   한 치 소홀함이 있어서도 안될 것이야.
설부장   염려 마시옵소서, 태수어른.
박제상   내 설부장, 자네만 믿겠네.
설부장   한데 태수어른.
박제상   음. 무슨 할 말이라도 있는가?
설부장   네. 7년 전 복호 왕제께서 볼모가 되어 고구려로 떠나실 때 부관
         으로 따라간 내신 김무알님과는 연락이 닿으셨는지요?

박제상　내 이미 삽량주에 주둔하고 있는 고구려군 장군에게 부탁을 해 두었으니 금명간 하회가 있을 걸세.

설부장　김무알님과 줄만 닿으면야 복호 왕제를 구출하는 건 그리 어려운 일도 아닐텐데요.

박제상　과연 고구려왕이 복호 왕제를 볼모에서 풀어줄 것이냐 그게 큰 문제일세.

설부장　장장 7년씩이나 붙잡아 놓고 있었사온데 이제 그만 풀어달라고 신라의 왕사가 가서 사정을 하는데도 계속 붙들어 두겠다고 하겠사옵니까?

박제상　모르는 소리 말게. 왜구가 쳐들어와서 신라 땅이 위태롭게 되자 5만의 군사를 질풍노도처럼 휘몰고 내려와서 왜구를 무찔렀던 고구려왕의 그 맹수와도 같았던 기상을 설부장 자네도 보았지 않은가. 고구려왕은 전략상 백제와 왜를 누르기 위해 우리 신라와 친교를 맺고는 있지만 신라 곳곳에 자기네 군대를 주둔시키고 있는 저의가 어디에 있다고 보는가?

설부장　하옵지만….

박제상　끝끝내 우리 신라왕의 왕제를 볼모로 삼고 있는 것은 바로 우리 신라가 배반을 못하도록 발목을 잡아두자는 속셈에서인 게야. 볼모는 비단 고구려뿐이 아니네. 백제도 왜국도 저 중원 땅에서도 마치 역병처럼 번지고 있는 한 시대의 흐름이라네. 아무튼 이번 사행길은 동해의 물길 따라 압록을 건너 국내성까지 가야 하니 사행 행차 어간에 추호도 차질이 생기는 일이 없도록 만사를 단단히 챙겨야 하느니.

설부장　그야말로 산 넘어 산, 물 건너 물이옵니다.

박제상　누구도 복호 왕제를 구출하지 않고서는 살아서 돌아올 생각을 말아야 하이. 모두들 목숨을 버릴 각오를 해야 한단 말일세.

설부장　(목을 쓸며) 어휴.

박제상　(빙그레 웃으며) 왜 겁이 나는가?

설부장   (찔끔해서) 아, 아니옵니다, 태수어른.
박제상   두려워 할 것 없네. 예로부터 병법에 이르기를 살자 하면 죽고 죽
          자 하면 산다고 했네. 하여간 고구려군 장군의 기별이 오는 대로
          즉시 발행할 것이니 다시 한번 조목조목 챙기도록 하게나.
설부장   알겠사옵니다, 태수어른.

          이 때, 박제상의 부인 금교부인이 다섯 살배기 아들을 안고 숙녀로 성
          장한 세 자매와 함께 등장.

자녀들   (거의 동시에) 아버님!

          박제상의 주위에 모이는 가족들.

설부장   대방마님과 아기씨들 나오셨사옵니다, 태수어른.
박제상   알았네. 설부장은 어서 들어가 보게.
설부장   네. 하오면….

          설부장이 하수로 퇴장하면 가족들이 박제상을 에워싼다.

박제상   아니, 부인께서 징심헌엘 다 나오시구 어인 일이시오?
부 인   아이들이 아버님을 뵙겠다고 떼를 쓰지 뭐옵니까?
박제상   새삼스럽게 애비가 보고 싶기는… 허허허. (부인의 품에서 어린 문
          량을 받아서 안는다) 어디, 우리 문량이 얼마나 컸는지 이 아비가
          한번 안아 보자!
부 인   (박제상에게 문량을 넘겨주며) 아막으로 있는 김철복 부장에게 들으
          니 사행 떠나실 날이 다가왔다구요?
박제상   그렇소이다. 일간 발행할 것이외다. 우리 문량이 올해 다섯살 치
          고는 묵직한 게 숙성하구려 허허허.
부 인   동맹을 맺었다하나 고구려 땅도 적지나 다름이 없사옵니다. 몸조
          심하시어야 합니다.

박제상 너무 걱정을 마시오. 이래봬도 그 엄청난 왜구와의 싸움에서도 끄떡없던 몸이오, 허허허. 아니 그렇느냐 문량아! 허허허.

문 량 아버지, 아버지. (아양을 떤다)

부 인 이젠 당신께서도 연세가 있으신 걸요.

박제상 쉰흔 여섯이 무에 그리 많은 나이라고. 내 사행소임을 어김없이 마치고 무사히 돌아올 것이니 너무 염려 마시오.

아기(큰딸) 아버님이 참으로 늠름해 보이시옵니다.

박제상 허허허. 큰애 너도 스무 살이 넘었으니 이제 출가를 해야겠지 응? 아비 없는 동안 어머니 잘 모시고 동생들과 잘 지내거라.

아기(큰딸) 집안 일은 털끝만큼도 걱정 마시옵소서 아버님.

박제상 오냐, 아비는 아기 네게 기대가 크구나, 허허허.

아영(둘째) 둘째 아영이 있사옵니다. 집안 걱정은 마시어요,

박제상 아무렴, 내 사랑하는 둘째가 참으로 믿음직하구나. 둘째 아영이도 제법 처녀티가 나는 걸 엉? 허허허.

아경(셋째) 셋째 아경은 아버님 따라 고구려 땅에 가고 싶사옵니다.

박제상 (놀라서) 뭐라구? 셋째 아경이가 아비를 따라 고구려 땅에를 가겠다구?

아경(셋째) 왜구가 쪽을 못쓴다는 고구려왕이 어떻게 생겼는지 보고파서요.

박제상 (어이가 없어서 웃어 제킨다) 어허허허. 어허허허.

부 인 아경이 이애야. 사행길 앞두고 계신 아버님 앞에서 못하는 소리가 없구나.

박제상 (문량을 안은 한 쪽 손으로 막내 아경의 머리를 쓰다듬으며) 우리 셋째 아경이는 사내로 태어났어야 했어! 이 씩씩한 기상, 정말 장하구나! 허허허.

막내 아경은 뚱하니 서 있고 아기, 아영, 두 언니는 막내에게 말없이 종주먹을 대는 등 단란한 한 때.
이 때 설부장 황급히 등장.

설부장   태수어른, 고구려 장군께서 오셨습니다.

박제상   오! 오셨는가. 이리루 모시게.

설부장   네. (발길을 돌려 무대 밖으로 퇴장)

박제상   부인, 아이들 데리고 안으로 드시구려! (막내아들 문량을 부인에게
          넘겨준다)

부 인   (문량을 받아 안으며) 미구에 멀고도 험한 사행길 떠나실텐데 일찍
          끝내시고 쉬시도록 하십시오.

박제상   고맙소. 내 알아서 하리다. 그만 들어가시구려!

부 인   네. (아이들에게) 자, 모두들 들어가자.

          가족들, 저마다 아버지 박제상에게 인사하고 퇴장. 엇갈려서 설부장의
          인도로 고구려 장군 등장.

설부장   태수어른, 고구려 장군 드셨사옵니다.

박제장   오, 어서 오시오, 장군.

          박제상은 고구려 장군을 마중하고 설부장은 발길을 돌려 퇴장한다.

고구려장군 하하하 박장군! 드디어 고대하시던 사행길을 떠나시게 되었소이다.

박제상   고맙습니다, 장군. 그래, 고구려에서는 기별이 당도했사옵니까?

고구려장군 내가 누굽니까? 내가 평소 존경하는 삽량주의 간이며 태수이며
          장군이신 어르신의 간곡한 부탁을 내 어이 모른 체 할 수가 있겠
          소이까?

박제상   (반색하며) 아, 장군! 왔군요 기별이.

고구려장군 그렇소이다. 7년 전 복호 왕제를 따라서 떠났던 내신 김무알은 내
          내 복호 왕제를 모셔왔고 요즘엔 평양 지방에 거처를 옮겼다고 하
          더이다.

박제상   평양이라….

고구려장군 국내성보다는 거리가 가까우니 오히려 함께 돌아오기는 쉽겠소이다.

박제상	오십보 백보.
고구려장군	하기야 그렇기는 하오만 안 그래도 마침 평양 부근의 주둔부대 수장이 나와 동문수학한 사람인지라 특별히 파발을 띄웠소이다. 아마도 지금쯤 박장군이 국사가 되어 국내성으로 향한다는 소식을 접했을 것이외다.
박제상	정말 이 은혜 백골난망이올시다, 장군.
고구려장군	그 대신 국내성에 도착하여 고구려 대왕을 알현하시거든 이 몸의 이야기 좀 잘 사뢰어 주시오. 허허허.
박제상	그거야 염려 마십시오.
고구려장군	세상에 공짜는 없는 법 아니오니까, 응?
박제상	그렇지요. 세상에 공짜는 없는 법이지요, 하하하.
고구려장군	하하하, 하하하.

- 암전 -

<h1 align="center">제 4 장</h1>
<h2 align="center">고구려로 떠나는 박제상공 일행</h2>

제2막 제1장의 징심헌과 같은 무대.
무대가 밝기 전 무대 왼편에 나온 해설자에게 조명이 쏟아진다.

해설자	마침내 박제상 태수는 고구려를 향해 출발하게 되었습니다. 그러나 과연 복호 왕제를 구출할 수 있을지 그것은 아무도 모르는 일이었습니다.
	자, 여러분도 삽량주의 징심헌 앞뜰로 가서 박제상 태수의 장도를 환송하십시다. 자, 가시지요.

조명이 꺼지고 해설자가 사라진 다음 무대가 밝아온다.

부관인 김철복 아막의 지휘아래 박제상이 고구려 복색으로 변장한 5~
6명 정도의 군사를 일일이 점검한다. 군사들은 학의 날개처럼 객석을
향해 호를 그리듯 벌려 선다.
징심헌 주변에는 박제상의 가족과 군졸들이 근심 어린 표정으로 이들
을 지켜보고 있다.
박제상이 마지막 군사를 점검한 다음 일행의 중앙에 위치한다.

박제상   김철복 아막!

김철복   예. 하명하소서.

박제상   이 사람을 따라갈 사행 장졸들에게 군령을 내리겠다.

김철복   (힘차게) 예, 국사어른! 장졸들은 정신을 한 곳으로 모으고 국사어
른의 군령을 받으라!

일 동   (우렁차게) 예!

박제상   일행은 다 함께 동해바다로 나가 배를 타고 북상하여 신라의 지
경인 삼척 땅 실직을 지나고 강릉 땅 하슬라를 거쳐서 고구려의
안변 땅 비열홀에서 내릴 것이오.

일 동   (긴장한 채 침묵)

박제상   그곳에서 장졸들은 둘로 나뉘어서 이 사람이 이끄는 1개조는 육
로로 국내성으로 올라가 고구려왕을 알현할 것이며, 아막 김철복
장군이 이끄는 나머지 1개조는 평양지방 복호 왕제의 처소로 가
서 왕제를 모시고 오는 5월 15일까지 동해바다 고성 땅에 와서 이
사람과 합류하여 귀국 길에 오를 것이요!

김철복   국사어른, 질문이 있사옵니다.

박제상   무엇이요?

김철복   평양지방 거처에서 복호 왕제가 자유로이 행동을 하실 수 있으시
겠는지요.

박제상   그것은 염려 마시오. 이곳 삽량주에 주둔하고 있는 고구려장군에
게 청을 넣어서 평양지방 주둔 고구려군 수장의 도움을 받도록 조
처해 두었소!

김철복   알겠사옵니다, 국사어른.
박제상   또 다른 질문은 없는가?
일 동   (침묵)

          잠시 사이.

박제상   그럼 이제부터 고구려 땅을 향해 출발하겠소. 출발에 앞서 이번
          사행길이 무사하고 우리 신라왕이신 눌지마립간의 홍복을 비는
          천천세를 외칩시다. 김철복 아막, 선창하시오!
김철복   예. (외친다) 눌지마립간 대왕마마 천천세!
일 동   (복창한다) 천천세!
김철복   (선창) 천천세!
일 동   (복창) 천천세!

          이 때, 박제상의 가족을 비롯하여 사행길에 오르는 군졸의 가족들이
          무대로 뛰어나가 이별을 아쉬워한다.
          남편과 아버지를 연호하는 사람들. 아내와 자녀들의 이름을 부르며 작
          별을 고하는 군사들. 무대에서는 잠시 눈물의 이별장면이 전개된다.

박제상   (착잡한 심정을 억누르고) 아막! 출발하시오!
김철복   예, 국사어른. (군사들 일동에게 구령을 내린다) 출바알!

          이 때 북소리가 울려 퍼지면서 군사들 한 사람씩 무대 밖을 향해 퇴장
          한다. 이윽고 군사를 앞세우고 박제상도 김철복도 퇴장한다.
          남아있는 가족들, 남편과 아비를 부르며 해안가로 달린다.

금교부인   여보!
딸 들   (일제히) 아버지!

                                        - 서서히 막이 내린다 -

제 3 막

제 1 장
박제상 국사, 국내성에 도달하여 고구려 장수왕과 담판하다

막이 오른다. 무대가 밝기 전 무대 왼편에 나온 해설자에게 조명이 쏟아진다.

해설자   드디어 천신만고 끝에 박제상 국사는 고구려의 왕성 국내성에 도착하여 광개토왕에 이어 고구려왕이 된 훗날의 장수왕을 알현하게 됩니다. 신라를 비롯하여 백제와 왜국이 두려워하는 강대한 나라 고구려. 그 고구려는 만주벌판을 비롯해서 중원의 북부지방까지도 아우르며 욱일승천의 기세로 날로 국력을 키워나가고 있었으니 아무리 담대한 인물이라도 주눅이 들법했지만 신라왕의 국사 박제상공의 기개는 남달랐습니다. 자 여러분, 이제 고구려 국내성의 왕궁으로 가보실까요.

조명이 꺼지고 해설자가 사라지면 무대가 밝아온다.
무대에 조명이 들어오면 국내성 고구려의 왕궁, 접견실이다.
이미 적당한 세트가 호리존트에서 내려와 있다.
무대에는 고구려의 중신들이 입시해 있고 무대 한쪽에 박제상 태수가 국사의 복색을 하고 서 있다.

소 리   대왕마마 납시오!

잠시 후 내시를 앞세운 장수왕이 등장한다. 용상에 앉는 장수왕.

막리지   대왕마마! 신라의 국사 삽량주의 간 박제상, 대왕마마께 알현이오!

장수왕   (고개를 끄덕인다) 어서 오시오 신라국사!

박제상   외신 박제상, 고구려 대왕마마께 알현이오!

장수왕   먼길에 노고가 컸소. 그래 눌지대왕께서도 무양하시오!

박제상   예. 여기 신라왕 눌지마립간의 국서를 올리옵니다.

          박제상, 양손에 국서를 받들고 용상 앞으로 나선다.
          내시가 나와서 국서를 받아들고 용상으로 올라가 장수왕에게 바친다.
          내시는 제 자리로 돌아가고 장수왕이 국서를 펴본다. 잠시 사이.

장수왕   왕제 복호를 돌려보내라?

박제상   그러하옵니다. 대왕마마!

장수왕   (국서에 시선을 박은 채) 눌지마립간은 왕제 복호가 보고 싶어 간장
          을 끊어내는 아픔에 눈물로 세월을 보내고 있다 이말이오?

박제상   그러하옵니다. 대왕마마!

장수왕   하지만 신라국사 들으시오.

박제상   예, 대왕마마!

장수왕   왕제 복호는 짐의 배려로 고구려 땅에서 무엇하나 아쉬운 것 없이
          행복하게 잘 지내고 있소!

박제상   대왕마마! 옛말에 역지사지란 말이 있사옵니다.

장수왕   그래, 남의 처지를 헤아려라, 그런 뜻인 줄 아는데? 그렇소?

박제상   그러하옵니다. 대왕마마께옵서도 아시는 바와 같이 왕제 복호는
          선왕 실성 때에 이 곳에 온지 어느덧 7년의 세월이 흘렀사옵니다.

장수왕   7년이라… 짐이 즉위하기 전해에 온 복호가 벌써 그렇게 되었나?

박제상   그러하옵니다, 대왕마마! 신라왕 눌지마립간께오서 왕위를 이으신
          지 두 해째. 눌지마립간께오서는 마치 보고 싶은 할미새가 들에
          있는 것처럼 일구월심 복호 왕제 보고 싶어 눈물의 세월을 보내고
          계시옵니다.

장수왕   하기는 많은 세월이 흘렀어.

박제상   하와 대왕마마께옵서 하해와 같은 은혜를 베푸시어 신라왕제 복호

를 고국으로 돌려보내 주시오면 아홉 마리 소에 터럭 하나 빠지는 것처럼 고구려에는 크게 손해 될 바 없사옵고 오히려 신라왕은 대왕 마마의 크신 덕을 헤아리지 아니 하오리이까? 통촉하여 주시옵소서.

장수왕　(갑자기 웃음보를 터뜨린다) 하하하 하하하.

박제상　아니? 대왕마마!

장수왕　참으로 담대한 국사로다. 짐이 그리 못하겠다면 어찌 할꼬?

박제상　외신이 듣기로는 나라 사이에도 이웃을 사귀는 방법은 성신뿐이라고 알고 있사옵니다. 하온데 만약 이웃나라끼리 서로 자식을 볼모로 잡는다면 그것은 저 중원 땅에서 왕도를 무시하고 패도로 나라를 다스렸던 오패들 보다도 못한 짓으로서 이는 참으로 말세의 일이 아닐 수 없사옵니다.

장수왕　흐음, 신라 국사의 말이 참으로 대단하오. 알았소이다. (막리지를 부른다) 이보시오 막리지!

막리지　네. 대왕마마!

장수왕　신라왕 눌지는 짐에게 와있는 복호를 돌려보내라는 게요.

막리지　아니 되옵니다. 왕제 복호는 빈객이 아니오라 볼모이옵니다.

장수왕　아니 되는 일이지?

막리지　그러하옵니다, 대왕마마.

박제상　(절규하듯) 대왕마마! 통촉하여 주시옵소서.

장수왕　지금 복호는 어디에 있는가?

막리지　평양 지방에서 평안하게 지내고 있사옵니다.

장수왕　불러 올리시오! 내가 손수 복호에게 의향을 물어보리라!

막리지　아니 되옵니다, 대왕마마!

장수왕　충용스런 짐의 군사가 신라 땅 곳곳에 주둔하고 있거늘 그까짓 볼모 한 사람쯤이 무슨 대수인가! 당장 불러들이시오!

박제상　(무릎을 꿇고 절규한다) 대왕마마!

- 암전 -

<h1 style="text-align:center">제 2 장</h1>

<h2 style="text-align:center">장수왕은 복호 왕제를 돌려보내 놓고 다시 추격병을 보낸다</h2>

무대가 밝기 전 무대 왼편에 나온 해설자에게 조명이 쏟아진다.

해설자 그러나 역전의 맹장 장수왕은 호락호락하지를 않았습니다. 더구나 고구려의 중신들은 완강했습니다. 이것이 이른바 강대국의 논리라고나 할까요, 힘없는 나라의 볼모는 슬픈 존재였던 것입니다.
그러나 국사 박제상공은 끊임없이 왕궁 안팎을 드나들며 중신들을 설득하고 장수왕에게 애걸하다시피 매달렸습니다.
얼마 후 왕제 복호는 장수왕의 부름을 받고 국내성 왕궁에 나타났습니다. 자 여러분, 다시 국내성 왕궁으로 가보실까요.

조명이 꺼지고 해설자가 사라지면 무대가 밝는다.
제3막 제1장과 같은 국내성 왕궁의 접견실.
고구려 중신과 신라 국사 박제상공이 지켜보는 가운데 장수왕이 왕제 복호를 접견한다.

장수왕 복호 듣거라!
복　호 예, 대왕마마!
장수왕 네가 고구려에 와 있는 동안 불편한 일이 있었더냐.
복　호 아니옵니다. 불편한 일 없었사옵니다.
장수왕 짐은 부왕이신 광개토대왕마마 재세 시부터 너를 끔찍이 여기고 먹을 것, 입을 것은 물론 살집이며 데리고 살 계집까지도 보살피며 뜨거운 마음을 쏟아 부었노라. 한데 너의 형인 눌지마립간은 짐의 이와 같은 뜨거운 정도 모르고 국사를 보내어 너를 돌려 달란다. 어쩔 테냐!
복　호 (말문이 막힌다)

박제상   복호 왕제님! 소신 삽량주간 박제상이 모실 것이옵니다.

장수왕   신라국사는 입을 다물라!

박제상   하오나 대왕마마! 신라왕께옵서 자나깨나 복호 왕제가 보고 싶어
         눈물짓는 정경은 정녕 목불인견이옵니다. 통촉하시옵소서.

장수왕   복호는 대답을 하라! 돌아가겠느냐!

복 호   (와락 울음을 터뜨리며 절규한다) 대왕마마! 통촉하여 주시옵소서!

장수왕   알았느니라! 말을 안 한다고 내 어이 너의 그 절절한 심정을 모
         르리. 좋다. 신라국사는 들으시오!

박제상   예, 대왕마마!

장수왕   복호는 돌려보낼 것이오.

박제상   성은이 하해와 같사옵니다, 대왕마마!

장수왕   짐의 결심에는 변함이 없으나, 아무리 내가 최고통치자인 왕이라
         해도 중신들의 의견을 묵살하고 이런 막중대사를 짐의 독단으로
         처결할 수는 없소. 신라국사는 먼저 귀국하오. 그러면 내 곧 복호
         를 뒤따라 보내리다. 알겠소?

박제상   아니옵니다. 하회를 기다려 복호 왕제와 더불어 귀국하겠사옵니다.
         통촉하여 주시옵소서.

장수왕   신라에 이런 충신이 있었다니, 신라왕의 홍복이로다 하하하 하하하.

- 암전 -

제 3 장
국내성에 있는 박제상공의 숙소에서 탈출을 모의한다

         무대가 밝기 전 무대 왼편에 나온 해설자에게 조명이 쏟아진다.

해설자   자, 고구려 장수왕의 결심은 얻어냈으나 왕제 복호는 금방 돌아갈

수가 없었습니다. 국사 박제상공을 물론 왕제 복호의 주변사람은 애간장이 말라붙는 것 같았습니다. 언제까지 미적미적 시일만 보낼 수도 없고 그렇다고 왕명이 떨어지지도 않았는데 함부로 탈출을 결행하면 도망자로서 추격을 당해 죽을지도 모르는 일이었던 것입니다. 그러나 국사 박제상공이 누구입니까? 끝내 박제상공은 탈출을 결심합니다. 여기는 국내성에 머무르고 있는 박제상공의 임시숙소입니다. 여러분, 잠시 들려보시겠습니다.

조명 꺼지고 해설자도 사라진다.
무대 밝으면 허름한 집의 뒷곁쯤. 적당한 세트가 호리존트에서 내려온다. 박제상, 왕자 복호, 왕자 복호의 부관 김무알 장군이 구수회의를 하고 있다.

김무알   복호 왕제님께서도 눈치를 채셨겠지만 조정에선 막리지 이하 많은 중신들이 왕제님의 귀국을 결사 반대하고 있는데 무작정 탈출을 할 수도 없는 일이옵니다.

복　호   그럼 어찌하면 좋단 말씀이오.

박제상   왕제님, 이렇게 하십시다.

복　호   그래요, 난 장군님의 지시에 따를 것입니다.

박제상   소신은 국내성에 오면서 장졸 몇 사람을 동해 쪽 고성의 포구에다 남겨두었지요.

김무알   그래서요?

박제상   오는 5월 15일 자시, 그곳에서 합류하여 함께 귀국하기로 약조가 되어 있습니다.

복　호   그럼 이 몸에게 동해 쪽 고성으로 가란 말씀이요?

박제상   그렇사옵니다. 일단 소신은 함께 온 장졸들을 이끌고 내일이라도 이 곳을 떠나겠사옵니다.

김무알   그러면 왕제님과 소신은 어찌 합니까?

박제상   일단 왕명을 기다리겠노라 핑계를 대고 평양 쪽으로 돌아가 계시다
         가 낌새를 보아서 그곳을 떠나 동해에서 합류하셨으면 좋겠습니다.
김무알   왕사가 오시기 전보다 경계가 아주 삼엄할 텐데요.
박제상   만난을 무릅쓰지 않고는 귀국할 기회는 다시 없습니다.
복 호   그리하겠습니다. 이 몸도 자나깨나 형왕이 뵙고 싶어 눈이 다 짓무
         를 지경이었습니다.
박제상   그럼 약조가 되었사옵니다.
복 호   좋습니다. 오는 5월 15일 자시.
김무알   동해 고성땅 포구에서.

- 암전 -

제 4 장
동해안 고성 포구에서 만난 복호 왕제와 박제상공 일행

무대가 밝기 전 무대 왼편에 나온 해설자에게 조명이 쏟아진다.

해설자   자, 이렇게 돼서 시쳇말로 D데이가 정해졌습니다.
         부모형제와 생이별하고 고향을 떠났던 사람이 고향을 찾는 것은
         동서고금을 막론하고 이 얼마나 자연스런 인정이겠습니까?

거센 파도소리가 들려오기 시작한다.

해설자   여기는 동해에 있는 고성 포구. 그리고 약조한 5월 15일이 다가왔
         습니다. 과연 복호 왕제가 D데이에 맞추어 나타날 것인지 해설을
         맡은 저도 궁금하군요. 자 여러분, 동해안 고성 항구로 가보십시다.
         조명 꺼지고 해설자도 사라진다.

무대 밝으면 일행이 타고 갈 배 몇 척이 호리존트에서 내려온다.
허허로운 해변가의 분위기.

박제상   이보시오 김철복 장군!
김철복   예, 국사어른.
박제상   복호 왕제가 제 시간에 당도하면 얼마나 좋겠소.
김철복   사람이 할 수 있는 일은 다 하였사옵니다. 이제 모든 것은 하늘의
          뜻에 달렸사옵니다.
박제상   일각이 천추란 말이 이런 때를 두고 한 말인가 보구려.
김철복   마을 앞 큰길까지 나간 척후가 좋은 소식을 가져 올 것입니다.
박제상   그러면 얼마나 좋을꼬.

          멀리서 "장군님!" "장군님!"하고 외치는 소리.

김철복   아, 척후인가 보옵니다.

          잠시 사이.
          뛰어들어오는 고구려 복색의 척후병.

척 후   국사어른, 복호 왕제께서 김무알 장군과 함께 오고 계시옵니다.
박제상   오! 드디어 오시는구먼 허허허 허허허. (기쁨을 감추지 못하고 너털웃음)

          잠시 후, 복호 왕제와 장군 김무알 등장.
          김무알은 부상을 입었는지 한 팔을 헝겊으로 묶어 어깨에 메었다.
          반갑게 상면하는 일행.

박제상   어서 오시지요 복호 왕제님!
복 호   마침내 왔습니다, 국사님.
김철복   얼마나 고생이 많으셨사옵니까? 복호 왕제님. 그런데 아니 김무알
          장군은 어디 다치셨습니까?

김무알   하마터면 죽을 뻔 했소이다, 허허허.

김철복   죽을 뻔 하다니요.

복 호   평양에서 빠져 나올 때 감시병에게 발각이 되어 추격을 당했지요.

박제상   저런!

김무알   감시병들은 국내성 조정의 밀지를 받고 있었나 봅니다.

김철복   그래서요?

김무알   알고 보니 감시병의 수장이 평소 복호 왕제와 친숙하게 지내던 사
         람이지 뭡니까?

박제상   그거 정말 하늘이 도우셨소이다그려.

김무알   소장이 왕제님과 함께 죽을힘을 다해 말을 달려오는데 뒤에서 마
         구 활을 쏘아대는 거예요.

김철복   아하, 그 화살에 맞으셨구려.

김무알   아니오이다. 추격해온 감시병들은 수장의 명령으로 화살촉을 뺀 빈
         화살을 쏘아댔어요.

김철복   (놀란다) 호오. 화살촉을 뺀 빈 화살을 쏘았다구요!

박제상   알만 하오이다. 평소 복호 왕제님의 인품을 우러러 본 감시병 수
         장이 왕제님을 살린 거 올시다.

복 호   이 몸도 그리 생각하였소이다. 고마운 일이지요.

김철복   그래, 팔은 어찌 다치시었소.

복 호   이 고성 땅 거의 다 와 가지고 긴장이 풀려서인지 김장군이 졸면
         서 오다가 그만 낙마를 했지 뭐오니까 허허허.

김철복   (계면쩍은지 머리를 긁는다)

일 동   (가볍게 웃는다)

         잠시 사이.

김철복   떠나야 할 시각이옵니다, 국사어른.

박제상   갑시다, 복호 왕제님. 배에 오르시지요.

복 호   그러지요.

김무알   소장이 앞장서겠사옵니다.

복 호   갑시다.

김철복   (변장한 군사를 향해) 배를 띄워라!

군사들   (여기저기서 일제히) 예. 배를 띄우랍신다. 출발! 출바알!

부산한 군사들의 움직임 속에 높아지는 파도소리.
힘차게 노 젓는 소리 고조된다.

- 막이 내린다 -

제 4 막

제 1 장
복호 왕제가 돌아오자 더욱 미사흔 왕제를 그리워하는 눌지마립간

무대가 밝기 전 무대 왼편에 나온 해설자에게 조명이 쏟아진다.

해설자   구사 일생, 복호 왕제는 마침내 고구려에서 탈출하여 신라로 돌아
왔습니다. 생사를 모르는 채 7년 동안이나 헤어져 살았던 아우 복
호를 만난 눌지마립간의 기쁨이야 이루 표현할 길이 없었을 것입
니다. 그러나 그 기쁨도 잠시, 눌지마립간의 슬픔은 한층 더해 갔
습니다. 여기는 왕제 복호와의 재회를 축하하는 신라왕궁의 연회
장입니다. 자, 여러분, 함께 가시지요.

조명 꺼지고 해설자 사라진다.
무대 밝으면 신라왕궁의 연회장이다. 무대 세트는 앞서 나왔던 후원의
야외 연회장을 표현하면 좋겠다.

절정에 이른 연회에서는 무희들의 가무와 풍악소리가 드높다 (사정에
따라 생략해도 무방하다).
연회장에 참석한 중신들, 술잔을 돌리며 흥취를 돋구고 있다. 이 자리
에는 이미 등장했던 눌지마립간, 복호 왕제, 서불한을 비롯한 상대등
등 신라조정의 중신, 박제상, 김무알, 김철복 등 인물이 나와 있다.
이 때, 갑자기 눌지마립간이 자리에서 벌떡 일어나 고함을 친다.

눌　지　　풍악을 멈추어라!

　　　　　풍악과 춤이 중단된다. 일동, 눌지마립간을 주시한다.

눌　지　　짐은 오늘 둘째 아우 복호와 재회하여 그 기쁨 이루 말할 수가 없
　　　　　도다. 하지만, 복호는 이제 이렇게 살아서 짐을 만나러 고구려 땅
　　　　　에서 돌아 왔는데 왜국에 볼모로 잡혀간 막내아우 미사흔은 언제
　　　　　만나볼 수가 있단 말이더냐!
서불한　　마립간 전하! 심기를 바로 하시옵소서.
눌　지　　누가 있어 짐에게 미사흔을 데리고 올 수가 있단 말인가 응?
박제상　　전하! 삽량주의 간 박제상, 한 말씀 올리겠사옵니다.
눌　지　　오, 박태수! 박태수가 있어 짐은 아우를 다시 만났소. 이제 복호를
　　　　　만나니 왜국에서 고생하고 있을 미사흔 생각이 너무나 간절하구
　　　　　려. 마치 한 몸에 한쪽 팔만 있고 한쪽 얼굴에 한쪽 눈만 있는 것
　　　　　같으니 하나는 얻었으나 하나는 찾을 수가 없소. 이 어찌 슬프지
　　　　　않으리오!
박제상　　전하! 소신이 미사흔 왕제를 모시고 오겠나이다!
눌　지　　(놀라서) 아니 박태수, 지금 뭐라 했소?
박제상　　소신이 즉시 왜국으로 건너가 미사흔 왕제를 모시고 오겠나이다!
눌　지　　오! 중신들이여, 박태수가 왕제 미사흔을 데리고 온다 하였소, 아
　　　　　하하하. 아 하하하. 자, 술을 듭시다, 춤을 춥시다.
박제상　　전하!

눌 지   오, 박태수. 어서 말씀해 보시오!

박제상   주위를 물리쳐 주시오면 비책을 아뢰오리다.

눌 지   알았소. (서불한에게) 서불한!

서불한   예 전하.

눌 지   서불한과 박제상 태수만 남고 모두 물러가게 하오!

서불한   예!

- 암전 -

무대 밝으면 같은 장소.
다른 등장인물은 모두 퇴장하고 눌지마립간이 용상에 앉아 서불한, 박
제상과 더불어 숙의하고 있다

눌 지   그래, 박태수가 말하려는 비책이 뭐요?

박제상   왜국은 고구려와 달라 신라와는 원수지간이옵니다.

눌 지   알고 있소.

박제상   동맹국인 고구려왕도 복호 왕제를 그냥 풀어주지 않고 감시병을
         붙이고 추격병을 보냈습니다. 하물며 걸핏하면 신라를 넘보며 시
         도 때도 없이 쳐들어오는 왜국이겠사옵니까.

서불한   그럼 박태수는 어찌하자는 말씀이오?

박제상   소신이 왜국으로 출발하자마자 소신이 전하와 신라를 배반하고 도
         망친 반역자라고 신라 땅 천지에 방문을 붙여 주시옵소서.

눌 지   무슨 비책이 그러하오. 짐은 영문을 모르겠소.

박제상   소신의 처자도 가두소서.

서불한   아니 박태수!

눌 지   아니될 말! 짐이 미사흔을 못 보면 못 보았지 어찌 복호를 살려 준
         생명의 은인에게 그런 터무니없는 허물을 뒤집어씌울 수가 있다
         는 말씀이요! 다른 계책을 마련해 보시오!

서불한   그렇소이다. 박태수, 달리 생각해 보십시다.

박제상   그렇지 않고서는 왜왕이 소신을 믿어주지도 않을 뿐 아니라 미사
         흔 왕제에게도 근접을 못하게 할 것이니 소신이 무슨 재주로 미사
         흔 왕자를 모시고 돌아올 수가 있겠나이까?

눌 지   오, 박태수!

서불한   전하, 박태수의 비책이 참으로 기묘하옵니다.

눌 지   (와락 박제상의 두 손을 잡는다) 짐에게 경이 없었으면 어찌 아우
         들을 만나볼 생각인들 하였으리! 고맙소 박태수!

박제상   소신은 소신의 목숨이 다 하는 날 까지 충성으로 받들겠나이다.

서불한   언제쯤 왜국으로 출발하시겠소?

박제상   이 길로 고구려에 함께 갔던 일행을 이끌고 떠나겠사옵니다.

서불한   이 길로!

눌 지   오, 박태수!

박제상   뜻이 있는 곳에 길이 있다 하였사옵니다. 전하의 성체 천세 만세
         하시옵소서. 하직 사배이옵니다. (눌지에게 네 번 절한다)

                                                        - 암전 -

제 2 장
가족도 만나지 않고 율포 항구에서 왜국으로 떠나는 박제상공의 일행

무대가 밝기 전 무대 왼편에 나온 해설자에게 조명이 쏟아진다.

해설자   귀국하자마자 다시 왜국에 볼모로 가 있는 미사흔 왕제를 구출하
         기 위해 박제상공은 내부적으로는 신라국사의 자격으로 왜국을
         향해 떠났습니다. 박제상공이 집에도 들리지 않고 말을 달려 이르
         른 곳은 바로 동해바다 밤개 포구, 박제상공은 고구려에서 돌아왔

을 때 만약을 위해 이미 배를 오늘날의 울산지역에 있는 율포, 즉
밤개 포구에 집결시켜 놓았던 것입니다.
그리하여 박제상공이 왜국으로 갈 준비에 골몰하고 있을 즈음 삽
량주 관아에서는 온 가족이 가장의 뜻하지 않은 모반 소식에 놀라
금교부인이 세 따님과 함께 말을 타고 밤개로 밤개로 달려오고 있
었습니다.

조명 꺼지고 해설자 사라진다. 무대 밝으면 해변가. 저만치 왜국으로
떠날 배들이 여러 척 보인다. 박제상을 비롯, 등장인물은 모두 뱃사람
의 복색으로 변장을 했다. 부관인 김철복 장군 등장.

김철복　태수어른, 왜국으로 떠날 만반 준비가 다 끝났사옵니다.
박제상　고생하셨소이다, 김장군. 어떻소? 금성을 비롯해서 신라 땅 곳곳
　　　　에 이 몸이 모반을 했다고 방은 나붙었다고 합디까?
김철복　그렇사옵니다. 도배를 하다시피 나붙었다고 했사옵니다. 아마도 며
　　　　칠 안에 백제의 간자 즉 세작들이 그 소식을 구주 박다만에 있는
　　　　왜왕의 본진에 전할 것으로 아옵니다.
박제상　썩 잘 됐소이다. 그렇게 돼야만 우리가 손쉽게 미사흔 왕제를 구
　　　　출할 수가 있을 것이오.
김철복　그렇사옵니다.
박제상　물길이 순탄하면 구주 쪽 박다만까지는 며칠 안 걸릴 것이오.
　　　　김장군, 슬슬 배를 띄워 봅시다.
김철복　하온데 태수어른!
박제상　왜 그러오. 뭐 미진한 일이라도 있는 게요?
김철복　소장은 도무지 태수어른의 마음을 헤아릴 수가 없사옵니다.
박제상　아니 그게 무슨 말이오?
김철복　죽을 고비를 수없이 겪으며 구사일생으로 고구려에서 돌아오셨는
　　　　데 잠시 숨도 돌릴 사이 없이 왜국으로 미사흔 왕제를 구출하러
　　　　떠나시다니요?

박제상 (먼 곳을 바라보며) 미사흔 왕제와 생이별을 하신지 장장 십칠년이
요, 난 금상 전하께옵서 애간장을 녹여내는 듯한 눈물을 펑펑 쏟
으시는 걸 보고는 더 이상 견딜 수가 없었소이다.

김철복 항상 충절 충절 하시더니 과연 그것이 진정한 충절이옵니까?

박제상 내 이 한몸 바쳐서 우리 임금의 소망을 이루어드릴 수가 있다면
그것이 신하에게 주어진 참된 충절이지 충절이 무에 별게요?
허허허.

김철복 하지만 태수어른!

박제상 여러 말 마오!

김철복 하지만 삽량주에 계신 가족에게 서신 한 장이라도 남기실 걸 그랬
사옵니다.

박제상 막중한 임무를 띤 몸, 구차하게 가족의 안위 따위를 생각해서 어
쩌겠다는 게요.

김철복 고구려 땅도 아닌 왜국이올시다. 자칫 잘못되는 날이면 살아 돌아
온다는 기약이 없사옵니다.

박제상 아하, 알겠소. 김장군이야말로 가족의 걱정이 큰가 보구려.

김철복 아, 아니옵니다. 그런 말씀이 아니올시다.

박제상 우리 임금의 소망을 푸는 일이요, 임금의 소망은 나라의 소망이외
다. 참읍시다. 참고 견딥시다. (와락 김철복의 두 손을 잡는다) 자,
김장군!

김철복 예, 태수어른. 태수어른의 명을 죽기로 따르오리다.

박제상 하하하 자, 떠납시다!

김철복 예! (주위를 둘러보며) 배를 띄워라! 배를 띄워라!

여기저기서 "배를 띄우랍신다""배를 띄우랍신다"하는 소리들.
이윽고 등장인물들이 배를 밀며 퇴장한다.

박제상 (소리) 자 출발! 출바알!

텅 빈 무대.

이 때 여러 필이 달려오는 말발굽 소리가 요란하다.
말발굽 소리 멎고, 무대로 뛰어들어오는 금교부인과 세 자매들.

부 인   (외친다) 여…보!
세자매   (외친다) 아…버…님!
아기(큰딸)   어머님! 저어기 배가 떠나고 있사옵니다.
아영(둘째딸)   저어기, 뱃전에 아버님이 타고 계셔요.
아경(셋째딸)   아버님이 손을 흔들고 계셔요, 어머니!
부 인   (외친다) 여…보!
아영(둘째딸)   (외친다) 아…버…님…!
아경(셋째딸)   (외친다) 아…버…님…!
박제상   (소리)(멀리에서) 부인! 다녀오리다. 부인! 다녀오리다아.
부 인   (외친다) 여…보…!
세 딸   (외친다) 아…버…님!

파도소리 높아진다.
하염없이 먼바다를 바라보는 금교부인과 세 딸.

- 막이 내린다 -

제 5 막

제 1 장
왜국 구주땅 박다만 검문소에 걸려 관헌에게 끌려가는 박제상공 일행

막이 오른다. 무대가 밝기 전 무대 왼편에 나온 해설자에게 조명이 쏟
아진다.

해설자 며칠 후, 박제상공 일행은 해류 따라 어렵사리 왜국, 즉 구주 땅
       박다만, 즉 일본말로 하카다만에 인접한 검문소에 잡히게 됩니다.
       그리고 구주 쪽 왜왕에게 끌려갑니다. 참, 일본 쪽 기록에 따르면
       왜왕의 본거지가 지금의 나라지방에 있는 야마토 조정이라 하는
       학설과 구주지방에 있는 야마토라는 학설 등 여러 갈래로 갈려 있
       습니다마는 여기서는 왜왕이 구주 쪽 박다만 지방에 있는 것으로
       가정하고 극을 진행하겠습니다.
       그럼 여러분을 왜왕의 심문을 받는 박제상공에게로 안내하겠습니다.

       조명 꺼지고 해설자 사라진다. 무대 밝으면 왜왕의 관아 앞마당. 적당
       한 세트가 호리즌트에서 내려온다.
       박제상과 김철복이 앞마당 모래바닥에 무릎이 꿇리고 왜왕과 시종무사
       들 몇 사람이 한 계단 높다란 곳에 위치하고 심문을 벌인다.

왜　왕 그대가 신라의 삽량주간이었던 태수 박제상이 틀림없는가?
박제상 도대체 몇 번을 말해야 알아듣소! 내가 바로 신라의 삽량주간이었
       던 태수 박제상이요!
왜　왕 시끄럽다. 도망자 주제에 무슨 말이 이리 많나!
박제상 아니, 내가 도망자라는 건 또 어찌 알았소이까?
왜　왕 호호호 다 아는 수가 있다. 그래 신라왕이 그대의 가족까지 몽땅
       잡아 가두었다고?
박제상 그렇소이다. 신라왕은 요즈음 얼마나 난폭하여졌는지 모르옵니다.
       소신의 처자식은 물론 일가친척까지도 아무런 죄도 없이 잡아 가
       두고 죽이고 하였사옵니다. 소신도 언제 죽음이 닥칠지 몰라 대왕
       의 따듯한 사랑을 받고자 죽음을 무릅쓰고 달아나 이 곳에 온 것
       이옵니다.
왜　왕 신라왕은 야만이로구나!
박제상 신라왕 이야기는 이제 지긋지긋 하옵니다. 자, 이제부터 우리를 어
       찌할 작정이시온지 하회를 주시옵소서.

왜　왕　짐의 신하가 되어 충성을 다하겠다 맹세하면 살려 줄 것이고, 짐한
　　　　테도 반역을 하면 즉석에서 목을 칠 것이다! 알겠는가?
박제상　좋소이다. 대왕께서 우리를 어찌 처우를 하시는지 살펴 본 다음,
　　　　우리도 대왕의 신하가 되든지 말든지 결심을 하겠사옵니다.
왜　왕　알았다. (시종 무사에게) 오이!
무　사　하!
왜　왕　박제상은 신라의 큰 고을 태수였다. 초록은 동색, 이 자들을 신라
　　　　에서 온 미사흔과 함께 지내게 하면 반드시 짐에게 충성을 바치게
　　　　될 것이다. 박제상을 미사흔과 만나게 해 주어라!
무　사　미사흔은 볼모이옵니다. 아직 정체도 모르는 이 자들을 볼모에게
　　　　보내다니 큰 일을 저지를지도 모르지 않사옵니까?
왜　왕　두려워 할 것 없다. 미사흔은 볼모로 온지 벌써 십칠 년이나 되었
　　　　고 짐의 신하가 된 지도 오랬다. 하지만 만약 손톱 끝만큼이라도
　　　　역심을 보이거든 모조리 목을 날려버려라!
무　사　하! 알겠사옵니다, 전하.
왜　왕　비록 도망자가 되었지만 살아보겠다고 내 둥지로 찾아온 자들이니
　　　　라. 이 자들의 처지를 불쌍히 여기고 이 자들에게 양식과 의복을
　　　　넉넉히 내어주고 거처할 집도 마련해 주어라. 알겠느냐!
무　사　하!

- 암전 -

제 2 장
박제상공, 미사흔 왕제와 함께 지내다

무대가 밝기 전 무대 왼편에 나온 해설자에게 조명이 쏟아진다.

해설자　하늘의 돌보심이 있어 박제상공은 미사흔 왕제와 함께 지내게 됩

니다. 박제상공의 처소에는 일찍이 미사흔 왕제를 따라온 내신 박
사람공과 박제상공을 따라온 아막 김철복 장군이 함께 기거하고
있었습니다. 살 같은 세월이라더니 박제상공이 산 설고 물 설은
왜국 땅에 온 것이 이른 봄철이었는데 어느덧 가을이 다가오고 있
었습니다. 이제부터 여러분을 해변가에 자리잡은 박제상공의 처소
로 안내하겠습니다. 자 가시지요.

조명 꺼지고 해설자가 사라진다.
무대 밝아오면 무대는 띠풀로 얽어 놓은 허술한 박제상공의 처소다.
집 모양이 호리존트에서 내려오고 무대 안쪽에 서있는 소나무 그루에
는 사냥해 온 듯 꿩 꾸러미가 내 걸렸고 생선을 말리는 덕에는 꾸덕꾸
덕 말라 가는 건어물이 여러 마리 매달려 있다. 멀리서 파도치는 소리.
간간이 들려온다.
집 앞에는 창을 든 왜병 1,2가 지키고 있다.

왜병 1　어이 나까무라!
왜병 2　왜 그러나 야마시다!
왜병 1　박태수노 영감이가 활솜씨가 대단한가봐. 한번 사냥 나갔다 하면
　　　　수십 마리.
왜병 2　활 솜씨뿐이 아니야. 고기잡이 솜씨도 (엄지를 세워 보이며) 이거야!
왜병 1　해해 오늘은 꿩 한 마리 얻어가야 할텐데 (입맛을 다신다).
왜병 2　난, 가오리 한 마리 얻었으면 저녁에 한잔 쭈욱 (역시 입맛을 다신다)

이 때 한 손에 종다래끼를 든 내신 박사람공을 대동한 미사흔 왕제가
낚싯대를 메고 등장.

왜병 1　아, 미사흔님. 이제 돌아왔소까?
왜병 2　해해 오늘은 고기잡이 다녀왔군.
미사흔　빈집 지키느라 수고가 많았소. 이보시오 박공!

박사람   예, 미사흔 왕제님.

미사흔   오늘 잡은 고기 몇 마리 나눠 줍시다.

박사람   또요?

미사흔   또라니?

박사람   며칠 전에도 문어며 가오리며 여러 마리 주었잖습니까?

미사흔   아무 말 말고 나눠주시오. 평소에 태수어른께서 뭐라셨소. 적선지
          가에 필유여경이니 절대 인색하게 대하지 말라 하시지 않았소 (하
          며 낚싯대를 한 구석에 치운다).

박사람   (퉁명) 예! 알겠습니다.

왜병 1   박상, 너무 짜다!

박사람   뭐라구?

왜병 2   태수노 영감님과 미사흔이노 왕제님이 최고다!

박사람   하이구 말이나 못하면 밉지나 않지…. (종다래기에서 고기들을 꺼
          내 준다)

왜병 1   (고기를 받으며) 오오끼니! (고맙다는 일본 사투리)

왜병 2   (고기를 받으며) 나도 오오끼니! 해해해.

          왜병1, 2가 고기를 들고 무대 밖으로 퇴장.

박사람   으이구 그저 공짜라면 높은 놈이나 낮은 놈이나 그놈이 그놈!

미사흔   허허허. (박사람을 보며) 오늘은 꿩사냥 나간 태수어른보다 우리가
          한 발 일찍 돌아온 것 같소.

박사람   한데 태수어른께선 언제까지 잡아온 꿩을 몽땅 왜왕에게 바친다
          하시옵니까?

미사흔   생각이 깊으신 분이니까 우리야 하시는 양만 지켜볼 밖에 없질 않소.

박사람   왕제님이나 태수어른이나 너무 정이 많으셔서 걱정입니다.

미사흔   정이 많은 거야 탓할 바 아니지요. 자, 우리 태수어른께서 돌아오
          시기 전에 집 안팎이나 좀 치워 놓읍시다.

박사람   그러지요. 왕제님께선 밤새 고기잡이하시느라 피곤하실 텐데 집안

청솔랑 소관에게 맡겨 놓으시고 안에 들어가 좀 쉬고 계십시오.
미사흔   아니요, 이 사람도 심심하오이다. 무슨 일이든지 같이 하십시다.
박사람   원 왕제님도.

　　　미사흔과 박사람, 빗자루를 들고 집 안팎을 치운다.
　　　이 때 활만 멘 채 빈손으로 박제상과 부관 김철복 등장.

박제상   오, 왕제님. 먼저 돌아오셨군요.
미사흔   네. 잠시 전에 돌아왔사옵니다. 한데 오늘은 어찌 빈손이시옵니까?
김철복   태수어른께서 또 왜왕에게 몽땅 바치고 오셨사옵니다.
박사람   아유 아까워라!
미사흔   (웃으며) 내 그러실 줄 알았습니다. 어쨌거나 잘 하셨습니다.
박제상   허허허. 송구하옵니다 왕제님. 한데 들어오면서 보니 파수병이 보
　　　이질 않사옵니다. 어찌된 일이옵니까?
박사람   코 아래 진상에 눈들이 멀었사옵니다.
박제상   왕제님도 잡아온 고기를 몽땅 나눠주셨구려.
미사흔   태수어른께서 말씀하시지 않았습니까, 줘야 할 사람 줘야 하구 달
　　　라는 사람도 줘야 한다구요.
박제상   그렇습니다. 마침 파수병도 없는데 우리 잠시 이야기 좀 나누실
　　　까요.
미사흔   그러지요.

　　　박제상을 중심으로 적당히 좌정한다.

박제상   여러분! 드디어 때가 온 것 같습니다.
미사흔   때가 오다니요.
박제상   그 동안 소신은 왜왕의 신임을 얻기 위해 온갖 수모를 마다하지
　　　않았고 내키지 않는 아첨과 아양을 떨며 신임을 쌓아 왔사옵니다.
　　　덕분에 소신은 왜왕으로부터 큰 신임을 받게 되었사옵니다. 때는

바로 이 때이옵니다. 결행은 바로 오늘밤, 오늘밤이 달 없는 그믐밤이올시다. 왕제님께서는 박사람공을 대동하시고 함께 신라로 돌아가십시오.

미사흔   아니, 이 몸에게 홀로 신라로 돌아가라 하시옵니까?

박제상   소신은 눌지마립간님께 맹세를 드렸사옵니다. 반드시 미사흔 왕제님을 모시고 돌아오겠다구요.

미사흔   그렇습니다. 가시더라도 함께 가셔야 하옵니다.

박제상   미사흔 왕제님. 소신의 말씀을 듣지 않으시면 우리는 모두가 다 왜왕에게 죽사옵니다. 왜왕은 절대로 우리를 살려두지 않사옵니다. 안 그래도 저들은 왕제님과 소신을 대장군을 삼아 신라침공의 선봉장으로 내세울 속셈으로 이제껏 우리들을 우대해 온 것이옵니다.

미사흔   아! 이 몸은 태수어른을 아버지처럼 생각하며 지내왔는데 이제 이 몸 홀로 신라로 돌아가라 하시니 너무하십니다 태수어른! 어흐흐흐 (울음을 터뜨린다).

박사람   그렇사옵니다. 태수어른, 함께 떠나셔야 하옵니다.

박제상   박공도 참으로 딱하시오. 하루도 빠짐없이 두 눈에 불을 켜고 파수병이 지키고 있는 판에 우리가 모두 달아난 걸 아는 날에는 왜병들은 신라 땅에까지도 우리를 쫓아와 추격의 손길을 멈추지 않을 것이외다!

박사람   아!

박제상   김철복 장군!

김철복   네, 태수어른.

박제상   이제 시간이 없소. 해안에 나가면 왜땅에 와 있던 신라사람 강구려가 기다리고 있을 게요. 김철복 장군은 빨리 해안으로 나가 강구려와 함께 미사흔 왕제님 일행이 타고 갈 배가 안전한지 한번 더 확인하고 오시오!

김철복   네, 다녀오겠습니다 (무대 밖으로 퇴장).

– 암전 –

<h1 style="text-align:center">제 3 장</h1>
<h2 style="text-align:center">왜왕에게 잡혀가는 박제상공</h2>

무대가 밝기 전 무대 왼편에 나온 해설자에게 조명이 쏟아진다.

해설자　아! 드디어 일은 크게 터지고 말았습니다. 박제상공은 미사흔 왕제를 등을 떠밀다시피 해서 볼모로 떠나올 때 함께 데리고 온 박사람공과 함께 신라로 떠나보냈습니다. 그리고 나서 박제상공은 태연하게 집안에 누어 있으면서 미사흔 왕제가 고기잡이 나갔다가 돌아와서 너무나 피곤해서 못 일어나는 걸로 위장을 했던 것입니다. 그러나 거짓의 가면은 곧 벗겨지고 박제상공은 왜군 파수병에게 잡혀서 왜왕 앞에 끌려나가는 몸이 되었습니다.
　　　　저는 여러분을 다시 왜왕의 관아로 안내하겠습니다. 자 가시지요.

조명 꺼지고 해설자 사라진다.
무대 밝으면 왜왕의 관아 앞마당. 적당한 세트가 호리존트에서 내려온다. 박제상과 김철복이 앞마당 모래바닥에 무릎이 꿇리고 왜왕과 시종 무사들 몇 사람이 한 계단 높다란 곳에 위치하고 심문을 벌인다.

왜　왕　야 박제상! 이 늙어빠진 너구리놈아! 그 동안 짐이 네 놈의 가련한 신세를 가엾게 여기고 먹을 것, 입을 것에서부터 살집에 이르기까지 은혜를 베풀어 주었거늘 무슨 마음을 먹고 볼모로 잡아온 미사흔까지 신라로 빼돌리느냐 말이다!

박제상　(침묵)

왜　왕　이 자가 입이 붙어버렸느냐, 어째 말을 못해! 말을 해라 말을!

박제상　이 몸은 신라왕의 명령을 지키고 신라왕의 신하로서 본분을 다했을 뿐이오.

왜　왕　아니 이 자 좀 보게. 너는 일찍이 짐의 신하되기를 원했고 충성을
　　　　바쳐 왔거늘 이제 와서 신라왕의 명령이니 신라왕의 신하로서 본
　　　　분을 다 했다니 이게 다 무슨 헛소리냐?
박제상　그 동안 왜왕에게 충성을 다 해온 것은 미사흔 왕제를 구출하기
　　　　위한 임시변통이었소!
왜　왕　뭐, 임시변통?
박제상　그렇소이다.
왜　왕　과연 신라왕은 만고 충절의 신하를 두었도다. 여봐라 박제상! 지금
　　　　이라도 늦지 않았다. 짐의 신하가 되겠다고 맹세하고 빈다면 용서
　　　　도 하고 후한 상을 내리리라. 허나 만일 짐의 말을 거역하고 신라
　　　　의 신하임을 고집한다면 너의 목숨은 없어질 것이니 그리 알아라!

　　　　이 때 무대 조명이 꺼지고 박제상에게 스포트·라이트가 쏟아진다.

박제상　왜왕은 들으시오. 이 몸은 차라리 신라의 개·돼지가 될지언정 왜
　　　　국의 신하는 되지 않을 것이며, 차라리 신라왕의 매를 맞을지언정
　　　　왜국의 작록은 받지 않을 것이요!

　　　　이 때 또 하나의 스포트·라이트가 왜왕에게 쏟아진다.

왜　왕　저 저 발칙한 것을 보았나! 여봐라! 저놈의 발바닥을 벗겨 갈대밭
　　　　위를 걷게 하라!

　　　　갈대밭으로 상정된 무대 위를 맨발로 걷는 박제상을 스포트·라이트
　　　　가 따라 간다.
　　　　왜왕을 비치던 스포트·라이트는 계속된다.

왜　왕　(조명을 받으며) 너는 어느 나라의 신하인가?
박제상　(조명 속에서) 신라 땅, 계림왕의 신하요!

왜　왕　(조명 속에서) 저 놈에게 시뻘겋게 달군 철판 위를 걷게 하라!
박제상　(조명 속에서, 발바닥이 타는 듯 드라이 아이스 효과)
왜　왕　(조명 속에서) 너는 어느 나라 신하냐?
박제상　(조명 속에서 포효하듯) 나는 이 목숨이 다 할 때까지 어김없는 신
　　　　라왕의 신하일 뿐이요!
왜　왕　(조명 속에서) 저 놈을 목도로 끌고 가 섶을 쌓아 놓고 불태워 죽여라!

　　　　모든 조명 꺼지고, 무대 왼쪽에 화형 현장인 듯 붉은 화광이 치솟는다.
　　　　그 화광 속에 떠오르는 박제상의 마지막 모습이 거룩하다.
　　　　긴 여운을 두고 막이 내린다.

에필로그
대마도 사호의 미나토 소재 박제상공 순국비 앞뜰

　　　　막이 오른다.
　　　　안내원의 해설을 따라 프롤로그 대마도 사호의 미나토 소재 박제상공
　　　　순국비 앞뜰이 꿈결처럼 드러난다. 프롤로그 인물들은 등장하지 않는다.
　　　　무대가 밝기 전, 안내원만이 등장하여 스포트 · 라이트를 받는다 (안내
　　　　원의 복장은 프롤로그 때와 동일).

안내원　만고 충절 박제상공의 최후는 부관인 아막 김철복 장군에 의해 신
　　　　라로 전해집니다. 그리고 눌지마립간은 박제상공의 순국을 기려
　　　　벼슬은 대아찬, 군호는 단양군, 시호는 충열공을 추증합니다. 또한
　　　　박제상공의 둘째 따님 아영낭자는 미사흔 왕제에게 출가, 훗날 백
　　　　결 선생으로 알려지는 박제상공의 아드님 문량공을 왕궁에서 키
　　　　워냅니다.

이 때 또 다른 스포트·라이트가 단위 높은 자리에 나란히 서있는 미사흔 왕제와 아영낭자를 비친다. 안내원의 해설이 진행되면서 슬그머니 사라진다.

안내원 하지만 비극은 이에 그치지 않았습니다.
그로부터 삼년 동안, 박제상공댁의 안주인이신 금교부인께서는 왜국에서 순국하신 박제상공이 행여나 살아 돌아 오실까, 동해안 치술령에 올라 날이면 날마다 기다리시다가 끝내 숨을 거둡니다. 후세 사람들은 이 금교부인의 최후를 애닯게 생각하고 금교부인이 왜국으로 이어지는 바닷길을 바라보며 일생을 마치신 바위를 일컬어 망부석이라 하였습니다.
그런데 후세 사람을 더욱 슬프게 한 것은 바로 금교부인의 시신이 발견된 근방에서 큰따님 아기낭자, 셋째 따님 아경낭자의 시신이 함께 발견된 것입니다.
여기서 저는 이 극을 마치면서 조선왕조 제19대 숙종대왕께서 남기신 어제시 한 수를 낭독하고자 합니다.

눌지왕이 즉위하자 천륜이 생각나서, 변사를 찾던 끝에 그 분을 얻었다네.
볼모 갔던 두 동생을 다 오게 하였으니, 신라의 천년 동안 제일 가는 충신일레.
(※이 시는 「영해박씨세감」 권상 18쪽에서 인용).

어느 새 높은 단위에 박제상공 가족들의 일류전이 펼쳐진다.
제2막 제3장의 징심헌 앞에서 보았던 단란이다. 가신 님을 기리는 진혼곡(또는 향악)이 울려 퍼지는 가운데 막이 내린다.

장막

까마귀와 부엉이

전 3막 7장

□ **작의**

어느덧 대가족제도가 무너지고 핵가족시
대로 접어든 작금의 우리네 가정은 지금
어디로 흘러가고 있는 것일까? 효도 등
전통예절이 묵살되는 핵가족제도는 황금
만능사조까지 가세하여 현대가정의 풍속
도를 이질화시켜 놓았다.
효가 가족의 으뜸가는 덕목이었던 우리
네 아름다웠던 가족간의 사랑은 영영 사
라지고 마는 것일까?
극도의 개인주의로 숭조경로의 미풍이
사라진 가정은 인간성이 황폐화된 폐허
나 다름 없다.
인간성의 황폐화, 그것은 우리가 온몸으
로 막아내야 할 최대의 적인 것이다.

때

현대

곳

대가족이 사는 대형 아파트 거실(제1막), 왕회장의 집무실(제2막),
느티나무가 있는 농촌마을의 쉼터(제3막).

등장인물

왕건일 (78세)　건일그룹 회장. 가부장시대의 잔재 같은 독선적 기질의
　　　　　　　인물.
김여사 (72세)　왕건일의 부인. 결혼 후 50년 동안, 줄곧 남편에게 순종
　　　　　　　해 왔다.
왕동호 (50세)　큰아들, 미국의 대학 교수이며 경영학 박사.
지연희 (48세)　큰며느리, 호동의 아내. 미국의 하이스쿨 수학 교사.
왕숙희 (46세)　큰딸. 김지찬의 아내. 건강을 해친 아버지의 은퇴를
　　　　　　　강력히 주장한다.
김지찬 (47세)　건일의 사위, 숙희의 남편. 중소기업의 부장급 간부.
왕동수 (43세)　둘째아들. 일확천금을 노리는 한탕주의 때문에 가족들
　　　　　　　이 불신한다.
신영주 (40세)　동수의 아내. 무능한 남편 때문에 삶이 고달프다.
왕숙진 (35세)　막내딸. 미혼. 컴퓨터지도교사로 연봉 억대를 받는
　　　　　　　벤처기업 사원.
본부장 (60세)　왕회장의 건일그룹 본부장.
김변호사 (55세)　왕회장의 건일그룹 소속 고문변호사
한인석 (75세)　왕회장의 옛 전우.
가정부 (45세)　왕회장네 아파트의 가정부
형 사

제 1 막

제 1 장
퇴원직전의 왕회장의 아파트 응접실

서울 시내 강남에 있는 어느 고층아파트 로열층의 응접실.
무대 중앙에 엘리베이터에서 들어오는 출입구가 있고 그 출입구에서
약간 안으로 들어오면 오른쪽으로 이 아파트의 주인인 왕회장 내외의
침실과 막내 숙진의 침실이 적당한 간격을 두고 배치되어 있다.
응접실의 가구류는 철제캐비닛 따위 2~30년 전의 구닥다리 세간이 색
조만 바꾼 채 아직도 버티고 있어 이 집 주인의 검소한 가풍을 엿보이
게 하고 응접실 벽 여기저기에 산수화 등 족자가 걸려 있으나 이것 역
시 벽이 허전할 것 같아 그저 모양새로 꾸며놓은 듯한 인상이다. 출입
구에서 얼마쯤 들어온 무대 중앙에 대형의자 한 개를 중심으로 양편으
로 나누어 긴 의자 4개를 2개씩 짝을 맞추고 그 앞에 탁자를 배치한
맞춤 응접세트가 놓여 있다. 이 응접세트 역시 별로 고급스럽지는 않
고 그 옆에 등장인물이 사용할 여러 개의 보조의자가 적당히 배치되어
있다. 연장자가 앉게 되는 큰 의자 옆에 세워져 있는 탁자 위에는 다른
분위기와는 어울리지 않게 유무선 겸용의 고급스런 최신형 전화기가
놓여 있다.

때는 이른 봄날의 오전.
잔잔한 음악이 울려 퍼지는 가운데 막이 오르면 왕건일의 큰아들 왕동
호와 그의 아내이며 큰며느리인 지연희, 큰딸 왕숙희와 사위 김지찬
부부, 둘째아들 왕 동수와 그의 아내이며 작은며느리인 신영주 등 가
족이 응접세트에 앉아서 오늘 병원에서 퇴원하는 왕건일 내외의 귀가
를 기다리고 있다.
각자 따분한 몸짓들. 동호는 미국에서부터 장시간 비행기를 타고 와 시

차 때문에 연방 하품을 한다.

이 때, 전화 벨 소리.

탁자 근처에서 서성대던 왕회장의 사위 김지찬이 냉큼 무선 송수화기를 잡아들고 귀에 갖다 댄다.

김지찬 예. 논현동입니다. 누구? 아, 천비서… 뭐요? 아니 병원에서 퇴원하신 회장님을 댁으로 모시지 않고 그룹 본부 회장실로 직행 했다구요? 이봐요 천비서. 당신 돌았어요? 아무리 그룹 본부의 본부장이 달려 와서 모시고 갔다지만 말이 퇴원이지 회장님은 아직도 안정이 필요한 환자가 아닙니까? 이래도 되는 거예요 엉!
(당황해서) 아 이봐요 천비서! 천비서! (기가 찬 듯) 끊어? 허이구 천비서, 이 자가 간이 부었어요.

김지찬, 통화종료 버튼을 누르고 송수화기를 제자리에 갖다 놓는다.

김지찬 (혼자소리로) 어디 두고 보자, 천비서! (일동에게, 약간은 퉁명스레) 들으신대로 장인어른께선 지금 그룹 본부 회장실에서 긴급회의를 주재하고 계시답니다. 그리고 장모님은 막내 처제가 모시고 먼저 떠났대요. (일동 앞으로 다가와서) 자 여러분, 아버님이 도착하시기 전에 우리들의 결의를 다져 두는 게 어떨까요?

일 동 (자세들을 고친다)

김지찬 자, 보십시오. 회사사람들이란 게 아버님의 건강 따위에는 추호도 관심이 없습니다. 그저 물귀신처럼 기회만 있으면 어떻게든 아버님을 수렁 같은 경영의 늪으로 밀어 넣으려고 물고 늘어집니다. 저희들이 살기 위해서 아버님의 건강 같은 건 안중에도 없는 거죠. 안 그렇습니까? (한 호흡 쉬고) 이래 가지고서는 아버님의 건강은 결단코 유지될 수가 없지요. 큰처남 내외분은 엘에이서부터 열 두 시간 이상 비행기를 타고 오셔서 고단하시겠지만 오늘 우리는 왕건일 회장 일가의 안녕과 평화를 위해 중대한 결정을 내려야

만 하겠습니다. 그럼 여러분의 의견을 묻겠습니다.
우리는 이번 기회에 아버님의 은퇴를 강력히 관철시켜야 합니다.
반대하시는 분은 손을 들어주십시오.

손드는 사람이 없자 김지찬은 단호히 선언한다.

김지찬 만장일치 가결입니다. 그럼 아버님께서 돌아 오시는대로 우리들의
       의사를 말씀드립시다. 우리들의 의사를 말씀드릴 대표로 미국에서
       오신 큰형님 왕동호 박사님을 추천합니다. 이의 있으십니까?
왕동호 (면구스러워서 피식 웃으며 머리를 긁는다) 허허허.
김지찬 자 박수로 우리 가문의 대표이신 큰 형님을 모시겠습니다. 이리 나
       오셔서 한 말씀 해 주십시오.
일 동   (박수)

그러나 둘째아들 왕동수는 시큰둥한 얼굴로 팔짱을 끼고 외면하고 있다.

김지찬 아니 작은처남은 왜 박수를 안치나?
왕동수 (비꼰다) 매부 혼자 북 치고 장고 치고 아주 보기 좋습니다.
김지찬 (큰 소리로) 아니 작은처남!
왕숙희 (큰 소리로) 동수야!
왕동수 헹! 며칠 입원했었다고 현대판 옹고집인 아버지가 은퇴하실 것 같
       아요? 꿈 깨요!
김지찬 (격앙된 어조로) 작은처남!
왕숙희 (덩달아) 동수 너 왜 이러니?
왕동수 좋아요, 우리 한번 터놓고 말 좀 해봅시다.
왕숙희 (기가 나서) 그래 하자, 해보자! 해보자구!
왕동호 (중재에 나선다) 아 아, 숙희도 동수도 왜들 이러니. 진정들 하구
       차분하게 이야기를 해. 형제끼리 웬 목소리가 이리 커!
왕숙희 글쎄 동수 애가 남의 성질에 불을 지르잖아요.

김지찬   작은처남, 우리 부부에게 너무 그러지 마러?

왕동수   (발끈) 뭐라구?

왕동호   (버럭 소리 지른다) 그만들 둬!

왕동수   큰형님. 숙희누나구 매부구 지금 무슨 꿍꿍이 속인지 알아요? 아
         버지를 은퇴하시게 하구 재산분배 좀 받자는 거라구요.

신영주   (동수에게) 왜 그래요 여보!

왕숙희   동수 너도 목구멍에서 손이 나올 지경 아냐? 회사에서도 모가지
         가 잘려 가지고 벌써 반년도 넘게 빈둥거리면서 무슨 금시 발복할
         노다지라도 캘 것처럼 다단계 판매망이 어쩌구 하면서 허풍을 떨
         고 다니면서 뭘 그래?

왕동수   아니 누나!

김지찬   (왕숙희에게) 여보, 그만 해. 지금 형제들이 뜻을 통일해도 될까말
         까 한데 서로 물고 뜯으면 되냐구?

왕동호   (형제들을 둘러보며) 아니 의견 통일이니 뭐니 이게 다 무슨 소리
         야? (누구에랄 것 없이) 은퇴는 뭐구 재산분배는 또 뭐야?

왕동수   미국에 계신 큰형네가 왜 허둥지둥 돌아왔수?

왕동호   아버지의 용태가 그렇게 나쁘냐?

왕숙희   주치의도 아버지가 너무 고령이시라 계속적인 진두지휘는 무리라
         고 했어요. 나는 이번 기회에 아버지는 은퇴하셔야 한다구 생각해요.
         아버지 연세가 올해 몇인 줄 아세요? 일흔 여덟이에요 일흔 여덟!

왕동호   자식이 돼 가지고 어떻게 부모의 연세를 모르겠니?

왕숙희   그 연세라면 공직자는 어림도 없어요. 설사 개인업체라고 해도 벌
         써 후계자에게 자리를 넘겨 주셨어야죠.

왕동호   그래, 숙희의 말에도 일리는 있다. 그런데 숙희뿐만 아니라 다른 형
         제들도 같은 생각인가 본데 그렇다면 아버지가 은퇴하신 후 어떻
         게 노후를 보내셔야 할지 부모님 노후대책에 대해서 생각 좀 해봤
         니?

일 동   (침묵)

왕동호   (침통한 어조로) 아버지는 그야말로 80평생을 오로지 사업체 육성
        을 위해서 한 몸을 바쳐오셨고 어머니는 그런 아버지를 묵묵히 내
        조해 오셨다. 그리고 아버지의 사업은 당연히 우리 왕씨 가문의
        젖줄이기도 했고. 그런데 아무런 대책도 없이 그저 이제 80 고령
        이 되셨으니까 모든 일에서 손을 떼고 편히 쉬시라 한다면 너무나
        잔인한 일이 아닐까?

왕동수   아버지가 은퇴 후에 하실 일이야 만들면 되지요.

왕동호   구체적으로 어떤 일?

왕동수   글쎄 거기까지는…(말이 막힌다)

왕동호   숙희의 의견 좀 들어보자!

왕숙희   (볼멘소리로) 나라고 특별히 의견이 있을 게 뭐유?

왕동호   그런데도 아버지보고 막연히 은퇴하시라고 말씀드리자구?

왕숙희   오빠네가 미국으로 모시고 가도 되는 것이구.

왕동호   그래. 나도 이따금 네 올케와 상의를 해 왔다만 미국으로 모시고
        가는 것만이 능사는 아닌 것같아.

왕숙희   오빠! 거기도 사람 사는 세상이구, 또 얼마나 땅덩어리가 넓수? 아
        버지가 하실 일은 얼마든지 찾을 수 있을 거라구요.

지연희   아니죠 큰 애기씨.

왕숙희   아니라뇨, 큰올캐!

지연희   물론 지금은 교포들도 많이 건너와 살고 있으니까 영어를 몰라 적
        응을 못해서 예전처럼 다시 고국으로 돌아오게 되는 역이민현상
        이야 없을 테지만 어머님은 남자분인 아버님과 달라서 부부가 맞
        벌이를 해야 하는 우리처럼 거의 혼자서 집이나 지키고 있어야 하
        는 고령의 여자노인들은 활동범위가 아주 좁아지고 자칫하면 외
        톨이가 되어서 향수병에 걸리기가 쉽고 많은 여자노인께서 치매
        로 고생하신다고 해요!

왕숙희   흥! 아주 우리 엄마 치매에 걸리라고 고사를 드려요!

지연희   (시누이의 말이 고까워서) 큰 애기씨!

김지찬   말이 씨가 된 댔는데 당신 처남댁한테 그 무슨 소리야?
왕숙희   (신경질) 아유 몰라, 몰라! 나도 몰라!

        왕동수, 슬그머니 일어나 무대 한 쪽으로 가서 담배를 피워 문다.
        답답하고 침통한 분위기.

왕동호   아무튼 우리 형제들의 당면과제다. 다투지 말고 의논해 보자! 참,
         매부가 나가는 회사는 별 일 없나?
김지찬   우리 회사도 그놈의 아이엠에프 바람에 지난 97년부터 내내 내리
         막이라, 팍 곯아버렸어요… 허허허.
왕동호   걱정이로군.
왕숙희   저이도 회사에서 (목뒤에 손 칼을 대며) 목이 잘리기 직전이래요.
왕동호   (동수의 부인 신영주에게) 제수씨도 고생이 많으시다죠. 죄송합니
         다. 나 몰라라 하구 지내서요.
신영주   (동수를 보며) 아무튼 저 이, 쥐뿔도 없으면서 가당치도 않은 아버
         님 위세만 믿구서 그저 일확천금할 꿈만 꾸고 있어서 야단이에요.
왕동호   (아내의 말을 들었다. 발끈해서 벌컥) 뭐가 일확천금이야!
신영주   (움찔한다)
왕동호   아무튼 이번에 아버님 모시고 차분하게 의논해 보지요.
신영주   부탁드려요 아주버님.

        지연희의 손을 잡는 신영주.

신영주   미국 형님한테서 말씀 들었어요. 형님댁도 여유 있는 살림은 아니
         라면서요? 쌍둥이 조카들도 날로 커가구요.
왕동호   대학교수의 보수라는 게 뭐 미국이라고 별겁니까? 허허허. 집사람
         이 하이스쿨에 나가 수학교사로 교편을 잡아 줘서 그나마 겨우겨
         우 지탱을 하고 있는 거죠, 허허허.
지연희   (쑥스러워 어깨를 추썩 올리며) 당신도 참!

왕동호   (자리에서 일어나 일동을 향해) 퇴원하시자마자 자식들이 떼로 몰려
         와서 거취 문제며 재산처리 문제며 말씀드린다는 게 좀 그러네.
         이 문제는 내가 아버지와 조용히 의논을 해서 떠나기 전에 모두에
         게 알려줄 테니까 그리들 알고, 오늘은 그저 기쁜 마음으로 아버
         지의 퇴원을 축하해 드리자구!
김지찬   역시 우리 큰처남이 최고네. 나도 찬성이야. (왕숙희에게) 당신은 어
         때?
왕숙희   나도 좋아요. (왕동수 쪽을 보며) 산통은 저 애 동수지.
왕동수   또 북 치구 장고 치구! (종주먹을 대며) 어유 그냥!
일 동   (즐거운 웃음)

                                          - 막이 내린다 -

제 2 막

제 1 장
퇴원 후 왕회장의 거실

전막으로부터 몇 시간이 지난 같은 날 밤. 전막과 같은 아파트 거
실이다.
막이 오르면 왕건일 회장이 응접세트 큰 의자에 앉아서 무언가
골똘히 생각에 잠겨 있다.
김여사, 주방에서 쟁반에 녹차 잔을 받쳐 가지고 나와 응접세트
쪽으로 다가온다.

김여사   (쟁반에서 찻잔 들어내어 탁자 위에 놓는다) 여보. 차 드세요.
왕회장   음….

김여사   아까부터 뭘 그렇게 골똘히 생각을 하고 계세요?

왕회장   생각은 무슨….

김여사   그런데 사무실에서는 병원에서 퇴원한 분을 모셔다가 무슨 회의
          를 몇 시간씩 했대요?

왕회장   열흘씩 입원을 하다보니 결재도 밀리고 해서지 뭐….

          찻잔을 들어 훌훌 마신다.

김여사   (선 채로) 회사는 어떤데요? 여전히 어렵대요?

왕회장   음. 좀.

김여사   얼마나 어려운 건데요?

왕회장   그냥 좀 어려워.

김여사   그럼 어떡해요 여보?

왕회장   너무 걱정 말라구, 당장 어떻게 되는 건 아니니까….

김여사   그래두 왜 걱정이 안돼요. 모든 사업체는 바로 우리 집안의 생명
          줄이었는데….

왕회장   그랬지, 우리 집안의 생명줄이었지. 하지만 이제 막을 내려야 할
          때가 온 것 같아.

김여사   네? 아니, 막을 내리다니요?

          왕회장, 자리에서 일어나 무대 위를 이리 저리 서성인다.

김여사   (궁금해 못 견딘다. 역시 자리에서 일어나 남편에게로 다가간다.)
          막을 내리다니요?

왕회장   시대가 나를 떠밀어 내고 있어.

김여사   네?

왕회장   참. 나, 이번에 그룹에서 손을 뗄까 해.

김여사   (놀라며) 손을 떼요?

왕회장   음.

김여사   손을 떼면 무얼로 소일을 하실 건데요?

왕회장   소일거리야 만들면 되는 거구. 그보다도 당신의 생각을 듣고 싶군.

김여사   내 생각이라니요?

왕회장   솔직히 말해서 내가 여러 개의 사업체를 거느린 그룹을 만든 건
        내 힘만이 아니라 당신의 내조가 있어서 가능했다고 생각을 해.

김여사   당신에게 낯간지러운 말을 다 듣고… 사람이란 오래 살구 볼 일이
        네요. 호호호.

왕회장   헛참! 공치사가 아니라 진심이라구.

김여사   어쨌든 듣기는 싫지 않네요. 호호호.

        이어 왕회장과 김여사 각각 응접세트에 앉는다.

왕회장   그래서 말인데 당신 내 눈치 보느라고 그 동안 먹고 싶은 것, 입고
        싶은 것, 하고 싶은 것 모두 작파하고 지내온 거 나도 잘 알어!

김여사   (입이 딱 벌어져서)… 허유 참! (말이 안 나온다)

왕회장   왜 그래 당신?

김여사   무슨 말씀을 하려고 안하던 공치사를 다 하고… 난… 무섭네요.

왕회장   왜 겁나나?

김여사   당신 나에게 뭐 잘못 하신 거 있어요? 나 모르게 어디 작은댁이
        라도 숨겨 두었었느냐구요.

왕회장   어어, 이거 생사람 잡을 소리 마. 다 늙어 가지고 못하는 소리가 없어.

김여사   (약간은 미안해서) 호호호. 하기야 진 다 빠져 나간 영감에게 누가
        덤빌려구? 호호호.

왕회장   이거 웬 질투야! 느닷없이 작은마누라 얘기가 다 터져 나오구.

김여사   그래두 난 당신보다는 여섯 살이나 젊습니다.

왕회장   여자 나이 일흔 둘이 장히 젊구먼. 아무튼 그래서 내가 당신에게
        선물 하나를 하려고 해. 이번 퇴원 기념으로.

김여사   선물요? 어떤 선물요?

왕회장 그래 어떤 선물을 원하오?

김여사 나 선물 같은 거 필요 없어요. 그냥 돈으로 주시구려.

왕회장 돈으로 달라? 좋아. 주지!

김여사 얼마나 주실려우?

왕회장 얼마면 되겠소?

김여사 당신 말대로 당신의 오늘이 내 내조 때문에 있었다면 당신이 이룬
        전 재산을 딱 잘라서 절반!

왕회장 절반? 하이구. 이 양반이 아주 크게 나오시네?

김여사 그래, 당신의 총재산이 얼마나 되는데요.

왕회장 좀 될 거야.

김여사 얼마나 되냐니까요?

왕회장 주머니 돈이 쌈지 돈인데 당신과 나 사이에 액수가 대수요?

김여사 그럼 뭐가 대수예요?

왕회장 아이들이 문제지!

김여사 아이들이 문제라뇨?

왕회장 이번에 내가 세상을 떠났으면 어땠을까, 병원 침대에 누워서 그걸
        생각했었지. 눈앞이 아찔하더군!

김여사 무슨 그런 망측한 소리가 다 있어요?

왕회장 내가 남긴 재산을 가지고 형제간에 머리통이 깨져라 피 터지게 싸
        우고…그랬을 게 아닌가? 업계에선 왕건일 하면 앞을 내다볼 줄
        아는 성공한 기업가라는 소리를 들어왔는데 그런 왕건일이 자식
        농사 잘못 지어서 애비가 남긴 유산 때문에 싸운다는 소문이 나
        보라구, 어이구 난 죽어서두 무덤 속에서 벌떡 일어날 것이구면.

김여사 하긴 아이들이 문제이긴 하네요. 동호네는 미국에서 뿌리내리고
        살고 있으니 그렇다 치고 숙희네는 김서방이 다니는 회사가 위태
        위태해서 언제 목이 잘릴지 모른다고 했어요.

왕회장 쯧쯧쯧(혀를 찬다) 아무리 세월이 가도 변한 게 없구면.

김여사 김서방도 독립하고 싶겠지만 뭐 손에 쥔 게 있어야 할 게 아니냐구요.

왕회장   독립할 생각은 있는데?

김여사   사업자금이 문제지 독립 싫어할 사람이 어딨겠어요?

왕회장   밑 빠진 독에 물 퍼붓기야.

김여사   숙희네보다두 더 큰 문제는 둘째 동수네예요.

왕회장   헛 참!

김여사   당신도 알잖아요. 벌써 반년 넘게 실직자가 되어 빈둥거리고 있어
          요. 눈치가 당신이 사업자금이라도 대주었으면 싶은가 본데 애어
          멈 이야기로는 사업자금보다도 당장 앞으로 먹고 살아갈 일이 막
          막하다네요. 아마 친정의 도움으로 식생활도 꾸려나가고 있는 것
          같았어요.

왕회장   당신 말을 듣고 보니 아이들에게 또 얼마씩 나누어 주자는 말투
          같구먼.

김여사   나누어 주구 싶은 마음이 굴뚝 같으면 뭘 해요. 내 수중에는 아무
          것도 가진 게 없는데.

왕회장   당신 말대로 하면 내 재산의 절반은 당신 것이니까 당신 재산 당신
          마음대로 나누어주고 싶겠지. 하지만 그건 안돼. 깨진 독에 물퍼붓기
          는 끝도 시작도 없는 악순환일 뿐이야. 이제 말이지만 그 동안 나도
          자식들에게는 다른 집 아버지 이상으로 했다고 자부해. 우선 대학공
          부 다 시켰어. 큰애는 미국 유학까지 시켰어. 그리고 모든 자식들에
          게 중간치 아파트 한 채씩은 마련해 주었어. 그러면 살 길은 스스로
          열어 나가야지 언제까지 부모에게 기대겠다는 거야. 그런데 당신은
          뭘 또 나누어 주자는 건지 난 도무지 이해할 수가 없어.

김여사   보기 딱하니 그렇죠. 잘났든 못났든 당신과 내가 낳은 새끼들이라
          구요. 우리 부부는 마치 까마귀의 부모처럼 먹이 물어다 어린 새
          끼들을 큰 새로 길러났어요.

왕회장   그래 당신, 말 잘했다. 그렇다면 이제는 저희들이 늙은 부모에게
          먹이를 물어다 먹여 주어야 이게 바로 까마귀의 가족사랑이 아닌
          가! 왜 옛부터 까마귀를 효자새라고 했게? 어미 아비가 늙으면 저

희들이 먹이를 물어다 늙은 부모 봉양을 했대서 그런 말이 전해
내려왔어. 그런데 나이가 사십, 오십이 되도록 계속 먹이를 먹여
내라니 이런 억지가 어딨나?

김여사　억지라니요?

왕회장　자식들에게 뭘 나누어 주겠다는 생각은 애저녁에 그만두라구.

김여사　홍! 말은 그럴 듯하게 뭐 퇴원기념 선물을 줍네 어쩌구 하더니 결
　　　　론이란 게 고작 입마개였군요. 어째 말이 시원시원하기에 웬일인
　　　　가 했죠. 됐어요. (토라져서 팩하고 몸을 돌린다.)

왕회장　여보 왜 이래. 마저 말을 마치잖구서.

김여사　됐다구요. (자리에서 일어난다) 홍 사업체에서 손을 뗀다구?

왕회장　글쎄 내 얘기 마저 들어봐!

김여사　은퇴? 은퇴 좋아하시네…(훌쩍 방으로 들어가 버린다).

왕회장　여보! 나 봐! (자리에서 일어나 김여사를 부른다) 나 좀 보라니까!

- 암전 -

제 2 장
엇갈리는 왕회장 부자의 생각

전장으로부터 몇 십분 후 같은 날 밤. 무대는 전장과 같은 아파트
거실. 무대가 밝으면 왕회장이 여전히 응접세트 큰 의자에 가부좌
를 틀고 앉았다.
큰아들 왕동호가 나와 응접세트로 다가간다.

왕동호　아버지.

왕회장　잠들지 못하는 걸 보니 시차 적응이 잘 안되나 보구나. 게 앉으려무나.

왕동호   네 아버지. (응접세트에 앉으며) 퇴원하시자마자 회의 때문에 쉬시
          지도 못하고 피곤하시겠어요.

왕회장   뭘, 내일쯤은 오래간만에 필드에라도 나가 볼까 한다.

왕동호   네? 골프는 아직 무리일 텐데요. 안됩니다, 아버지.

왕회장   뭘…아직은 끄떡없다. 천천히 움직이면 돼.

왕동호   정말 조심하셔야죠, 아버지.

왕회장   이젠 너마저도 애비를 허약한 늙은이 취급이냐?

왕동호   (웃으며) 허허허 가족이니까요..

왕회장   가족?

왕동호   어머니 말씀으로는 우리가 까마귀가족이어야 한다고 하시대요.

왕회장   까마귀가족이라….

왕동호   어쨌든…아버지, 이번에 정말 은퇴하시는 겁니다. 온 가족이 그렇
          게 소망하구 있어요.

왕회장   안 그래도 그 문제에 관해서 네 의견 좀 듣고 싶구나.

왕동호   솔직히 말씀드려서 저 이번에 아버지께서 무슨 변을 당하시는 게
          아닌가 그런 방정맞은 생각을 다 했었습니다.

왕회장   그래. 미안하구나. 바쁜 사람 미국에서 달려나오게 만들구…허허허.

          이 때, 방에서 나오는 지연희. 조용히 응접세트 쪽으로 다가와 앉는다.

지연희   저 아버님.

왕회장   그래.

지연희   이이하구두 의논을 한 것인데요.

왕회장   음, 뜸들이지 말구 말을 하려무나.

지연희   저희와 미국에서 사시면 어떠시겠어요?

왕회장   미국에서?

왕동호   네. 기왕 은퇴하실 바에야 모든 일에서 해방되는 길을 찾으시는게
          좋지 않겠어요?

왕회장   글쎄다.

지연희   저희가 아버님 어머님 두분 잘 모실게요.

왕회장   짐이 될텐데….

왕동호   (펄쩍 뛴다) 짐이라뇨, 당치 않습니다.

지연희   절대로 그런 일 없습니다, 아버님.

이 때, 김여사도 방에서 나와 응접세트에 다가와 앉는다.

지연희   (벌떡 일어나 자기 자리를 양보하며) 어머니, 이리루 앉으세요.

김여사   오냐. (김여사 앉으면 지연희는 그 옆 의자로 이동)

왕회장   마침 임자 잘 나왔군. 큰애들 하구 이야기 좀 합시다.

김여사   또 무슨 선심을 쓰시려구요….

왕회장   허허허 단단히 화가 났었구면, 응?

왕동호   어머닌 어떠세요. 미국에 가서 저희와 함께 사시면요?

김여사   너희와 함께?

지연희   네. 저희도 의지가 되구 좋을 것 같아요.

김여사   글쎄다. 여긴 어쩌구 미국에를 가?

왕동호   아버진 모든 일에서 벗어나셔야 합니다. 어머니도요. 그래야 아버
          지 뿐만 아니라 어머니의 건강도 지킬 수가 있어요.

김여사   숙희네, 동수네, 더구나 시집도 안간 숙진이는 어쩌구 산설구 물선
          미국 땅에 건너가 살어?

왕동호   어머니. 숙희네구 동수네구 이젠 어엿한 성인들이구 숙진이두 비
          록 월급쟁이지만 연봉 1억이 넘는 고액 소득자로 컸지 않습니까?
          이젠 모두 홀로서기를 해야지 언제까지 아버지와 어머니의 그늘
          에서 지낼 수가 있겠어요?

김여사   너희 아버지두 그렇지만, 더더구나 난 영어라구는 한마디도 못하
          는데 이유 난 못 간다. 못 가!

왕회장   늙은 부모와 함께 살겠다는 너희들 뜻은 고맙다만, 아범두 어멈두
          맞벌이인데 쌍둥이들 학교간 다음 텅 빈 집안에는 결국 우리 두
          늙은이만 남아 있게 될 게 아니냐. 나도 많이 생각을 했어. 미국에

는 안 간다.

왕동호　아버지!

김여사　나도 안 간다.

왕동호　어머니!

지연희　미국에는 노인들에 대한 재가복지시책이 잘 되어 있어서 아버님 어머님을 외롭게 지내시게는 하지 않습니다. 더구나 최악의 경우에는 유료 양로원을 이용하실 수도 있구요.

왕동호　네. 한국의 노인복지시책과는 비교도 안되죠.

김여사　유료양로원이라면 한국에도 여럿이 있다는데 무엇 때문에 그 머나면 미국에까지 가서 양로원에를 들어가? 어유 난 싫어요, 난 싫여. 아예 그런 소리 마라! (도리질을 한다)

왕회장　동호야!

왕동호　네 아버지.

왕회장　차라리. 너희가 한국에 돌아오면 어떨까? 내 사업을 이어받을 겸….

지연희　아범은 당분간 지금 나가는 대학에서 움직일 수가 없습니다. 차기 학장으로 물망에 올라있는데 지금 떠나게 되면 십년 공부가 허사로 끝납니다.

왕회장　동호, 네 생각을 들어보자!

왕동호　이 사람 말대로 지금은 움직일 수가 없습니다. 죄송합니다, 아버님.

왕회장　그러니까 애비의 후계자는 되지 않겠단 말이로구나!

왕동호　현실적으로 어려운 문젭니다.

왕회장　그럼 어쩐다?

왕동호　차라리 아버지 소유 주식을 처분하시면 어떻습니까?

왕회장　기업체를 팔아라?

왕동호　싫으십니까?.

왕회장　아니다. 그것두 손을 떼는 방법의 하나이긴 하지.

왕동호　미련 두지 마세요.

왕회장　내 한 평생이 걸린 사업체다.

왕동호 어쨌든 아버지의 건강과 맞바꿀 수는 없는 일입니다. 그리고 당장
       손을 떼시기가 어려우시면 매부도 있고 동수도 있지 않습니까?

왕회장 둘 다 내 뒤를 이을만한 재목이 못돼!

왕동호 가유명사 삼십 년 부지라는 고사가 있습니다.

왕회장 가유명사 삼십 년 부지?

왕동호 주위에 뛰어난 인물이 있건만 엉뚱한 곳에서 유능한 인물을 찾다
       가 세월만 허송했다는 고삽니다. 김서방도, 동수도 사십, 오십을
       바라보는 나이이고, 나름대로는 경력도 쌓았습니다. 한 번 맡겨보
       세요. 그래두 안되면 어쩌는 수가 없겠지만 한 번 맡겨보세요.

왕회장 제방 둑이 무너진 다음에는 수습할 길도 없어. 안 되는 일이야. 당
       장 그룹내 회사의 주주들이 말을 안들을 게구.

왕동호 아무튼 최선이 안되면 차선책이라도 찾아 봐야지요.

김여사 (왕회장에게) 그래요. 이번 기회에 숙희네, 동수네 살길 좀 열어 주
       시면 안돼요?

왕회장 (깊은 생각에 잠긴다) 흐음….

왕동호 저희가 비록 미국 땅에 떨어져 살지만 저희도 힘 자라는 데까지는
       돕도록 하겠습니다.

왕회장 (벌떡 일어난다) 그 문제는 좀 더 두고 생각을 해 보자. (김여사에
       게) 이 애들 쉬게 우린 그만 방으로 들어가지.

김여사 (따라서 일어난다) 그래요. 너희들도 쉬거라.

왕동호 네, 주무세요, 아버지 어머니.

왕회장, 김여사 오냐. (간다)

지연희 아버님, 어머님, 안녕히 주무세요.

- 암전 -

제 3 장
드러나는 왕회장의 구상

전장으로부터 하룻밤이 지난 다음 날 오전. 같은 아파트의 거실.

무대가 밝으면 김변호사가 무대 중앙 엘리베이터에서 들어오는 출입구로 가방 들고 등장.

왕회장이 출입구 앞에 서서 맞는다.

왕회장   (악수 나누며) 어서 오시오 김변호사.

김변호사   퇴원하시고 밤새 기분 좀 어떠셨는지요, 회장님?

왕회장   좋았어요. 자 앉읍시다 (김변호사에게 소파를 가리키며 앉기를 권하고 자기도 앉는다).

김변호사   (소파에 앉으며) 고맙습니다 회장님.

왕회장   (안에 대고) 아주머니?

가정부   (주방 쪽에서 등장) 네 회장님.

왕회장   손님이 오셨는데 차 좀 부탁해요.

가정부   네 (주방 쪽으로 퇴장).

왕회장   이번 입원 중에는 김변호사가 자주 문병도 와주시고 고마웠습니다, 하하하.

김변호사   (가방을 열고 안에서 서류 한 뭉치를 꺼낸다. 일일이 서류를 들어서 가리키며) 이 서류는 공증할 회장님의 유언장 사본이구요.

왕회장   알았소. 내가 한번 더 검토해 보구 넘겨 드리지요.

김변호사   그리고 이 서류는 회장님 말씀대로 한인석 씨에게 이전할 강원도 쪽에 있는 농장에 있는 건물과 농지의 등기부 등본이구요.

왕회장   (서류 받아 놓고) 수고했어요.

김변호사   한인석 씨는 6.25당시 군에서 함께 사선을 넘나들었던 전우시라구요?

왕회장   왜 김변호사도 아는 사람일텐데. 오 년 전인가 우리 그룹본부 건

물 경비책임자로 있다가 개인사정으로 그만둔 사람 있잖아요. 군
복무 당시 나는 선임하사였구 그 친구는 내 밑에 있던 상병이었어
요.

김변호사 　아, 그런 인연이 있으셨군요. 한데 그 한인석 씨에게 강원도의 농
　　　　　장을 넘기시겠다니 무슨 채무관계라도 있으셨습니까?

왕회장 　생전에 알았던 전우에 대한 내 마지막 정표예요, 하하하.

김변호사 　정표루 수천만원짜리 농장을 공짜로 주신다구요?

왕회장 　그 친구 부엉이 아범을 닮아서 온몸을 자식들에게 뜯어 먹히고 집
　　　　　도 절도 없이 떠돌며 살아요.

김변호사 　부엉이 아범을 닮았다니요?

왕회장 　부엉이란 놈은 밤눈이 어두워서 제구실도 못하다가 마침내는 제
　　　　　가 낳아서 기른 새끼부엉이들에게 온몸을 몽땅 뜯어 먹히고 말아요.

　　　　　가정부가 쟁반에 찻잔 두 벌 얹어서 들고 나와 탁자에 올려놓고 퇴장
　　　　　한다.

왕회장 　듭시다.

김변호사 　네. 고맙습니다.

　　　　　다음 대사는 적당히 차를 들면서 이어간다.

김변호사 　한인석 씨는 자녀분이 몇이나 되는데요?

왕회장 　아들딸 5남매죠.

김변호사 　5남매요?

왕회장 　이것들이 제 애비 연금까지 다 털어먹고는 아무도 모시지를 않는
　　　　　거요. 이 멍청한 친구, 셰익스피어라는 영국의 극작가가 쓴 리어왕
　　　　　처럼 이 자식네 집 저 자식네 집 떠돌다가 나중엔 괄시 괄시…. 마
　　　　　침내 어느 겨울날 새벽에 아들네 집에서 뛰쳐나와 가지고는 나를
　　　　　찾아와서 대성통곡을 하더란 말입니다.

김변호사 아하, 그러니까 바로 5년 전 회사를 그만 둔 때가 바로….

왕회장 그렇지요. 방법이 없습디다. 해서 우선 강원도에 있는 농장으로 보
        냈지요. 그런데 이 숫배기가 나한테 얹혀 지내는 게 고통스럽다면
        서 다른 곳으로 떠날 생각을 하고 있는 거에요.

김변호사 그래서 마지막 정표로….

왕회장 그렇게 된 얘기예요, 허허허.

김변호사 그럼 회장님 은퇴후의 계획은 세워 놓으셨습니까?

왕회장 한인석 상병과 함께 나머지 여생을 보낼 생각이에요.

김변호사 아, 그러시군요. 그렇다면 우선 안심입니다만.

왕회장 아무튼 이것저것 잘 좀 부탁합니다 김변호사!

김변호사 그야 여부가 있겠습니까? 한데 회장님?

왕회장 왜, 더 하실 말씀이라도?

김변호사 유언장 말씀입니다.

왕회장 뭐, 내용에 문제라도 있나요?

김변호사 물론 저도 평소 회장님께서 주장해 오신 인생철학을 모르는바 아
        니지만 그러나 부인에게는 지금 이 아파트의 권리를 양도하시고,
        자녀들은 이미 상속한 바 있는 건물 등 부동산 외에 회장님의 소
        유 재산에 대해서는 일절 상속하지 않으신다는 건 좀 생각할 여지
        가 없지 않겠습니까?

왕회장 그래서 한번 더 검토해 보겠다는 겁니다.

김변호사 심사숙고하십시오!

왕회장 자식들에게 너무 비정하다는 것이지요? 알겠어요. 무리는 하지 않
        을 거예요, 나도 자식들에게 영원한 독재자로 남기는 싫으니까요,
        허허허.

김변호사 그리하셔야죠, 그리하시는 게 순리입니다. (일어나서 작별의 절을 한
        다) 그럼….

- 암전 -

<h1 style="text-align:center">제 4 장</h1>
<h2 style="text-align:center">마침내 왕회장의 은퇴 결정</h2>

전장으로부터 다시 며칠이 흘러간 어느 날 오후.
무대는 전장과 같은 아파트 거실.
김여사는 돋보기를 끼고 앉아서 신문을 보고 있고 막내딸 왕숙진
이는 과일을 깎고 있다.

왕숙진 미국 오빠네 내일 아침 비행기로 떠난다면서요?

김여사 (심드렁하게) 그렇다는구나.

왕숙진 정말 엄만 미국 가기 싫어요?

김여사 (대답 없다)

왕숙진 엄마!

김여사 (떨리는 어조로 신문을 펴서 기사를 가리키며) 숙진아, 이 경제면의
기사 좀 봐라!

왕숙진 왜요? 엄마. 무슨 기사가 실렸는데 벌벌 떨구 이래요?

김여사 (떨리는 어조로) 네 아버지가 으…은퇴를 발표하셨구나.

왕숙진 어디요? (와락 신문을 빼앗듯이 가로채서 본다) 어머…어머… 정말
이네.

김여사 (힘이 빠진 듯 허탈한 어조로) 네 아버지, 불쌍해서 어쩌니, 응?

왕숙진 엄만, 아버지가 왜 불쌍해요? 이렇게 듬직한 자식들이 4남매나 있
는데….

김여사 자식들이 4남매? (어이없는 듯) 하이구우!

이 때 급하게 울려대는 차임벨 소리.
주방 쪽에서 가정부 뛰어나와 인터폰 송수화기를 잡고 수화기를 귀에
댄다.

가정부   누구세요? (김여사 쪽에 대고) 큰따님이세요. (인터폰 송화기에 대
       고) 네.

       가정부는 버튼 누르고 인터폰 송수화기를 제자리에 걸어놓은 다음 주
       방 쪽으로 퇴장한다.
       현관 출입구로 뛰어들어오는 숙진과 김지찬, 손에 손에 신문지를 들었다.

왕숙희   엄마 엄마, 뉴스야 뉴스!
김지찬   네 장모님! 뉴습니다 뉴스!
김여사   웬 호들갑이야?

       맥이 빠진 왕숙희와 김지찬, 허탈한 표정으로 김여사와 왕숙진을 본다.

왕숙진   아버지 은퇴소식이라면 우리도 알고 있어 뭐! (손에 들고 있던 신
       문지를 흔들어 보인다)

       왕숙희와 김지찬, 털썩 소파에 앉는다.

김여사   숙희는 네 소원대로 된 거 아니냐? 아버지는 은퇴해야 한다, 은퇴
       해야 한다, 노래를 부르더니, 헌데 소원대로 됐는데 왜 넋을 잃고
       있어?
왕숙희   이이가 다니는 회사, 부도 났어.
김지찬   죄송합니다 장모님!
왕숙진   이야말로 동시다발이네!
왕숙희   (날카롭게) 뭐야?
김여사   숙희네가 큰일 아니냐.
왕숙희   엄마!
김여사   왜?
왕숙희   은퇴의사만 발표한 것이지 아버지의 자산까지 정산이 된 건 아니
       잖아요?

김여사   무슨 소리냐, 그건?
왕숙희   우린 이제 어떻게 살아요 엄마! 응?

김지찬은 고개를 푹 숙이고 있다.

왕숙진   설마 아버지께서 언니를 모른다 하실까?
왕숙희   (기대를 걸며) 그렇지? 그렇지 숙진아?
김여사   염치도 좋다. 어떻게 돼서 허구헌날 손만 내밀 수가 있누? 엥이
           (꼴 보기 싫다)

이 때, 차임벨 소리.
다시 가정부가 주방 쪽에서 뛰어나와 인터폰 송수화기를 벗겨서 귀에
댄다.

가정부   누구세요? (김여사 쪽을 보고) 회장님이세요. (인터폰 송화기에 대
           고) 네. (인터폰 송수화기를 제자리에 걸어놓고 주방 쪽으로 퇴장)

무대 중앙 쪽 출입문으로 들어오는 왕회장.
모두 일어나서 왕회장을 맞는다.

왕숙진   (짓궂게, 두 손 번쩍 들고) 건일그룹 왕건일 회장 만세!
왕회장   허허허. 이거 웬 환영이야?

왕숙진, 뛰어가서 왕회장을 부축하려다가 주춤한다.
왕회장의 뒤로 엉거주춤 한인석이 들어오고 있기 때문이다.

왕회장   강원도에서 한인석 아저씨 올라 오셨다.
한인석   아주머니, 그간 평안하셨습니까?
김여사   농장 맡아서 일하시느라 얼마나 고생이 많으세요.
한인석   고생은요 뭐 허허허.
왕숙희   안녕하세요 아저씨.

한인석   음, 숙희도 별일 없었남?
왕숙희   네. (김지찬에게) 여보!
김지찬   안녕하십니까, 숙희의 남편 김지찬입니다.
한인석   그래, 안면이 있지 우리. 결혼식에서도 만났었구 하하하.

　　　　　그 동안, 왕회장은 큰 의자에 가서 앉는다.

왕숙진   저, 알아보시겠어요?
한인석   이게 누구야, 숙진이 아니라구?
왕숙진   그렇다니까요. 저 어릴 때 늘 아저씨 등에 업혀서 자랐다면서요.
한인석   허허허 그랬지. 그래 모두 잘들 지낸다지?
왕숙진   미국 오빠네두 들어왔구요. 내일 떠나요.
한인석   그래 아버지한테서 말씀 들었어.
왕숙진   동수 오빠네두 저녁에 올거예요.
한인석   잘 됐어. 참 보기 좋군, 하하하.
왕회장   이 사람, 이리 와 앉으라구.
한인석   네. (김여사에게) 참 아주머니, 앉으시죠.
김여사   아네요. 난 저녁준비 좀 거들어야 해요. 앉아서 말씀 나누세요.
한인석   네.
김여사   김서방은 내방에 가서 좀 눕구 너희들은 나하구 주방으로 가서 저
　　　　　녁준비 좀 거들자!

　　　　　김여사가 왕숙희과 왕숙진 자매를 데리고 주방 쪽으로 퇴장하고 김지
　　　　　찬은 왕회장의 방으로 들어간다.

한인석   그럼 선임하사님. 언제쯤 농장으로 내려오실 겁니까?
왕회장   집사람과 의논이 되는대로 기별하겠네. 그보다두 인석이!
한인석   네.
왕회장   아까 김변호사에게서 이야기 들었겠지만 강원도 농장은 이제 자

네가 주인일세.

한인석   그럴 수 없습니다 선임하사님.

왕회장   내 정표야, 정표라니까!

한인석   글쎄 선임하사님!

왕회장   끝까지 사양을 하면 나도 자네와의 50년 인연 없었던 것으로 치겠네.

한인석   선임하사님!

왕회장   경상비며 농장 운영에 필요한 일체의 경비는 나도 일부 부담을 할
          테니까 너무 겁먹지 말라구 응? 하하하.

한인석   고맙습니다 선임하사님.

왕회장   이제부터는 형님 아우로 지냄세.

한인석   네. 형님!

왕회장   인석 아우. 잘 부탁하네 하하하.

한인석   하하하.

          힘차게 악수한다. 이 때 차임벨.
          가정부가 주방 쪽에서 뛰어나와 인터폰 송수화기를 벗겨서 귀에 댄다.

가정부   누구세요? (왕회장 쪽을 보고) 미국 큰아드님 내외분이세요. (인터
          폰 송화기에 대고) 네. (인터폰 송수화기를 제자리에 걸어놓고 주방
          쪽으로 퇴장)

          왕동호와 지연희 내외, 여러 개의 쇼핑백 등을 들고 출입구로 들어온
          다. 왕동호, 한인석을 보고 반가워한다.

왕동호   아저씨!

한인석   아, 동호 박사! 돌아왔다는 말은 들었어. 정말 반가우이.
          악수하는 두 사람.

왕동호   정말 오래간만입니다. (연희보고) 여보 인사드려요, 아버지 군대시
          절 전우시오!

지연희   아 네. 안녕하세요 (선 채로 굴신 경례).

한인석   (지연희에게) 내일, 돌아간다구요?

시연희   네. 아버님께서도 그만하셔서요.

왕동호   아버지가 건강을 해치시는 바람에 여러 어른께 걱정을 끼쳐드려
          죄송합니다.

한인석   원 무슨 말씀. 이만 하시길 천행이지. (왕회장에게) 그럼 형님! 전
          그만 농장으로 내려가 보겠습니다.

왕회장   아냐, 아냐. 저녁 같이 먹고 하룻밤 나와 함께 지내면서 앞으로의
          일도 의논을 하구 말야.

한인석   알겠습니다. 그럼, 동호박사 미국얘기도 좀 듣구 그럴까요? 허허허.

왕회장   그래, 그래, 그러자구 허허허.

일 동   (모두 웃음)

왕동호와 지연희는 쇼핑백을 들고 지정된 방으로 들어가고, 왕회장과
한인석은 다시 소파에 앉는데 막이 내린다.

제 3 막

제 1 장
왕회장 시골로 낙향

농장의 한갓진 쉼터. 무대 뒤로 논밭이 보이고 주변에는 콩이며 옥수
숫대가 울타리를 치고 있다. 통나무와 장의자 등 소품이 널려 있다. 무
대 좌우는 통로. 농군 차림의 왕회장과 평범한 차림의 김여사가 무대
좌우 통로로 등장한다.

왕회장   자 자 여보, 여기서 잠시 쉬어 가자구.

김여사   좀 걸었더니 땀이 다 나네.

왕회장   자 땀 닦지 (허리춤에서 수건을 꺼내 김여사에게 건네준다).

김여사   (수건 받아서 이마의 땀을 닦는다)

왕회장은 담배 피워 문다. 불붙여서 길게 내뿜는 담배 연기.

왕회장   임자는 농장생활이 싫은가 보네? 줄창 얼굴을 찌푸리고 있는 걸 보니.

김여사   칠십 넘어 팔십을 바라보는 늙은이더러 그 힘든 농장 일을 해라?

왕회장   그래. 임자는 힘이 부쳐서 견디기 힘들 거야. 정 힘들면 오늘이라두 서울로 돌아가라구!

김여사   안 그래도 나 혼자서라도 올라갈 거유. 영 애들이 걱정돼서 견딜 수가 있어야 말이지. 어휴 (긴 한숨).

왕회장   이따가 그룹본부의 본부장이 온댔는데 그 차편에 편승하도록 하지.

김여사   참! 숙희네 김서방에게 말해 준다던 계열회사 이사자리는 어떻게 된 거예요?

왕회장   그룹본부 본부장이 회답을 가져올 거야.

김여사   (반색) 정말요?

왕회장   속아만 살아왔나 원.

김여사   언제 한번인들 아이들 문제, 선선히 들어주신 적이 있었어요?

왕회장   남편의 체면이야 어찌 됐든 당신은 그저 자식밖에 몰라서 큰일이라니까.

김여사   (안도의 한숨) 어휴 간신히 백수 한 사람 구제되나 본데 또 한 사람의 백수는 어떻게 하실 거예요?.

왕회장   나도 백수야!

김여사   그건 당신이 자원한 거구요. 여보, 동수에게도 한 자리 어떻게 안 되겠어요?

왕회장   그나마 회장 자리도 내놓구 회사에서 손 털었는데 이제 내게 무슨 힘이 있어.

김여사 　그럼 나라도 이따가 본부장에게 매달려 볼 거예요.

왕회장 　아랫사람에게 채신없이 그런 부탁 하는 게 아니지!

이 때, 한인석이 건일그룹 본부장을 대동하고 등장.

한인석 　형님! 서울에서 그룹본부장이 내려오셨습니다.

왕회장 　(앉은자리에서 허리를 펴고 일어난다) 어서 오세요 본부장님 하하하.

김여사 　(역시 앉은자리에서 허리를 펴고 일어난다) 어서 오세요 본부장님.

본부장 　하하하 회장님 혈색이 아주 좋아 지셨습니다. 사모님두 안녕하셨구요.

김여사 　네, 덕분예요.

본부장 　역시 서울보다 공기 좋고 물이 좋아서 그런지 두분 다 좋아 보이
　　　　십니다.

왕회장 　말씀만으로도 고맙소? 하하하.

본부장 　참, 지난번에 말씀하신 서랑 김지찬 씨에게 계열회사의 이사 자리
　　　　가 마련되었습니다. 내일이라도 취임하라고 연락을 해 두었습니다.

왕회장 　애쓰셨소. 참으로 고맙소.

김여사 　(연방 고개를 허리를 굽히며) 고맙습니다, 고맙습니다.

본부장 　(서류가방을 내밀며) 원 천만예요. 참, 회장님의 자산은 일단 주식
　　　　으로 정리했습니다. 주권은 가방 안에 있습니다. 언제든지 현금화
　　　　할 수 있도록 조치해 놓았으니까 필요하실 때 법인담당을 찾으시
　　　　면 되겠습니다. 그리고 그룹의 업무인수인계서도 가져왔습니다.
　　　　검토해 주시죠.

왕회장 　(가방을 받아들고 감개무량해 한다) 본부장님. 이제 진짜로 내가
　　　　백수가 되었나요? 허허허.

본부장 　원 회장님도 백수라니요? 허허허.

- 암전 -

제 2 장
깊고 깊은 어버이 마음

전장으로부터 며칠 후. 무대 역시 전장과 같은 농장의 쉼터.
주변에는 나중에 사용하게 될 작대기가 뒹굴고 있다.
저녁 무렵. 무대 뒤는 석양이 비껴 주황색으로 물들었다.
농군 차림의 왕회장 혼자 통나무에 걸터앉아서 담배를 피우고 있다.
이 때, 한인석 등장.

한인석 형님.

왕회장 아, 아우님. 어세 오게나.

한인석 서울에서 형사가 찾아왔는데요.

왕회장 형사가 찾아와?

한인석 용건을 물어도 형님을 직접 뵙고 말씀드린다는 거예요. 혹시 짐작
가시는 거라도 없으십니까?

왕회장 글쎄. 아무튼 만나 보자구. 어디 계신가?

한인석 안 그래도 이리루 모시고 왔습니다.

왕회장 그래?

한인석 (안에다 대고) 형사님! 이리 오시지요.

형사, 통로를 통해 등장.

형 사 (안주머니에서 경찰관수첩을 꺼내 신분증명서를 보인다) 처음 뵙겠습
니다. 서울에서 왔습니다.

왕회장 나 왕건일이라고 합니다.

형 사 알고 있습니다. 얼마 전 까지 건일그룹 회장으로 계셨죠?

왕회장 그래, 무슨 일로 오셨나요?

형 사 왕동수씨가 둘째 자제분이 맞지요?

왕회장   (걱정스런 어조로) 그렇습니다만, 그 아이가 무슨….

형 사   사기횡령죄로 고소장이 접수되었습니다.

왕회장   사, 사기횡령죄요?

형 사   다단계 판매망인가 뭔가 그런 걸 조직하다가 거덜이 난 겁니다. 특
         정범죄가중처벌법에 해당되는 중요범죄라서 일단 전국에 수배령
         을 내렸습니다마는 혹시 이쪽으로 피신해 오지 않았는지 몰라서
         찾아뵈었습니다.

왕회장   (기가 차다) 어허, 기어이 이 자식이 일을 치고 말았다니!

형 사   횡령액수가 워낙 거액이라서요. 가만히 앉아서 기다리고 있을 수
         가 없었습니다. 서울 본댁에 들려서 알아보니 회장님이 여기에 와
         계시다고 해서요.

왕회장   그래 피해액이 모두 얼마나 됩니까?

형 사   십수 억에 달합니다.

왕회장   (신음) 으음!

왕회장이 한동안 골똘히 생각에 잠긴다.

왕회장   어떻게 하면 되겠습니까?

형 사   일단 이쪽으로 숨어들면 자수시켜 주십시오.

왕회장   자수를 하면 죗값이 가벼워질 수 있겠습니까?

형 사   그러믄요. 잡히는 것과 자수하는 것과는 형량에 큰 차이가 나니까
         요. 물론 비친고죄이기 때문에 크게 형량이 줄어들지는 않겠습니
         다만.

왕회장   알았습니다. 이 쪽으로 숨어들기만 하면 제가 책임지고 자수를 시
         키겠습니다. 물론 피해변상도 제가 책임을 지겠습니다.

형 사   혹시 계속 도주하려고 하면 이곳 경찰에 즉시 연락해 주시면 고맙
         겠습니다.

왕회장   미욱한 제 자식 때문에 경찰에 누를 끼쳐드려서 정말 죄송합니다.

형 사   저는 일단 물러가서 회장님의 하회를 기다리고 있겠습니다.

왕회장　네. 정말 죄송합니다. (코가 땅에 닿도록 절한다)
형　사　그럼 (절한 다음 왔던 통로로 퇴장한다).

　　　　한인석이 형사를 따라나가고 왕회장은 장의자에 털썩 주저앉아 생각
　　　　에 잠긴다. 사이.
　　　　멀리서 경찰 지프 떠나는 굉음 아련히. 이윽고 한인석 등장.

왕회장　형사는 돌아갔는가?
한인석　네. 그런데 둘째가 그리 되었으니 이제 어쩌면 좋습니까?
왕회장　무자식 상팔자랬어, 엥이.
한인석　어쨌든 이리루 왔으면 좋겠습니다만.
왕회장　못난 자식 같으니라구, 제가 무슨 수로 떼돈을 벌어? 일확천금이
　　　　당키나 해? 허이구우.
한인석　서울 건일그룹 김변호사에게 사건을 수습하도록 연락을 하셔야겠
　　　　네요.
왕회장　(화가 치밀어, 벌떡 일어나서) 내 이 자식을 그냥…. (씩씩댄다)

　　　　이 때 김여사와 신영주가 왕동수의 등을 떠밀며 등장.

김여사　(안에서부터 나오며) 글쎄, 아버지를 만나서 해결을 해야지 네 힘
　　　　으로 뭘 어쩌겠다는 거야. (등장해서) 여보세요! 동수아버지, 나 좀
　　　　보세요!
왕회장　아니 여보!
신영주　(울면서) 아버님! 이이 어떡해요, 아버님!

　　　　왕동수, 말없이 왕회장 앞에 무릎을 꿇는다.

왕회장　이놈아, 대체 이게 어찌 된 게야. 왜 경찰에 쫓겨다녀?
김여사　저 양반이 알고 있는 걸 보니 아유 벌써 경찰의 손길이 여기까지
　　　　뻗쳤나부네.

한인석   조금 전에 서울에서 형사가 다녀갔습니다. 자수를 시키라구요.

김여사   서울집에도 형사들이 떼로 들이닥쳤었어요. 얘가 저희 처가에 숨
          었다는 말을 듣고 쫓아가서 제 댁하구 둘이서 억지로 끌고 온 거
          예요, 이리루.

신영주   아버님, 이이 좀 살려주세요. 네, 아버님! 아버님 (흐느껴 운다).

왕회장   (근처에서 작대기를 주워 들고 동수의 등에 내려친다) 야, 이 버러지
          만도 못한 놈아! 네놈이 인간이냐? 이 까마귀만도 못한 놈. 부엉이
          만도 못한 놈. 죽어라 이놈아! 에잇, 에잇….

왕동수   (통곡한다)

김여사   (왕회장의 허리를 잡고 늘어진다) 아이구 여보! 왜 이러세요 여보!

왕회장   (뿌리친다) 이 손 놔! 이 손 놓으라구!

신영주   (손바닥으로 얼굴을 감싸며 울부짖는다) 아버니임!

- 암전 -

시간 경과.
무대가 밝아온다.
왕동수는 무릎을 꿇은 채로 있고 김여사와 신영주, 한인석이 왕회장의
거취를 지키고 섰다.

왕회장   죄를 지었으면 벌을 받아야지. 자, 일어나, 일어나서 애비와 함께
          자수하러 가자!

왕동수   저도 속았습니다. 저도 속아서 돈을 긁어모았고 그런데 얼마쯤 시
          간이 지나고 보니 사기범 일당은 어디론가 자취를 감추어버리고
          저만 혼자 남아서 채권자들로부터 주모자로 지목된 겁니다. 저야
          말로 피해자라구요, 아버지!

김여사   저 애가 피해자라지 않아요? 여보!

왕회장   누가 피해자인지 누가 가해자인지 흑백은 법관이 가려! 그리고
          인석이!

한인석   네, 형님.

왕회장   자네 내 방에 가면 저 번에 건일그룹 본부장이 가져온 가방이 있
         네. 내가 평생 걸려 이룩했던 기업체를 정리한 주식이 들어 있어.
         그걸 김변호사에게 전하구 이 녀석 사건 좀 맡아 달라구 하게.

한인석   형님! 피해액을 변상하면 그만치 죄가 가벼워질 겁니다만 손해가
         너무 크시군요 형님!

왕회장   처음 생각 같아서는 내팽개치고도 싶었지만 재물이야 공수래 공
         수거가 인생사, 그보다도 자라나는 손자들에게 제 애비 이름 밑에
         빨간 금이 그어진 호적등본을 보여 줄 수는 없지 않은가!

한인석   새끼를 아끼고 그 새끼가 어버이를 공경하는 까마귀의 반포지교,
         형님 댁에서 영원히 빛이 날 것입니다.

김여사   (두 손 모아 합장하고) 고맙습니다 여보! 고맙습니다 여보!

신영주   (김여사와 함께 두 손 모아 합장하고) 고맙습니다 아버님! 고맙습니
         다 아버님!

왕회장   가자, 어서!

왕동수   다녀오겠습니다 어머니!

         왕동수가 앞장서고 왕회장이 뒤따른다.
         김여사와 신영주는 연방 두 손을 모아 합장 배례한다.
         한인석이 손을 흔들며 전송한다.

                                                    - 조용히 막 -

사도세자

전 3막 5장

□ 작의

임금이 되었으되 미천한 무수리가 어머니였던
자신의 출신성분과 정적의 압력을 물리치고
자신을 용상에 앉힌 정치세력에 의해 암묵의
견제를 받음으로써 끊임없이 자학해 온 영조.
치열한 당쟁 속에서 세자는 세자대로
유난스런 아버지 영조의 성격 때문에 매사에
반발, 마침내 자신이 저지른 비행이 걸림돌이
되어 아버지 영조의 명으로 뒤주에 갇혀
죽음을 맞게 된 비극을 재조명함으로써
권력의 속성과 경국(經國)의 길을 살펴본다.

때

조선왕조 제21대 영조 임금 37년(서력1761년) 봄.

곳

창경궁 후원 환취정(제1막), 창경궁 휘녕전 정성왕후 재실 앞(제2막),
홍봉환의 집 사랑채(제3막)

등장인물

영조임금 (68세)

사도세자 (28세)

세자빈 (28세)

세　손 (11세)

화완옹주 (25세 가량) 영조의 九녀

선희궁 (40세 가량) 영조의 후궁,사도세자의 생모 영빈 이씨

홍봉한 (50세) 세자빈 홍씨의 사친,시임 영의정 및 좌의정

홍인한 (40세) 홍봉한의 아우, 시임 이조판서

신　만 (60세 가량) 시임 영의정

류내관 (35세 가량) 세자궁의 장번내시

박내관 (25세 가량) 세자궁의 입직내시

하상궁 (35세 가량) 세자궁의 제조 상궁

궁녀 칠복 (25세 가량) 세자궁의 상궁

궁녀 복례 (20세 가량) 세자궁의 상궁

노복 선돌 (30세 가량) 홍봉한의 집 하인

삼군대장 및 삼군 시위 군사들 다수

조정 중신들 (세자쪽 시파와 영조쪽 벽파) 다수

궁녀(무수리)들, 대전 내시들 및 대전 상궁들 다수

시립궁녀(일산 담당) 두 사람

제 1 막

제 1 장
궁녀의 옷을 벗겨 불태우는 세자의 광태

창경궁 후원 환취정.

무대 오른쪽에 환취정,왼쪽에는 아름드리 느티나무가 시원한 그늘을 드리워 주고 있고, 그 뒤로 큰 바위에 업히듯 장송(長松)과 대나무가 울창한 숲을 이룬다. 무대 뒤는 층계를 올라간 곳에 궁궐 담장이 좌우로 이어져 있고, 그 언덕 좌우는 궁궐로 통하는 길이 된다. 무대 전면 좌우 역시 궁궐로 통하는 길.

막이 오르기 전, 장내에는 다가올 비극을 예고라도 하듯 참담한 가락의 음악이 고조된다. 이윽고 서서히 막이 오르면서 음악 멈춘다.

무대 밝아지면 꾀꼬리 소리 간간이. 그러나 잠시 후 그 꾀꼬리 소리도 사라지고 이윽고 장내가 어둑어둑해지면서 먼 천둥소리에 번개까지 친다.

막이 다 오르면 무대는 비었다. 한낮이지만 먹구름이 몰린 하늘에서는 한 소나기 퍼부을 듯, 주위는 차츰 어두워진다. 점점 더 기승을 떠는 천둥과 번개. 이때 무대 왼쪽으로부터 세자 선(사도세자)이 나타난다. 마구 뛰어온 듯, 두 손으로 귀를 막은 채 숨이 턱에 닿은 세자는 휘청거리며 환취정에 이르더니 기둥을 부여안고 무너져 내린다. 공포에 질려 꼼짝 못하고 부들부들 떨고 있는 세자를 스포트·라이트가 잡는다. 잠시 후, 번개가 그치고 천둥이 멀어지면서 무대가 차츰 밝아진다. 그로부터 전편을 통해 간간이 꾀꼬리 소리. 세자는 여전히 꼼짝도 않는다. 이때 멀리서 궁녀와 내시의 세자를 찾는 소리가 들려 온다.

내시들　(소리) 세자마마…. 세자마마….

궁녀들　(소리) 동궁마마…. 동궁마마….

이윽고 무대 오른쪽에서 뛰어드는 하상궁과 궁녀(무수리)들.

하상궁, 궁녀
(무수리)들　　동궁마마….동궁마마…

　　　　　　궁녀들이 이곳 저곳 세자를 찾고 있을 때, 무대 뒤 담장 언덕 좌우에서
　　　　　　장번내시 류내관과 입직내시 박내관이 뛰어든다.

두 내시　　세자마마….세자마마….

　　　　　류내관이 사방을 두리번거리다가 세자를 발견한다.

류내관　　아니, 세자마마께서 쓰러져 계시지 않느냐. (구르듯 층계 앞으로
　　　　　내려가며) 세자마마…. 세자마마….

　　　　　궁녀들과 박내관이 류내관이 달려간 환취정으로 몰려간다.

류내관　　원수 놈의 천둥 번개…또 세자마마를 혼절하시게 했구나….

　　　　　궁녀들과 박내관이 저마다 류내관의 등뒤로 기웃거리자 류내관이 홱
　　　　　돌아서며 호통을 친다.

류내관　　멀찍이 물러서 있지 못할까!

　　　　　찔끔한 궁녀들과 박내관이 기겁을 해서 물러선다.

하상궁　　아니 류내관! 상감마마께옵서 동궁마마 급히 들랍시는 어명 받
　　　　　잡고 대전상궁이 시민당에 와 있는 터에 속히 동궁마마 뫼실 생
　　　　　각은 아니하고 웬 호통인가요?

　　　　　더 멀찍이 물러나라고 두 손을 물레질하며 궁녀들을 몰아낸다.

류내관 지금은 동궁마마 뫼실 때가 아니니 어서 물러나시오. 어서! 어서!
        어서!

하상궁 (화가 났다) 아니 류내관!

류내관 어서! 어서!

하상궁 아니 이 사람이….

류내관 이 사람이고 저 사람이고…물러서란 말이요. 물러서! (박내관에게)
        박내관은 무얼 하고 있는 겐가, 빨리 잡인들 물리치지 않고….

박내관 예, …예. (그도 류내관처럼 두 손을 물레질하며 궁녀들을 내몬다)
        물러가시오! 물러가!

무수리들과 뒷걸음질치던 하상궁이 우뚝 선다.

하상궁 (류내관의 말이 떨어짐과 동시에) 류내관! 거 누구보고 잡인들이라
        고 하는 게요.

류내관 (손가락을 입에 대고) 쉬이! 쉬잇! 하상궁님 언성을 낮추시오!

하상궁 (굳은 어조로) 시각이 급하다는 걸 모르오?

무수리들은 이미 멀찍이 큰 바위 근처로 물러가 있고, 두 손으로 물레
질하던 박내관은 슬슬 꽁무니를 빼며 물러선다.

류내관 알고 있소이다. 알고 있다마다요. 하지만 세자마마께서 천둥병으
        로 쓰러지셨을 땐 주위를 물리치고 홀로 계시게 해야지 자칫 세자
        마마 용체에 손을 대었다가는 의댓증에 홧증이 도지신다는 걸 모
        르느냐 이 말이요!

하상궁 그렇다고 세자빈마마 뫼시고 있는 제조상궁을 잡인이라고 몰아세
        우다니 이것이 어느 법도요?

류내관 버업…도?

하상궁 무수리까지 보는 앞에서 잡인이라 몰아세우다니 무슨 망발이난
        말이요!

류내관   마앙… 바알?

하상궁   사과하시오!

류내관   사과? 힛힛힛… 사과 좋아하시네요. 이보시오 하상궁님!

하상궁   (노려본다)

류내관   (삿대질하며) 하상궁님 목숨이 몇 개인데 법도니 사과니 떠들며 따
         지는 겝니까?

하상궁   아니, 이젠 삿대질까지?

류내관   (입에 손가락을 대며) 쉬이… 조용히 하란 말입니다… 조용히.
         자, 자, 하상궁님, 나좀 봅시다.

         류내관이 앞장서고 하상궁이 뒤따라 무대 전면으로 나온다. 그 동안
         박내관은 세자의 용태를 지켜보고 무수리들은 두 사람을 지켜보며 간
         간이 자기네끼리 소곤거린다.

류내관   이 보시오 하상궁님! 하상궁님도 잘 아다시피 세자마마 모시는 나
         나 하상궁님이나, 창경궁 사람들, 어디 산목숨들이냐 이 말이요!

하상궁   무슨 소리를 하는 게요?

류내관   천둥 번개만 치면 금침 이불을 뒤집어쓰신 채 귀를 막고 와들 와
         들 떠시는 세자마마께서 후원에 납시셨다가 천둥 번개를 만나 쓰
         러지셨는데 아무리 상감마마의 분부 지엄 화급하다 하나, 어찌 지
         금 대전으로 뫼실 수가 있단 말입니까!

하상궁   하지만 장장 넉 달만에 있는 상감마마의 부르심이 아닙니까?

류내관   나도 압니다. 압니다마는, 지금은 때가 아니오이다.

하상궁   무슨 그런 무엄한….

류내관   불알도 없는 내시 주제에 무얼 아리까마는… 하상궁님… 하상궁
         님은 상감마마께옵서 우리 세자마마께 너무 하신다는 생각이 안
         드시오?

하상궁   (두리번거리며) 무수리 아이들이 듣고 있지 않습니까? 언성을 낮
         추세요!

류내관   모든 정사 대리하랍시는 대리청정 대권을 맡기신 지 13년, 벽파인
         지 담벽락인지 조정중신들은 그 동안 연방 윗전에 등쌀을 대고 벽
         파중신들은 일구월심 부왕마마와 세자마마 부자사이를 이간만 시
         키고 있으니 어찌 세자마마께서 울화가 치밀지 않으시겠으며 의
         댓증과 홧증인들 극심해지시지 않으리까… 어유…. (가슴을 친다)
하상궁   그러기에 자주 상면하시어 부왕마마의 사랑을 되찾으셔야 하잖습
         니까?
류내관   상감마마께서 부르신다는 어명만 받자와도 무서운 마음부터 드시
         는 세자마마십니다.
하상궁   아무튼 속히 모셔야 해요.
류내관   글쎄, 요즘 들어 부쩍 심해지신 의댓증과 홧증…. 새옷을 입으실
         때면 등이 솔다, 옆구리가 낀다 투정이시고, 풀먹인 옷은 목덜미가
         빳빳하니 당신을 능멸하는 소치라 하여 주먹으로 치시고 칼로 베
         시고….
하상궁   하기야 그 바람에 동궁마마의 손에 결단이 난 의대나인의 숫자가
         그 얼마였나요… 그 중에도 동궁마마의 승은을 입어… 왕자님까지
         낳은 빙애가 비명횡사한 일은 지금 생각해도 끔찍한 일이었어요.
류내관   어디 그뿐인가요. 옷이란 옷은 모조리 불에 태워버리시니 어찌 감
         당을 한답니까?
하상궁   (누그러지며) 류내관도 알고 계셨군요.
류내관   아니 하상궁님! 이 몸이 부랄 없는 내시라니까 해태눈깔에 귀까
         지 먹은 상병신인 줄 아셨소?
하상궁   어쨌거나 왕명이 지엄한 터에 어찌하면 좋은가요?
류내관   본대로 대전상궁에게 전할 밖에요.
하상궁   모처럼 부왕마마를 뵈올 수 있는 좋은 기회이건만….
류내관   세자마마는 우리가 뫼실 터이니 어서 돌아들 가시오!
하상궁   빈궁마마께서 얼마나 가슴 아파 하실는지….
류내관   어서 가시란 말요. 우물쭈물하다가 세자마마께서 깨어나시면 또

어떤 걷잡을 수 없는 일이 터질지도 몰라요. 여차하면….

류내관, 손 칼로 몸통을 내리치는 시늉을 한다.

하상궁   (질겁을 해서) 애그머니나… 그럼….

잰걸음으로 무수리 쪽으로 가서,

하상궁   모두들 돌아가자!
궁녀들   예!

하상궁, 궁녀들을 이끌고 무대 왼쪽으로 사라진다.

류내관   (사라지는 궁녀들을 보다가) 히히히 히히히 혼줄이 나 봐야 맛을
          알지!
박내관   (류내관에게 다가와) 류내관님! 세자마마께서 깨어나셨습니다.
류내관   그래?

류내관, 세자에게로 달려간다.

류내관   세자마마, 세자마마!
박내관   세자마마, 세자마마!

두 내시, 세자를 부액해서 무대 중앙으로 나온다.

세 자   (버럭 짜증을 낸다) 비켜라!

두 내시, 질겁을 해서 세자의 몸에서 떨어져 읍하고 선다.

세 자   천둥 번개는 멈추었느냐!
두내관   예, 마마….

세 자   (사방을 둘러보며 한숨을 내리 쉰다) 후유….

류내관   마마, 지금 시민당 내전에 대전상궁이 와 있다 하옵니다.

세 자   (들은 체도 않고 온 몸을 뒤튼다) 으… 으익….

류내관   마마, 상감마마께옵서 입시하랍시는 명을 내리신 듯 하옵니다.

세 자   (더욱 심하게 몸을 뒤튼다. 의댓증의 발작이 시작된 것이다) 으익….

류내관   (눈치채고 박내관에게 물러나라는 듯 뒷손질하며 자신도 고개를 저
          으며 뒷걸음질을 친다)

세 자   으익…. 으익….

세자는 이를 악물며 관을 벗어 내동댕이치고 용포를 벗어서 갈기갈기
찢기 시작한다. 이 때, 류내관은 관을 주워 들고 황급히 박내관을 끌고
무대 뒤로 가서 지시한다.

류내관   단걸음에 달려가 빈궁마마께 아뢰어라!

박내관   예, 예.

박내관, 궁궐 담을 끼고 오른쪽으로 사라진다.

세 자   류내관…류내관!

류내관   예! 류내관 대령이옵니다.

류내관, 구르듯 층계를 내려와 세자 앞에 멀찍이 읍하고 선다.

세 자   불씨를 만들어라!

류내관   하오나 세자마마!

세 자   불씨를 만들라는데… 아니, 네놈마저 벽파놈들처럼 나를 능멸하
          려 드는 게냐?

류내관   그… 그런 게 아니오라… 지금… 시민당에 삼감마마 어명 받자옵
          고, 대전 상궁이….

세 자   상감인지 망령 든 노인네인지 나 같은 불효 막급한 자식은 무엇

때문에 부르신다더냐….
류내관	어찌 그런 망극하신 말씀을….
세　자	불씨를 만들란 말이다! 당장!
류내관	예! 예!

류내관, 어쩌는 수 없이 바위 근처로 가서 삭정이를 긁어다가 부싯돌을 그어 불씨를 만든다. 그 사이에 세자는 무대 중앙으로 나온다. 갈기갈기 찢긴 용포를 거머쥐고 울부짖듯 외친다. 무대 차츰 어두워지며 한 줄기 스포트·라이트에 휩싸이는 세자.

세　자	아바마마! 소자가 무엇을 잘못했습니까? 소자는 아바마마께서 하랍시는 대로 무슨 영이든 받자왔습니다. 그런데 소자를 미친 위인, 미친 위인 하시며 아침저녁 승후조차 안 받으신지 벌써 넉 달째, 어찌하여 하나밖에 없는 아들자식의 얼굴조차 안보겠다 하시옵니까? 무슨 까닭이옵니까? 무슨 까닭이옵니까?

사이.

아! 생각만 해도 끔찍스런 13년 세월이었습니다. 원수 같은 그놈의 대리청정. 아바마마, 언제 소자가 대리청정 시켜달라 하였습니까? 조정 중신들의 뜻이 그러하다 하시며 막무가내로 열 다섯 어린 나이의 소자에게 떠맡기신 대리청정이 아니었습니까? 그러나 아바마마, 소자의 뜻대로 정사를 처결하면 잘못되었다 호통을 치셨고, 아바마마께 아뢰어 처결할라 치면 이번에는 한 나라의 동궁이 그만한 일도 처결하지 못하느냐 역정을 내셨으니, 아바마마, 정녕 소자는 아바마마가 원망스럽고 야속스러웠습니다.

사이.

걸핏하면 세자에게 왕위를 넘겨준다고 선위 소동을 벌이시고는

어린 나이에 얼어붙은 땅에 무릎을 꿇고 석고 대죄케 하셨고, 그
때문에 어려서부터 천둥병에 시달려 온 소자, 장성하면서 의댓증
에 홧승까지 겹진 병약한 소자에게 무엇을 어찌하라는 분부시옵
니까? 아바마마 말씀대로 왜, 병약한 자식, 미친 위인을 낳으셔서
이리도 괴롭히십니까? 이제는 조정 중신들조차 소자를 마치 송충
이 보듯 하는데 지금 소자가 할 일이 무엇이 있습니까?

사이.

술을 가까이하면 백성에겐 금주령을 내려 못 마시게 하고 있는 터
에 일국의 세자쯤 된 자의 할 짓이 아니라며 그래서 트집, 계집을
가까이 하면 그래서 또 트집, 답답한 마음에 궁밖으로 나가면 그
것도 트집, 그저 트집 트집만 잡으려드니 도대체 소자에게 무엇을
어찌하라는 말씀입니까! (갑자기 실성한 듯) 으하하하, 불, 불을
보고 싶다! 활활 타오르는 불, 불이 보고 싶다.

무대의 조명 서서히 밝아져 온다.

류내관   세자마마, 불씨 대령이오!
세 자   오냐! 오냐! (큰 바위 앞에 만든 불씨에서 찢긴 용포에 불을 옮기는
          세자. 용포에 옮아 붙은 불을 휘두르며 신명나게 무대 위를 휘돈다)
세 자   으하하하, 으하하하. 너도 타고 나도 타고, 궁궐도 타고 여염집도
          타고, 모두 모두 타거라, 모두 모두 타거라, 으하하하.
류내관   (어쩔 줄 모르고 세자의 몸짓 따라 뒤뚱뒤뚱 돌며) 세자마마, 세자
          마마….

이 때, 무대 왼쪽에서 하상궁의 인도로 세자빈 홍씨와 대전상궁 등장.

세자빈   세자마마! 세자마마!

세자는 불붙은 용포를 휘두르며 마냥 신났다.

세　자　자알도 탄다…자알도 탄다, 으하하하, 으하하하.

그러나 용포의 불길이 스러지자 류내관에게로 온다.

세　자　류내관!
류내관　예, 세자마마!
세　자　네 옷을 벗어라!
류내관　예?　제옷을요? (여자들을 보고는) 아휴 세자마마!
세자빈　세자마마! 대전상궁이 왔습니다。
대전상궁　세자마마! 대전상궁 문안이오!
세　자　(대전상궁을 흘깃 보고는, 류내관에게) 너는 그만 물러가거라!
류내관　예? 예… 아이휴….

류내관은 걸음아 날 살려라, 층계를 뛰어 올라가 궁궐 담 옆으로 숨는다.
이 때 갑자기 웃옷을 벗어버리는 세자. 세자의 윗몸은 알몸이 된다. 대
전상궁 고개를 돌린다.

세자빈　세자마마, 이러시면 아니되십니다. 대전상궁은 세자마마 입시하랍
　　　　시는 상감마마 분부 받자옵고 왔으니 어서 대전으로 납시어야 합
　　　　니다. 시각이 급하답니다.
세　자　(들은 척도 않고 벗어 든 웃옷에다 불을 당긴다) 으하하하. 빈궁, 이
　　　　불길 좀 보오! 얼마나 아름답소! 이 세상 티끌을 모조리 태울 듯한
　　　　불길이란 말이요, 으하하하.
세자빈　대전상궁!
대전상궁　예, 빈궁마마!
세자빈　보다시피 오늘은 안되겠소!
대전상궁　쇤네가 세자마마 뫼시지 못하오면 화완옹주께서 거듭 오실 터인
　　　　데요.
세자빈　(이맛살을 찌푸리며) 시누이님께서 말이요? 가뜩이나 세자마마께서

옹주마마 미워하시는 터에 아이고 그러니 이를 어쩌나…. (세자에게) 세자마마! 그쯤 하시고 어서 대전으로 납실 채비를 하셔요. 세자마마!

웃옷마저 타버리자 세자, 세자빈과 대전 상궁을 노려본다.

대전상궁 세자마마! 모처럼 상감마마께오서 심기 좋으셔서 세자마마 만나 보시겠다 하옵시는데 어서 가시지요.

세 자 상감인지 망령 든 노인네인지 나보고 왜 죽지 않고 살아 있느냐 고 불호령이라면서… 오 이제 알겠다. 그 구미호 같은 화완옹주, 그년의 농간이렸다!

세자빈 어찌 이러실 수가 있습니까 마마!

대전상궁 마마, 쇤네도 세자마마의 심기 헤아리고도 남습니다만, 모처럼의 기회입니다. 마마!

세자빈 그러합니다. 마마, 다시없는 기회입니다, 세자마마!

세 자 (세자빈에게) 마마고 염병이고 빈궁은 가만 좀 있구려….
여봐라! 대전상궁!

대전상궁 예, 세자마마!

세 자 너 좀 전에 내 심기를 헤아린다 하였겠다!

대전상궁 그러하옵니다, 마마!

세 자 그렇다면, 너 그 겉옷을 벗어라!

대전상궁 아니 세자마마!

세자빈 (동시에 기겁을 해서) 아이고 세자마마!

세 자 나는 불이 보고싶다! 활활 타오르는 불이 보고 싶어 미칠 지경이 란 말이다! 어서 네 겉옷을 벗어 다오! (덥석 대전상궁의 손목을 잡 는다)

대전상궁 애그머니나!

세자빈 세자마마!

세 자 네가 웃옷을 벗어주지 않으면 나는 도리 없이 내 바지를 벗어야 하느니라!… 그래도 좋겠느냐!

대전상궁　(세자빈에게 구원 청하듯) 세자빈마마!

세자빈　(체념한다) 도리 없구려. 세자마마 명을 받드시오! (긴 한숨) 에휴….

대전상궁　아이고 빈궁마마!

세　자　무얼 꾸물대는 거냐! 냉큼 벗지 않고….

대전상궁　예, 예. (웃옷을 벗어서 세자에게 내준다. 적삼차림이 되는 대전
　　　　상궁)

　　　　이 때, 화완옹주, 무대 오른쪽에서 등장하여 그 광경을 지켜본다. 대전
　　　　상궁의 겉옷에 불을 당긴 세자는 호쾌하게 웃으며 무대를 휘돈다. 옷
　　　　이 다 타자 다시 대전상궁에게로 온다.

세　자　그 치마도 마저 벗어라!

대전상궁　(비명처럼) 세자마마!

세　자　그럼 내가 바지를 벗으랴?

대전상궁　(외면하고 서 있는 세자빈을 보고는) 아이고… 망측해라…
　　　　(치마를 벗어서 세자에게　내어주고 쭈그리고 앉는다. 세자는 대전상
　　　　궁의 치마를 받아 들고 불을 붙이려는데 화완옹주가 다가선다)

화완옹주　오라버니!

세　자　음? 아, 누군가 했더니 너 정처로구나.

화완옹주　(세자에게) 정처…정처 하지 마셔요. 부마도위 일성위 정치달이 죽
　　　　어 청상과부의 몸으로 외롭게 살아가는 이 아우를 너무 그리 괄시
　　　　마셔요.

세　자　괄시라니 당치 않다! 일성위가 죽었어도 너는 상감인지 망령든 노
　　　　인네인지 한테 붙어서 벽파놈들과 잘도 어울려가며 제법 권세를
　　　　부린다더구나!

화완옹주　섭섭합니다 오라버니!

세　자　왜 가슴이 쩔리느냐?

화완옹주　(적삼에 속옷 차림의 대전상궁을 보며) 아무리 그러기로 한 나라의

동궁으로서 상감마마를 뫼시는 대전상궁의 옷을 벗겨 불을 지르
시다니 이게 어디 될 법이나 한 일입니까?

세 자 아바마마께 고자질 할 거리가 생겼으니 이 얼마나 좋으냐, 안 그러
냐 정처야!

화완옹주 정처…정처 마시라니까요. 전 오라버니의 친아우 화완이어요!

세 자 격식 따지자 이 말이냐? 그렇다면 너도 나를 오라버니라 말고 세
자마마라 부르렷다.

화완옹주 (찔끔해서) 예, 세자마마!

세 자 오늘은 무얼 또 염탐하려 왔느냐!

화완옹주 한 어머니의 몸에서 태어난 오누이 사이에 너무 하십니다.

세 자 너무해? 내가?

화완옹주 제가 얼마나 세자마마에 대해 품고 계신 아바마마의 진노를 풀어
드리기에 애쓰고 있는지나 아셔요? 치하는 못할망정 염탐이라니
요? …정말이지 너무하십니다. 흐흐흑. (훌쩍거린다)

세 자 (순간 마음이 여려져서) 알았느니라… 누이야… 모처럼 만났으니 이
못난 오래비의 불놀이나 구경시켜 주마! (불씨로 다가서서 대전상
궁의 치마에 불을 붙인다. 확 불길이 이는 치마를 휘두르며 무대를 신
나게 휘돈다) 으하하하 불이다 불이야! 이 세상의 온갖 근심걱정
다 태워버리는 불이다 불이야! (푸드륵 새 떼가 날아가는 소리. 불붙
인 대전상궁의 치마는 다 타버렸다) 아! 저 새들처럼 우리안 같은
이 궁궐을 벗어나고 싶다! (새 떼가 날아간 곳으로 간다) 워어이…
워어이… 워어이… 워어이…. (무대 어두워진다)

사이.

-암전-

<h1 style="text-align:center">제 2 장</h1>
<h2 style="text-align:center">점점 높아져 가는 세자를 둘러싼 가족들의 괴로움</h2>

전장으로부터 몇 개월 후인 그해 가을.

전막 전장과 같은 무대. 그러나 느티나무를 비껴서 큰 바위 옆에 짚으로 만든 큼직한 허수아비 제웅이 하나 세워져 있다. 요란한 말발굽소리와 말울음 소리가 울리는 가운데 무대가 밝아 온다. 장번내시 류내관이 궁궐 담 옆에 서서 이마에 손으로 챙을 대고 먼 곳을 지켜보고 있다.
전장을 통해 산새 소리, 매미소리 간간이….

류내관   아유, 세자마마 말 타시는 솜씨라니, 삼국지에 나오는 장비 저리 가라로구나 히히히… 이크… 또 맞았다… 오시오중(五矢五中)!… 활 솜씨는 또 어떻고… 저렇게 멀쩡하신 어른을 미쳤다고 손가락질을 하다니… 정말 모를 일이야… 정말 모를 일이라고….

이 때, 무대 왼쪽에서 들어와 층계를 거쳐 살금살금 류내관의 뒤로 다가간 상궁 칠복이 류내관의 두 눈을 가린다. 말굽소리는 멀리 사라지고 안 들린다.

류내관   (깜짝 놀라) 누…누구냐?
칠 복   (키들키들 웃는다)
류내관   (등뒤로 손을 뻗쳐 더듬어 보고 나서 궁녀 칠복이를 난짝 들쳐업는다)
칠 복   에그머니나!
류내관   눈앞이 안 보인다. 손 치워라!
칠 복   싫어 싫어!

류내관이 칠복을 업은 채 층계를 내려오느라고 뒤뚱거리다가 무대위로 나가동그라진다.

칠 복 엄마아….
류내관 아이쿠….

류내관은 정강이를 다쳤는지 웅크리고서 쩔쩔 맨다.

칠 복 (안타깝게) 많이 다쳤어?
류내관 아이구, 아이구….

비명을 지르던 류내관이 갑자기 일어나며 칠복을 덥석 껴안는다.

칠 복 엄마야….
류내관 하하하.
칠 복 몰라… 몰라…

칠복, 류내관의 가슴에 안겨 두 손으로 방망이질.

류내관 보고 싶었다 칠복아!
칠 복 나두… 나두….
류내관 칠복아! (힘껏 껴안는다)
칠 복 더 꼭… 더 꼭….

한동안 포옹. 이윽고 칠복이 빠져 나온다.

칠 복 누가 보면 어쩌려고… 우리 저쪽으로 가요….
류내관 음… 가자!

두 남녀, 느티나무 뒤로 간다. 다시 한 몸이 되어 끌어안는 남녀. 적당
히 애무하면서 다음의 대사.

류내관   그런데 내전에 있어야 할 상궁나인 칠복이가 이 호젓한 후원에는
          웬일이냐?

칠 복   아이… 더 힘껏 안아줘요! 흐응….

류내관   어인 일로 후원에는 왔냐니까?

칠 복   (황홀한 듯) 아….

류내관   대답을 해! 대답을! (칠복을 떠밀어낸다)

칠 복   (아쉬운 듯) 아이… 말해주면 되잖아!

류내관   그러니 어서 말을 해 봐!

칠 복   한 번만 더 꼭 안아줘요.

류내관   대답부터 먼저 하란 말이다!

칠 복   (새침해서) 나 지금 동궁마마께서 파 놓으신 통명전 뒤뜰 별지당
          토굴에서 오는 길이야….

류내관   뭐 토굴에서? 아니 그럼 너, 간밤에… 세자마마와 함께… 있었단
          말이더냐?

칠 복   (눈을 흘기며) 아이 미쳤어?

류내관   정말 아무 일도 없었단 말이지?

칠 복   (고개만 끄덕 끄덕)

류내관   (와락 칠복을 껴안는다) 칠복아!

칠 복   (황홀한 듯) 나 칠복인 류내관 나으리 꺼야!

류내관   암! 암!

칠 복   동궁마마께선 간밤에도 평양에서 데리고 온 여우같은 기생년과
          까까머리 중년을 데리고 노셨다우!

류내관   아니 아직도 평양기생과 여자스님이 땅굴 속에 있단 말이냐!

칠 복   아유… 동궁마마도 엉큼하시긴 호호호.

류내관   뭐라고?

칠 복   글쎄, 기생년과 중년의 옷을 홀랑 벗기구설랑… 춤을 추게 하시
          는데… 오호호호.

류내관   아크, 상감마마께서 경희궁으로 이어하시길 천행이지, 이 일을 상

감마마께서 아시는 날엔 또 무슨 날벼락이 떨어질는지… 큰일이
로구나.

칠　복　쳇, 걱정도 팔자야!

류내관　어쩌자고 상감마마 몰래 평양 나들이는 하셔 가지고는… 어유
이 노릇을 어찌하면 좋단 말이냐!

칠　복　이봐요 류내관 나으리….

류내관　큰일이다 큰일….

칠　복　나 좀 힘껏 안아달란 말야! 응?

류내관　응? 응…. (억센 포옹)

칠　복　지금은 류내관 나으리와 나, 단 둘!

류내관　오냐, 지금은 너와 나, 단 둘뿐이지… 그래 칠복아 너는 내 사랑
이다! (힘껏 끼어 안는다)

칠　복　나… 으… 리….

애무가 계속된다. 이 때 장검을 든 무사복 차림의 세자, 궁궐 담장 오
른편에서 등장. 층계를 내려와 두리번거린다.

칠　복　(코 먹은 소리로) 나… 으… 리….

류내관　내 사랑 칠복아! 아….

세자의 시선이 남녀에게로 쏠린다.

세　자　게 누구냐! 냉큼 이리 나오너라!

칠　복　(소스라치게 놀라며) 에그머니나!

류내관　칠복아! 오 내 사랑 칠복아!

칠　복　(류내관에게서 빠져 나오려고 바둥댄다)

류내관　아! 가슴속이 탄다! 온 몸이 불타서 재가 될 것만 같다.

칠　복　동궁마마께서… 동궁마마께서….

류내관　(놀란다) 뭐… 세자마마께서….

세 자   썩 나오지 못할까!

류내관과 궁녀 칠복이 세자 앞으로 나와 무릎을 꿇고 두 손 모아 빈다.

류내관   세자마마, 죽을죄로 잘못했습니다.
칠 복   동궁마마… 살려지이다 동궁마마! (싹싹 빈다)
세 자   하하하, 자알 한다. 보기에 참으로 아름답구나! 한 폭의 신선도로
         다!
류내관   (머리를 조아린다) 죽여주소서 세자마마.
칠 복   살려지이다. 동궁마마…. 살려지이다. 동궁마마. (사정없이 굽실거
         리며 빈다)
세 자   네 이놈! 법도가 지엄한 궁원에서 내시놈과 궁인계집이 그런 추
         잡한 짓을 하고도 살아 남기를 바랐더냐!
류내관   죽여주소서 세자마마!
세 자   오냐! 죽여주마!

세자, 장검을 빼어든다.

세 자   고개를 내밀렸다!
류내관   세자마마! 어흐흐흐! (통곡)
칠 복   동궁마마! 어흐흐흐! (통곡)
세 자   시끄럽다. 더럽고 추잡한 것들아! 오랫동안 내 수족이 되어준 너
         의 목을 친다는 건 가슴 아픈 일이다만… 어차피 너는 누구의 손
         으로든 죽을 목숨이었느니라!
류내관   어흐흐흐!
세 자   내가 평양 나들이를 떠난 석 달 동안 스무날이나 네가 감히 가짜
         동궁 행세를 했다지?
류내관   (소스라치게 놀란다) 아니 세자마마께서 어찌 그런 사실을….
세 자   온 세상이 미쳤다 미쳤다 하니까 정말 미친 줄 알았더냐! 이노옴!

류내관   필시 부원군 홍봉한 영상 대감이….

세 자   닥쳐라 이놈! 네 놈이 죽을 마당이 되니까 물귀신처럼 내 장인까
          지 물고 들어갈 셈이로구나!

류내관   (힘이 빠지며) 죽여지이다! 세자마마!

세 자   네놈도 네 놈이려니와… (칠복에게) 궁인 칠복이 네 이년!

칠 복   예 동궁마마, 살려지이다… 아휴….

세 자   너는 내게 무슨 원한이 있기에 나의 일거수 일투족, 아니 세자궁에
          서 일어나는 모든 일을 미주알 고주알 화완옹주에게 일러 바쳤다
          더냐!

칠 복   아니옵니다! 아니옵니다. 동궁마마!

세 자   아니라고? 내 잠시 전 말 타고 활 쏘면서 문득 보니 으슥한 곳에
          서 화완하고 만나 무엇인지 쏙닥거리는 걸 보았느니라!

칠 복   어이구 하느님 맙소사! 들켜 버렸네.

세 자   네년부터 죽여야겠다. 세자궁에서 동궁을 받든다는 궁인년이 언감
          생심 염탐질을 하다니 너도 죽어 마땅하느니라!

칠 복   죽을죄로 잘못했사옵니다. 동궁마마! 살려지이다. 살려지이다….

세 자   고개를 내밀렷다!

칠 복   화완옹주마마께서, 동궁마마는 어차피 왕위에도 못 오르시고 폐서
          인이 되실 몸이니….

세 자   (격노) 무엇이라?

칠 복   하와… 하와….

세 자   에익! (칼을 내리친다)

칠 복   아악! (칼에 맞아 무대 위에 쓰러진다)

세 자   류내관, 이번엔 네 차례다!

류내관   만수무강하옵소서 세자마마. 마지막 하직 사배이옵니다. (류내관
          일어나 두어 걸음 물러나 절한다)

세 자   이놈아! 야 이놈아!

류내관   (절하다 말고 주춤한다)

세 자 내 친동기 보다 더 내 몸을 살뜰히 보살펴 주던 네놈이 어쩌다 그
      런 죄를 지었더란 말이냐!

류내관 (다시 절을 계속하려는데)

세 자 마지막으로 할 말은 없느냐!

류내관 소인에게 잘못이 있다면 세자마마를 올바로 뫼시지 못한 일과 한
      여자를 사랑한 인간의 죄 밖에는 없습니다.

세 자 뭐? 여자를 사랑한 한 인간의 죄라?

류내관 그러하옵니다. 세자마마!

세 자 이 궁궐안 구석구석에 파묻혀 있을 아기 무덤들… 무예청 별감
      놈과 놀아난 궁인들이 한 짓을 내가 어이 모르리… 그에 비하면
      너는 아이도 두지 못하는 불알 없는 환관 내시의 몸, 아! 내 어찌
      너의 목을 치랴!

류내관 세자마마… 으흐흑. (오열한다)

세 자 꼴 보기 싫다! 칠복이년 시체를 감쪽같이 치워버리고 내 눈앞에
      보이지 마라!

류내관 하오면….

세 자 냉큼 거행하지 못할까!

류내관 분부 거행이오! 어흐흐흐.

      류내관, 울면서 쓰러져 있는 칠복이의 시신을 끌고 무대 왼편으로 퇴장
      하면 세자는 느티나무 옆에 세워진 허수아비 제웅을 장검으로 내리친다.

세 자 에익… 야압!

      엇비슷이 둘로 동강 나는 허수아비. 세자, 장검을 무대 위에 내리꽂고
      나서 느티나무 앞에 서더니 허리춤에서 단검 두 자루를 빼내어 느티나
      무 밑동을 향해 날린다.

세 자 에익… 야압!

탁, 탁, 연이어 느티나무 밑동에 박히는 단검 두 자루. 이 때 영의정 홍
봉한 세자빈과 함께 무대 오른쪽에서 등장.

홍봉한   신 영의정 홍봉한, 동궁마마께 문안이오.
세 자   오! 장인어른 어서 오세요!
세자빈   제가 친정아버님을 모셨습니다. 마마!
세 자   그래 무슨 일로… 오셨소?

홍봉한, 무대에 꽂힌 피묻은 장검을 본다.

홍봉한   또 사람을 다치게 하셨습니다 그려!
세 자   어차피 숱한 목숨을 앗아온 나요. 한 사람쯤 더 죽였다고 미친놈
        소리 안 들을 것 같소?
홍봉한   이젠 제발 자중하셔야 하옵니다.
세 자   장인어른, 아니 영상대감, 잔소리는 지긋지긋하니 할 말 없거든 그
        만들 물러가시오!
홍봉한   긴히 여쭐 말씀이 있습니다.
세 자   그래요? 그럼 하시구려!

층계 위에 털썩 주저앉아 하늘을 쳐다본다.

세자빈   세자마마 심기를 바로 하시고 들으셔야 합니다.
세 자   (딴전 피운다)
홍봉한   그보다도 먼저… 말달리기며 활쏘기며 칼 던지기며… 모든 걸 당
        장 그만 두십시오!
세 자   (벌떡 일어나) 아니 뭐라구요?
홍봉한   동궁마마께서 통명전 뒤뜰에 파 놓으신 토굴은 또 어인 일이옵니
        까?
세 자   (삿대질) 그 따위 소리 늘어놓을 양이면, 당장 물러가시오!

홍봉한   (땅바닥에 무릎을 꿇고 앉아 두 손바닥을 땅에 짚고) 통촉하소서.
          지금 조정 안 벽파 사람들이 뭐라는 지 아십니까?
세 자   벽파 놈들이 뭐라고 하든 내 알 바 아니요! 죽일 놈들!
홍봉한   토굴에다 활과 화살이며, 화승총에 청룡도까지 갖추어 놓으시고
          때 없이 궁술과 검술을 익히시는 건….
세 자   (발로 땅을 구르며) 내가 역적모의라도 꾸민단 말이지요?
홍봉한   (머리를 조아리며) 통촉하소서 동궁저하!
세 자   (실성한 듯이 웃으며 무대 중앙으로 나온다. 홱 돌아서며) 으하하하
          여보시오 영상대감!
홍봉한   예, 저하!

          세자, 다시 객석을 향해 돌아선다. 홍봉한, 일어나 세자 옆에 가 읍하
          고 선다. 세자빈은 홍봉한 옆으로….

세 자   세상 천지에 아무리 임금자리가 탐이 나기로, 아니 어떻게 아들이
          아버지인 왕을 내치고 용상을 차지한단 말입니까? 예?
홍봉한   망극합니다 저하!
세자빈   그러기에 자중하시라는 말씀 아닙니까, 아버님 말씀은….
세 자   자중! 자중! 자중! 좋지… 좋고 말고! 그럼 장인은 날더러 무얼 하
          며 살아가란 말입니까? (사이) 아… 난 이제 더 이상 살고 싶지 않
          습니다. 비록 대리청정이었지만 13년 동안이나 임금 대리 노릇도
          해 보았습니다. 그 따위 허깨비 같은 자리가 임금의 자리라면 나
          는 차라리 폐서인이라도 돼서 빈궁과 세손, 우리 일가족이 함께
          어느 산골에라도 처 박혀서 화전이라도 일구며 오손도손 살고 싶
          소이다. 하지만 그것도 뜻대로 되지 않을 일, 아….
홍봉한   동궁저하 고정하십시오!
세 자   대관절 이 나라 종묘사직이 어디로 굴러가는 것입니까? 명색이 조
          정 중신이라는 것들이 처음에는 동인이니 서인이니 하고 갈라져
          서 싸우더니만, 다음에는 노론이다 소론이다, 남인이다 북인이다,

사색으로 갈라져서 파당을 짓고 당파싸움에 영일이 없었습니다. 이제는 상감을 에워싼 벽파와 동궁인 나를 둘러싼 시파…. 도대체 그들의 눈에 종묘와 사직이 어디 있답니까? 어떻게 하면 반대파를 거꾸러뜨리고 세력을 잡아 볼까 하는 정권욕이 있을 뿐! 그래서 얻은 게 무엇입니까? 억조창생 불쌍한 백성은 도탄에 빠져 허덕이고, 아침의 충신이 저녁에는 역적으로 몰려 목이 날아가고, 그렇게 사람의 목숨을 개, 돼지, 파리처럼 마구 죽였습니다. 그런데 이제는 이 동궁마저 역모로 몰아 죽일 작정이란 말이지요? 그렇지요? 영상대감!

홍봉한　그리도 자알 아시는 저하께서 어찌 그 동안에는… 참으로 딱하시오이다.

세자빈　새로 중전이 되신 계비마마의 친정 오라비인 간관 김귀주가 부원군 김한구 대감을 업고 파당을 지어 종실가운데에서 세자를 새로 책봉하려는 움직임이 있다 합니다.

세　자　70이 다 된 망령된 노인네가 주책없이 동궁인 나보다도 열 살이나 젊은 중전을 맞아들이더니만 꼴 잘 됐지 뭐요!

홍봉한　그러실수록 동궁의 체통을 바로 세우셔야 합니다 저하!

세　자　체통이요?

홍봉한　그런데 지난 5월, 동궁마마께서 평양나들이 떠나 계신 동안 누군가가 가짜 동궁 행세를 한 사실이 있다는 걸 상감께 아뢴 듯합니다.

세　자　세자궁 안팎이 염탐꾼으로 득실거리는 판에 모르고 계신데서야 말이나 됩니까?

홍봉한　또 한바탕 시끄러워질 텐데요.

세　자　모든 것이 동궁인 나 때문에 일어난 일, 죽기밖에 더하겠소. 장인어른께선 심려 마시오. 죽일 것은 구미호 같은 화완옹주 그년입니다. 내가 어찌하여 그런 불여우와 한 어머니의 몸에서 태어났는지… 정말 하루하루 살아가는 것이 지겹기만 합니다.

홍봉한　　그래서… 가짜 동궁 행세를 한 류내관을 처분했으면 하옵니다.

세　자　　류내관을 죽이자구요?

홍봉한　　예!

세　자　　안됩니다. 그건!

홍봉한　　아니 저하!

세　자　　(호통) 영상대감!

홍봉한　　예, 저하.

세　자　　그러고도 일인지하 만인지상의 영상대감이라 할 수 있습니까?
　　　　　영상의 부탁으로 나도 모르게 가짜 동궁 행세를 하던 류내관입니
　　　　　다. 그런 류내관을 무슨 죄가 있어서 죽이려 하십니까?

홍봉한　　안 그러면 벽파 조정 중신들이 벌떼같이 일어나 가뜩이나 노령이
　　　　　신 상감마마의 심기를 괴롭힐 것입니다.

세　자　　죄가 있다면 류내관이 아니라(손가락질하며) 바로 영상대감 당신과
　　　　　당신의 따님인 세자빈 두 사람에게 있소이다 (화증이 발작하는 것
　　　　　이다) 안 그렇소이까? 안 그렇소이까? (부르르 떤다)

홍봉한　　저하! 심기를 바로 하십시오 저하!

세자빈　　아니 어찌 그런 섭섭한 말씀을 하십니까? 마마께선….

세　자　　정작 죽어야 할 사람은…, (세자, 무대에 꽂힌 장검을 뽑아 들고 와
　　　　　서 홍봉한과 세자빈을 향해 내려칠 듯이 치켜든다)

홍봉한　　(사색이 된다) 아니, 도… 동궁… 동궁 저하!

세자빈　　마마, 마마, 어찌 이러십니까?

세　자　　그대의 부녀 두 사람이요!

　　　　　이 때, 세자의 사친 선희궁 영빈 이씨가 화완옹주와 함께 무대 왼쪽으
　　　　　로 들어와 사태가 심상치 않은 것을 알고 끼어 든다.

선희궁　　아니 동궁, 동궁, 어째 이러시는 게요! 장검 거두시오! 어서 거두시오!

세　자　　(울 듯이) 어머니!

선희궁　　동궁 한 사람 바라보며 살얼음 같은 나날을 살아오는 이 에미,

차라리 내가 내 아들의 손에 죽읍시다. 자! 이 에미를 그 장검으로
내리치시오!

선희궁, 세자 앞에 꿇어앉는다. 냉담하게 쏘아보고 있는 화완옹주.

홍봉한   영빈마마, 이러시면 아니 되십니다. 어서 일어나십시오!

세자빈   (기절할 듯이) 아! 이 일을 어찌하나! (비틀거린다) 어….

홍봉한   (세자빈이 비틀거리자 당황하여) 빈궁마마! 빈궁마마! 심기를 바로
하세요! 심기를!

세자빈   (쿵 하고 무너진다)

홍봉한   (무너지는 세자빈을 붙잡아 안으며) 빈궁마마! 빈궁마마! (세자빈을
안고 급히 퇴장)

선희궁   자! 동궁, 어서 그 장검으로 이 에미를 치란 말이오! 동궁 때문에
상감의 눈밖에도 나버린 가련한 신세! 나도 더는 살고 싶지 않습
니다. 더는…아! 내 불쌍한 세손마마! 나 죽은 다음 우리 세손마마
를 어찌할꼬!

세　자   (통곡하며 장검을 무대 위에 내던지고) 어머니… (선희궁에게 안긴다)

이 때, 무대 어두워지고 스포트·라이트의 외줄기 조명이 모자에게로 쏟
아진다. 서로 얼싸 안는 모자.

세　자   어머니… 소자가 미쳤습니다. 이 미련하고 용렬한 소자를 때려 주
소서… 어머니… 으흐흐.

선희궁   (세자의 등을 쓸어주며 서서히 일어나 객석을 향한다) 상감의 뒤를 이
어 이 나라 억조창생의 어버이가 되셔야 할 지중하신 금지옥엽 나
의 동궁! 그러나 상감에게 왕자는 동궁 한분 뿐이시니, 동궁! 무럭
무럭 자라나는 세손을 위해서라도 동궁이 자중해 주셔야 합니다.
(안간힘 쓰듯) 아시겠습니까? 동궁!

세　자   어머니! 고맙사옵니다. 어머니!

선희궁   (울먹이며) 이리도 착하고 어지신 우리 동궁을 어느 누가 미쳤다
          하는가! 응?
세 자   (통곡한다) 어머니…. 으흐흐흐.

          세자의 마음을 웅변하는 통곡과도 같은 음악이 터져 나오면서 천천히
          막이 내린다.

제 2 막

제 1 장
마침내 뒤주 속에 갇히는 세자

전막으로부터 9개월이 지난 이듬해인 영조 38년(1762년) 음력 윤5
월 13일, 이날 세자는 부왕 영조에 의해 뒤주 속에 갇혀 굶어 죽는
참극이 일어난다.

무대는 창경궁 휘녕전 정성왕후 재실 앞. 무대 오른편으로 휘녕전
전각이 서 있고 무대 왼편에는 덕성합으로 통하는 조각대문을 사
이에 두고 나지막한 궁궐 담이 대각선으로 무대 뒤쪽 중앙 부위까
지 연결되어 있다.

조각대문 너머 덕성합 뜰은 지대가 높아 휘녕전의 움직임을 보려
는 출연자의 상반신이 객석에서도 드러나 보인다. 무대 전면 좌우
는 다른 전각으로 통하는 길이고 휘녕전 전각을 끼고 휘도는 무대
중앙 통로 역시 다른 전각으로 이어진다.

전막에서처럼 다가올 비극을 예고하듯 참담한 테마의 음악이 고
조되는 가운데 막이 오른다. 막이 오르면 휘녕전 재실 문 앞에 영
조임금이 앉을 야트막한 옥좌가 놓여 있고 옥좌 뒤 좌우로 해 가
리개 일산을 든 대전 나인 두 사람이 시립해 있다. 휘녕전으로 오

르는 층계 밑에는 세자가 무릎을 꿇고 대죄하게 될 널빤지 한 장.
층계 좌우로 조정 중신들, 그 뒤로 대전 상궁과 내시, 다시 그 뒤
에는 칼을 뽑아 든 대전 별감과 삼군 군사들이 휘녕전 주변에 좌
악 깔렸다. 삼엄한 분위기…. 바야흐로 세자에 대한 영조임금의
친국이 벌어지려는 참이다. 조각 대문 너머 높은 지대의 덕성합
쪽에는 죄인 복색의 세자가 세자빈 홍씨, 세손 성과 함께 휘녕전
쪽을 주시하고 있다. 전막을 통해 간간이 요란한 매미소리.

신 만   (무리에서 한 걸음 나서며) 대전내관은 조정 중신 입시 하였음을 주
        상 전하께 고하여라!
대전내시 (무리에서 한 걸음 나서며) 예….

        휘녕전 층계 위로 올라간 대전내시가 재실 문 앞에서 고한다.

대전내시 전하, 조정 중신, 입시이옵니다.

        대전 내시, 다시 층계를 내려가 제자리로 돌아간다. 재실 문이 열린다.
        한 손에 보검, 한 손에 합죽선을 들고 재실에서 나오는 영조임금. 그
        뒤에 화완옹주가 따라나와 무대 중앙 쪽 입시나인 곁에 가 선다.

대전내시 (무리 속에서) 상감마마 납시오….

        일제히 읍하는 조정 중신들.

영 조   (무대 위를 둘러보고 용안을 찌푸린다) 삼군대장 구선행은 어찌 되
        었느냐! 속히 들라 해라!
별 감   (무리 속에서 나서며) 예에…. 분부 거행이오…. (무대 왼쪽으로 퇴장.
        엇갈려 삼군대장 구선행이 잰걸음으로 들어와 휘녕전 계하 옆에 가 읍
        하고 선다. 뒤따라온 별감은 제자리로)
대 장   전하, 신 삼군대장 구선행, 어명 받자와 삼군 군사 3백 명으로 하

여금 본 창경궁 휘녕전을 철통같이 경계토록 조처하였사옵니다.

영　조　삼군 대장!

대　장　예에….

영　조　휘녕전에는, 새 영의정 신만 정승만 남게 하고 모두 물러가도록
　　　　하오!

대　장　예에….

신　만　(무리 앞으로 나서며) 전하! 신 영의정 신만 아뢰옵니다.

영　조　(합죽선을 활짝 펼친다. 마땅치 않다는 뜻)

신　만　오늘 거행하랍시는 기우제 준비는 어이 하올지….

영　조　기우제는 후일로 미루기로 하시오!

신　만　하오면….

영　조　오늘은 20년 동안 곪아 왔던 궁중 안의 종처를 도려내려 하오!

신　만　전하! 무슨 일을 어찌 처결하시려 하옵는지 모르겠사옵니다마는,
　　　　매사를 조급하게 생각지 마시옵소서…. 세상만사 뜻대로 되는 일
　　　　이 그 몇 가지나 있겠사옵니까?

영　조　(합죽선을 접으며 벌떡 일어나, 합죽선으로 어탑을 탁! 때리며 호통친
　　　　다) 여보시오 영상! 아니 그럼 영상은 미친 위인이 미친 행각을 되
　　　　풀이하고 있어도 끝까지 참고만 있어야 한다 그 말입니까?

신　만　하오나 전하!

영　조　듣기 싫소! (삼군대장에게) 삼군대장!

대　장　예에.

영　조　즉각 영을 거행토록 하오! (옥좌에 앉는다)

대　장　예에. (군사들 쪽으로 나아가) 대전별감과 삼군군사들은 듣거라.

군사,별감들　예에….

대　장　영의정 대감만 남으시도록 하고 모두 물러 가랍시는 어명이시다.
　　　　속히 거행토록 하라!

군사,별감들　예에….

　　　　일부 군사와 별감들이 물러가자, 하는 수 없이 조정 중신과 그 밖의 등

장인물 모두 무대 좌우 통로로 각각 퇴장. 그 동안 별감 한 사람이 화완옹주에게로 다가가자,

화완옹주	아바마마, 소녀도 물러가야 하옵니까?
영 조	화완은 물러가지 않아도 된다!

화완옹주는 보란 듯이 오만하게 두 눈을 치뜬다. 머쓱해진 별감. 속수무책으로 되돌아간다. 이 때 대전내시, 무대 오른쪽에서 들어와 읍한다.

대전내시	상감마마! 세자마마의 생모 영빈마마께서 시각을 다투어 아뢰올 말씀이 있다 하와 입시해 있사옵니다.
영 조	영빈이?
화완옹주	어머니가 웬일이실까? (갸우뚱)
영 조	화완아, 너의 어미가 무슨 일로 나를 만나자 하는 것이냐?
화완옹주	보나마나 세자인지 동궁인지 살려지이다 애원해 보자는 속셈이 아니겠어요.
영 조	흐음…. (눈을 감는다)
대전내시	어찌 하오리이까?
영 조	들라 하여라!
대전내시	예에. (읍하고 무대 오른쪽으로 되돌아 나간다)
화완옹주	아니 아바마마, 어쩌시려구 저희들 생모를 만난다 하시옵니까?
영 조	너의 어미이기도 하려니와 세자인지 미친 위인인지의 어미가 아니더냐. 무슨 말을 하려는지 마지막으로 여한이나 없게 해 줄 생각이니라!
화완옹주	오! 이처럼 인정 많으신 아바마마를 망령이 들으셨네, 몰인정하시네 하구 허구헌날 험담을 늘어놓았으니, 세자는 마땅히 폐세자 하셔야 하옵니다.

선희궁, 무대 오른 쪽에서 대전상궁과 함께 들어와 휘녕전 계하에 꿇어 엎드린다.

선희궁 대전마마! 시각을 다투어 아뢰올 말씀이 있사와 입시하였사옵니다.

영 조 오랜만이구려 영빈! 그래 무엇이 그리 시각을 다투어 할 말이 있
         다는 게요?

선희궁 지난번 액정별감 나상언의 형 나경언의 고변은 사실이옵니다.

영 조 (놀라며) 뭐라고? 아니 그럼 세자놈이 이 아비를 시역하고 용상을
         차지하려고 역모를 꾸몄단 말이 사실이란 말이요?

선희궁 그러하옵니다. 대전마마!

영 조 (벌떡 자리에서 일어나) 영빈이 어찌 그런 걸 아오?

선희궁 소첩이 낳은 아들이옵니다. 어미가 어찌 아들이 저지르려는 역모
         사실을 모를 리 있사오리까?

영 조 정녕, 한치의 거짓도 없으렷다!

선희궁 대전마마! 이곳은 승하하오신 정성왕후마마의 위패를 모신 재실이
         아니옵니까? 세자가 소첩의 몸을 빌어 태어난 지 첫 이렛만에 세
         자는 정성왕후마마를 어마마마로 받들어 모시고 장성하였사옵니
         다. 낳아드린 어미보다 더욱 정성을 쏟아 길러 주신 그 어마마마
         의 혼백 앞에서 어찌 소첩이 한치인들 거짓을 아뢰리까? 이제 세
         자의 심성은 도저히 고칠 길이 없는데다가 나이 스물 여덟에도 광
         기마저 날로 극심해져 어미로서도 종사의 앞날을 생각하면 더는
         참고 견딜 길이 없사옵니다.

영 조 그래서 날더러 어쩌라는 게요?

선희궁 세자의 어미로서 입에 담을 말은 아니오나….

영 조 폐서인으로 만들라는 말인가?

선희궁 아니옵니다.

영 조 하면?

선희궁 후환이 없도록 하옵소서.

영 조 죽이란 말인가!

선희궁 세자를 하루 속히 편안하게 해 주자는 어미의 소망이옵니다.

영 조 어허! 친 어미의 입에서 나오는 저 한마디! (털썩 옥좌에 주저앉는다)

화완옹주   아니 어머니! 어머닌 어찌 오라버니를 죽이라 하십니까?

선희궁   (증오에 찬 눈으로 화완을 노려본다) 너도 소망하던 바가 아니더냐?

화완옹주   애그머니나…이젠 딸자식까지 생사람 잡으려 드시네….

선희궁   대전마마! 그 대신 불쌍한 세자빈을 지극한 자비로 보살펴 주옵
　　　　시고 세자에게 못 다하신 어버이의 정을 어린 세손 내외에게 기울
　　　　여 주옵소서. 그리고 소첩은 먼 섬으로나 보내 주시와 갈매기 소
　　　　리 벗삼아 여생을 마치게 해 주십시오 대전마마!

영　조   더 할 말 없거든 물러가오!

선희궁   하오면. (일어나려다가 비틀댄다. 상궁이 재빨리 뛰어와 부액하고 무
　　　　대 오른 쪽으로 퇴장)

영　조   듣거라!

별감들   예에….

영　조   덕성합에 기별하여 세자인지 미친 위인인지 끌어다가 이 뜰 아래
　　　　에다 대령시켜라!

별감들   예에…. 분부 거행이옵니다.

　　　　별감 1, 2가 덕성합 조각 대문 쪽으로 가는데 무대 어두워지며 스포
　　　　트·라이트가 덕성합 쪽 세자, 세자빈, 세손을 잡는다.

세자빈   기어이 어명이 내렸습니다.

세　자   너무 걱정 마시오 빈궁!

세　손   아바마마, 소자도 가겠습니다. 할바마마께 아바마마를 살려달라고
　　　　애원하겠습니다.

세　자   성아! (와락 세손을 끼어 안는다)

세　손   아바마마! 이힝…. (흐느낀다)

세　자   이 아비에게 무슨 일이 있거든… 이 못난 아비를 대신하여 어머
　　　　님 잘 뫼시고 할아버님께 아비 몫까지 효성을 다 바쳐라.

세　손   (울며) 아바마마… 아바마마….

세　자   다녀오리다 빈궁!

세자빈   잘못했다고 비셔야 합니다. 그저 용서해 주십사고 비셔야 합니다.
        네? 세자마마!
세 자   설마 나를 역적으로야 몰아 세우시겠소… 친아들이요, 세자의 신
        분인 나를 말이요! 아! 별감이 왔소…. 다녀오리다. (세자, 사라진다)
세 손   어마마마… 아바마마는 어찌 되시옵니까? 예?
세자빈   오! 불쌍한 우리 세손, 어흐흐흐. (모자 부둥켜안고 운다)

        스포트·라이트, 덕성합 쪽 조각대문으로 이동한다. 별감의 인도로 조
        각대문으로 들어오는 세자. 천천히 무대 위 널빤지가 있는 계하에 엎
        드린다. 스포트·라이트는 영조와 세자를 비친다.

세 자   아버님! 죄인 선, 뜰 아래 부복 대죄올습니다.
영 조   네 이놈! 이 천벌을 받을 역적놈아! 네 죄를 네가 알렷다!! (칼이
        들어 있는 보검을 잡고 탑전을 쾅쾅 내리 친다)
세 자   아뢰옵기 황공하오나 나경언이란 자의 고변은 소자를 죽이려는 터
        무니 없는 모함입니다.
영 조   무엇이야? 모함? 아니 그래도 이놈이…. 내 나이 이미 예순 여덟,
        그래 내가 앞으로 살면 얼마나 오래 산다고 애비인 나를 시역하고
        네놈이 용상을 가로채려 했더란 말이냐!
세 자   아버님께서 이미 동궁을 수색하시지 않았습니까? 소자는 군사며
        병장기며 아무 것도 마련한 바가 없습니다.
영 조   닥쳐라 이놈! 나경언이란 자가 올린 네놈의 비행 열 가지 말고도
        네 죄는 이루 헤아릴 수조차 없이 많느니라! 그래 네놈은 어찌하
        여 빙애라는 왕손의 어미를 때려 죽였느냐! 어디 왕손의 어미뿐이
        더냐! 후딱 하면 세자궁 나인이며 내시와 별감에게 칼을 휘둘렀다
        니 그것 마저 모함이라고는 못할 터이지!
세 자   (입술을 깨문다)
영 조   하물며 네놈은 세손모인 빈궁도 살해하려고 장검을 휘둘렀다니,
        야 이 미친놈아!

세 자　….

영 조　할 말이 있거든 해 봐 이놈아! 네 놈은 아무도 몰래 궁궐 담장을
　　　 넘나들며 백성들과 놀아났다고 하고 또 장사치들에게 금전을 빌
　　　 리고는 갚지 않아 일국의 세자로서 그 품위를 땅에 떨어뜨렸다!
　　　 그것도 모함이냐?

세 자　…. (고개를 짓수그리고 있다)

영 조　어허, 이 놈이 갑자기 벙어리가 됐느냐! 뭐라구든 말을 해 보란
　　　 말이다. 엉?

세 자　…. (여전히 침묵)

영 조　네놈은 임금도 몰래 네멋대로 평양 나들이를 가서는 가사장삼을
　　　 뒤집어 쓴 까까머리 여승과, 뭇놈들과 놀아나던 노류장화 기녀를
　　　 궁 안에까지 끌어들여 가진 잡스런 짓을 다 했다고 한다! 이것도
　　　 모함이냐?

세 자　…. (여전히 침묵)

영 조　또 있다! 네가 타고 다니는 애마를 궁궐 안에서 장검으로 쳐서 죽
　　　 였는가 하면….

세 자　그건 아니옵니다. 애마가 아니옵니다.

영 조　무엇이야? 아니라구?

세 자　주인도 모를 백마가 창경궁 선인문으로 뛰어들어 소란을 떨고 있
　　　 기에 마침 그 옆에 있던 제가 처치한 것이옵지 결단코 애마는 아
　　　 니옵니다.

영 조　그런데 그때 어찌하여 세자궁 무수리 아이는 말 모가지를 친 피
　　　 묻은 장검으로 죽였느냐!

세 자　…. (할 말이 없다)

영 조　세자궁 장번내시 류내관에게 물어보니 그 무수리 아이가 세자의
　　　 지체로 함부로 살생을 일삼는다고 쫑알대는 소리를 들은 네가 홧
　　　 김에 장검을 휘둘렀더라만… 그건 또 좋다!

세 자　(휴우 한숨을 내쉰다)

영　조　이미 장번내시 류내관은 네놈의 허물을 뒤집어쓰고 멀리 흑산도로
　　　　귀양을 보냈으니 그 일은 불문에 부친다.

세　자　….

영　조　그런데 해괴하기 이를 데 없는 것은 네가 감히 임금의 수족 같은
　　　　대전상궁을 어찌 알고 아랫것들 보는 앞에서 웃옷과 치마를 벗겨
　　　　불태웠어! 이놈아! 한 나라의 동궁인 세자란 위인이 무슨 짓을 못
　　　　해 내옷 네옷 할 것 없이 심지어 상궁 나인들의 옷까지 불태워 없
　　　　앴다는 말이더냐. 엉!(보검으로 어탑을 쾅쾅 때린다)

세　자　… 홧증 때문에 그리 되었사옵니다. 아버님!

영　조　홧증? 야 이놈아! 궁궐 안에 별지당이라고 이름을 붙인 토굴을 파
　　　　놓고 화승총이며 화살이며 청룡도까지 갖추어 놓고 걸핏하면 말
　　　　달리기, 활쏘기, 칼 던지기를 일삼았다고 한 이건 또 무슨 짓거리
　　　　더냐!

세　자　아버님!

영　조　그래, 말해 봐!

세　자　소자가 어려서부터 천둥병에 홧증, 그리고 의댓증까지 있어 괴로
　　　　워 해온 것은 아버님께서도 익히 아시는 일이 아니옵니까? 그래
　　　　서 심신단련을 한 것이올습니다!

영　조　심신단련? 치워라 이놈! 며칠전 파직한 전 영상 홍봉한을 충동여
　　　　북벌을 한답시고 전국 방방곡곡에서 군사를 모으려 하였다고 한
　　　　다. 이놈아! 청나라가 두 눈을 시퍼렇게 뜨고 조선의 움직임을 살
　　　　펴 보고 있는 마당에 너같은 미친 위인이 효종 할아버님의 유지를
　　　　받들어 심양까지 쳐들어가 청나라 황제를 굴복시키겠다고? 어허!
　　　　개가 웃을 노릇이다. 개가 웃을 노릇이야 이놈아!

세　자　청나라 황제 앞에 무릎을 꿇으셨다는 인조대왕 할아버님의 삼전
　　　　도의 치욕을 어찌 한시인들 잊을 수 있사오리까?

영　조　야 이놈아, 터진 입이라고 아무 말이나 지껄이기만 하면 다 말이더
　　　　냐!

세 자 나라의 힘을 길러야 하옵는 일, 그것이 이 나라를 외적의 침략으로
부터 지키는 유일한 길이 아닙니까?

영 조 어허 이놈이 죽을 마당이 되니까 이제사 제 정신이 되돌아오는 모
양이구나. 아니 그래, 그렇게 정신이 멀쩡한 놈이 토굴 속에다 뒤
주 같은 관을 짜놓고 그 안에 들어가 귀신 부르는 옥추경이나 외
우고 있었단 말이더냐! 엉?

세 자 아버님! 소자를 용서하시옵소서… 불효 막심한 소자를 용서하시
옵소서. 으흐흐흐. (울음을 터뜨린다)

영 조 불효 막심하다구…?

세 자 하오나 아바마마! 소자를 죽이려고 고변한 나경언을 대질시켜 주
십시오. 소원이옵니다.

영 조 야, 이 역적 놈아! 나경언을 대질시켜 달라니, 당치도 않다.

세 자 아바마마!

영 조 네 놈이 역적모의 한 증거를 없애려구 나경언의 아우 액정별감 나
상언을 데려다 죽여 없앴다는 것쯤 이미 나도 안다. 그런데 이번
에는 나경언을 대질한답시고 결정적인 증인마저 없앨 속셈이라는
걸 내가 모를 줄 알았더냐! 안 그래? 이놈아!

세 자 아바마마 억울하옵니다. 으흐흐흐.

영 조 더는 안 속아, 더는 안 속아! 옜다! (잡고 있던 보검을 세자에게로 던
져 준다) 이 놈 세자야! 그 보검으로 자진을 하여라!

세 자 (고개를 번쩍 들어 칼을 본다)

영 조 그 길만이 종묘사직을 위태롭게 하고 열성조에 지은 네 죄를 씻
는 길이니라!

세 자 아버님… 으흐흐흐. (오열한다)

영 조 무엇을 꾸물대고 있는 게냐, 어서 자진을 하라니까!

세 자 과하십니다. 아버님!

영 조 어서 자진을 못하겠느냐! (벌떡 일어서서) 아니면 내가 네놈의 목
을 치랴!

세 자 어흐흐흐.

신 만 (나선다) 전하! 이 어인 분부시옵니까. 자진하랍시는 어명 거두어
       주소서, 전하!

영 조 물러가 계시오!

신 만 백성들에 대한 체면, 조정 관원들에 대한 체면을 생각하시어 분부
       거두어 주소서. 전하!

영 조 아니, 영상도 죽고 싶소?

신 만 죽으라 하시면 어찌 신의 천한 목숨 버리지 않겠사옵니까? 하오
       나 세자저하께만은 왕실에 오욕이 없으시도록 하해 같은 성은을
       베푸시옵소서….

영 조 (버럭) 영상은 물러가 계시오!

       무대 서서히 밝아온다. 이 때 덕성합 쪽의 조각 대문이 활짝 열리며 열
       한 살의 어린 세손이 구르듯 뛰어 나온다.

세 손 (자지러지게 울부짖는다) 할아버님…할아버님… (휘녕전 계하의 세자
       등뒤에 달려와 무릎을 꿇으며 계속 울부짖는다) 할아버님. 아비를 살
       려주십시오! 예? 할아버님, 아비를 살려주십시오!

영 조 아니 누가 어린 세손을 들어오게 하였느냐!

세 손 할아버님! 소손은 역적 모의가 무엇인지 조차도 모르옵니다. 하오
       나 할아버님, 아비를 살려주십시오!

영 조 어허, 게 누구 없느냐! 당장 세손을 데려가도록 하라!

세 손 (세자를 보고) 아바마마 으흐흐흐.

세 자 성아….(오열)

영 조 뭣들을 꾸물대고 있는 게냐! 어서 세손을 데려가지 못하고…엉!

별 감 예에… 분부 거행이오! (별감이 세손에게로 뛰어나와 발버둥치는 세
       손을 들쳐업고 무대 왼쪽으로 달려나간다)

세 손 (업혀 나가며) 할아버님! 아비를 살려 주셔요…. 할아버님! 아비를
       살려주셔요.

덕성합 쪽의 세자빈은 두 손으로 얼굴을 감싸고 주저앉는 듯 모습을
감춘다.

영　조　시위 군사들은 들으라! 덕성합으로 통하는 문을 닫아 걸고 아무도
　　　　통행을 못하도록 하렷다!
군사들　예이…. 분부 거행이오!

군사들 조각대문에 ×자형으로 송판을 대고 못을 친다.

영　조　세자는 왜 자진을 하지 않느냐! 칼이 무서워 못 죽겠다는 게냐!
　　　　엉? 이 역적 놈아!
세　자　(살기를 체념한 듯) 아버님! 어명 받자와 기꺼이 자진하겠사옵니다.
영　조　암! 당장 거행하렷다!

세자가 보검을 집어들어 칼을 빼어든다. 이 때 홍봉한을 비롯한 세자
궁 춘방사부 여럿이 우루루 무대 오른 쪽에서 뛰어 들어온다.

홍봉한　전하! 전하!
사부들　전하! 전하!

홍봉한과 사부들, 계하에 읍하고 있다.

홍봉한　이러시면 아니 되옵니다 전하!
사부들　(일제히) 통촉하시옵소서 전하!
영　조　아무도 들어오지 말라 일렀거늘 왜 몰려와 소란을 피우는 게요?
홍봉한　전 영의정 홍봉한 아뢰옵니다.
영　조　아무 말도 듣기 싫소!
홍봉한　세자 저하는 이 나라 왕실의 단 한 분뿐인 금지옥엽이십니다.
　　　　국본을 흔들지 마옵소서 전하!
영　조　나경언의 상소를 보면 세자를 에워싼 시파의 우두머리가 바로 경

이라 했소. 그러니까 경은 사위 귀한 줄만 알았지 임금 귀한 줄은
모르고 있는 모양이구려 엉!

홍봉한　전하! (무릎을 꿇는다) 엎드려 비옵건대 세자저하를 살려 주십시
　　　　오. 아래로 나이 어리신 왕세손마마를 비롯하여 줄줄이 4남 3녀,
　　　　모두 8남매의 아버지임을 생각하시와 하해 같으신 전하의 은총을
　　　　베푸시옵소서.

사부들　그러하옵니다. 전하!

영　조　(사부들을 합죽선 끝으로 가리키며) 경들은 무슨 낯짝으로 임금 앞
　　　　에 나타났소! 장차 이 나라 임금의 대통을 이어 성군이 되도록 왕
　　　　자의 길을 가르쳐야 할 세자궁 춘방사부들이 맡은 바 소임을 망각
　　　　하고 오늘날 세자를 이 지경으로 만든 죄, 죽어 마땅할 것이어늘
　　　　엉?…(부르르 떤다)

사부들　전하! 소신들을 죽여주옵소서!

영　조　시위 군사들은 들으라!

군사들　예에….

영　조　모두 다 몰아내도록 하라!

군사들　예에….

우루루 달려든 군사들에게 홍봉한과 춘방 사부들이 무대 오른쪽으로
끌려나간다.

영　조　더는 지체할 수 없다. 세자 이 놈! 칼을 빼어 들었으면 즉각 자진
　　　　하렷다!

세자, 칼끝을 바라보며 호흡을 가눈다. 이 때, 이번에는 무대 왼쪽에서
조정 중신들 여러 사람이 뛰어 들어와 계하에 읍한다. 왼쪽은 벽파, 오
른쪽은 시파로 갈라선다.

중신들　(일제히) 전하!

영 조   경들은 또 뭐요! 엉?

벽파중신   전하, 어쩌시려고 이리도 험한 꼴을 보시려 하십니까? 자진하라
         는 분부 거두어 주옵소서.

벽파들   그러하옵니다. 분부 거두어 주옵소서 전하!

시파중신   전하! 전하의 어심을 괴롭히다 못해 세자저하 마저 자진을 하게
         만든 벽파중신들을 엄히 다루시옵소서.

시파들   엄벌을 내리시옵소서 전하!

벽파중신   아니옵니다 전하! 세자저하와 역모를 꾸민 저 시파 중신들의 목을
         치소서!

벽파들   목을 치소서…전하!

영 조   (벌떡 일어나며 합죽선 끝으로 중신들을 가리킨다) 닥치시오!
         (시파들에게) 경들은 허물을 감싸며 미친 짓거리를 쉬쉬 숨기더니
         만(벽파에게) 또 경들은 세자에 대한 비위를 낱낱이 내게 일러주며
         세자를 폐서인 해야 한다고 주장해 왔으면서 막상 세자를 죽이려
         하니까 이제 와서 세자를 용서하라구! 그러니까 경들은 모두 착한
         신하들이고 나만이 자식을 죽이는 폭군이란 말이구려! 여봐라, 시
         위 군사들은 당장 조정중신들을 끌어내도록 하여라!

군사들   예에….

         군사들, 우루루 뛰어들어와 조정 중신들을 끌고 나간다.

영 조   대전별감들은 듣거라!

별감들   예에….

영 조   칼로는 안되겠다! 별감들은 즉시 토굴인지 귀신굴인지로 달려가
         서 세자놈이 즐겨 들어가 있던 뒤주를 들어다가 이 뜰 앞에 대령
         하여라!

별감들   예에, 분부 거행이오!

         별감들, 무대 뒤 통로로 뛰어 나간다.

영　조　세자 듣거라!

세　자　예, 아버님!

영　조　다시 한 번 묻겠다. 그 칼로 자진을 하겠느냐! 아니면 뒤주 속에
　　　　들어가 죽겠느냐!

세　자　아버님!

영　조　소원대로 해 주마!

세　자　으흐흐흐. (오열)

화완옹주　아바마마… 칼로 자진하랍시는 영은 너무 가혹하옵니다.

영　조　너도 피는 보고 싶지 않다 그런 말이렷다?

화완옹주　차라리… 뒤주 속이….

영　조　뒤주 속이 편할 것이다, 이 말이냐?

화완옹주　…예에.

영　조　(벌컥) 화완도 당장에 물러가라!

화완옹주　아니 아버님!

영　조　한 어미의 몸에서 태어난 오누이 사이에 제 오래비 죽는 게 그리
　　　　도 소원이더냐!

화완옹주　아니 아버님, 갑자기 어인 말씀이옵니까?

영　조　너는 벽파놈들과 마찬가지로 너의 오래비를 잡아먹지 못해 세자
　　　　궁의 일이라면 세자가 하품을 했다는 것까지 낱낱이 나에게 고해
　　　　바치지 않았더냐?

화완옹주　아니, 아버님!

영　조　시위군사들아! 화완도 끌어내렷다.

군사들　예에, 분부 거행이오!

　　　　우루루 달려온 군사들에게 끌려나가는 화완옹주.

화완옹주　(끌려 나가면서) 아버님! 아버님!

　　　　이 때 대전별감들 낑낑거리며 큰 뒤주를 메고 무대 중앙 통로로 나와

서 세자 옆에다 내려놓는다.

별감들   전하! 뒤주 대령이오!

영 조   세자는 결정을 하렷다!

세 자   (들고 있던 칼을 버린다)

영 조   그럼, 속히 뒤주 속으로 들어가렷다!

세 자   아버님! …용서하여 주십시오, 아버님! 으흐흐흐.

영 조   부질없다! 어서 뒤주 속으로 들어가란 말이다!

세 자   아바마마! 살려만 주신다면 앞으로는 공부에만 전념하옵고 결단
          코 불효 막급한 행각은 하지 않을 것입니다. 맹세합니다 아바마마!

영 조   (벌떡 일어나) 삼군대장 들으시오!

대 장   (지명 받고) 예에.

영 조   그 뒤주 뚜껑을 여시오!

대 장   (머뭇거린다)…전하….

영 조   속히 열지 못하겠소?

대 장   (하는 수 없이) 예에, 분부 거행이오. (뒤주로 다가가서 뚜껑을 벗긴다)

영 조   들어가! 어서!

세 자   (체념한다. 일어서서) 하오면… 아바마마, 마지막 하직 사배이옵니
          다. 만수무강하옵소서!

영 조   (홱 외면하고 합죽선을 펴서 얼굴을 가린다. 눈물을 감추려는 것이다)

세 자   (네 번 절한다. 그 동안 영조의 방백이 이어진다)

영 조   (혼잣말로) 세자야! 너는 종사를 위해서 죽는 것이다. 아비인들 어
          찌 내 자식을 죽일 수가 있단 말이더냐! 그러나 너는 죽어야 하느
          니라… 이 나라 3백년 종사를 위해서 죽어야 하느니라….

세 자   (절을 끝내고) 아바마마 만수무강하옵소서…. (절 마치고 뒤주로 들
          어가 버린다)

순간, 장내를 뒤흔드는 충격적인 음악 터져 나온다. 음악이 잦아들면
영조를 제외한 모든 출연자들, 억장이 무너지는 마음으로 「세자저하」,

「세자저하」하며 울부짖는다.

영　조　(부채를 접고) 뚜껑을 닫소!

대　장　(울면서) 예에 분부 거행이오! (뚜껑을 닫는다)

영　조　자물쇠를 채우시오!

대　장　예에, 분부 거행이옵니다. (자물쇠를 채운다)

영　조　시위군사들은 들으라!

군사들　예에….

영　조　그 누구도 뒤주 근처에는 얼씬도 못하게 빈틈없이 지키렷다!

군사들　예에.

영　조　삼군대장 들으시오!

대　장　예에.

영　조　잡인 근접을 막고, 무슨 일이 있어도 세자에게 물이나 약을 주어서
　　　　는 아니 될 것이오!

대　장　예에… 분부 거행하겠사옵니다.

　　　　이 때, 멀리 천둥이 울려온다. 무대의 조명도 차츰 어두워지고….

영　조　그리고 또 한가지, 시위군사들을 시켜 풀을 베어오게 해서 저 뒤주
　　　　위에다 수북히 덮도록 하시오! 그래야 만이 세자는 숨통이 막혀
　　　　고통을 덜 받고 속히 숨을 거둘 것이다 이 말이요!

대　장　… 어흐흐흐. (오열한다)

　　　　크게 천둥이 치고, 번개마저 번쩍인다.

영　조　알았소? 알았소? 알았느냐 이 말이요! (절규한다) 세자야! 이 아비
　　　　를 원망 마라! 너를 죽인 건 이 아비가 아니라 바로 당파싸움이었
　　　　느니라 당파싸움!

일　동　(울부짖듯) 전하! 전하!

- 막이 내린다 -

제 3 막

제 1 장
세자의 안위에 전전긍긍하는 세자빈과 세손

제2막으로부터 3일 뒤의 오후.

전 영의정 홍봉한의 집(세자빈 홍씨의 사가) 사랑채.

무대 오른쪽으로 사랑채가 놓여 있고 댓돌을 올라서면 대청마루, 그 대청마루 왼편에 무대 정면으로 영창을 낸 사랑방이 있고, 영창 앞에는 기둥에 의지하여 회랑이 둘려져 있다.

사랑방에서는 마루로도 출입하고 영창으로도 출입할 수 있는데 마루에서 곧장 영창 앞 회랑으로 오를 수도 있다. 무대 앞은 사랑채 앞마당이 되고 무대 왼쪽으로 얕으막한 담장을 끼고 후원 별당으로 통하는 길이 나 있다.

그 담장 중간에 일각 중문, 그 중문 옆으로 해묵은 오동나무 고목의 무성한 가지가 무대 위에 축 늘어져 있다.

지르르 지르르 물매미 소리가 구슬피 울려오는 가운데 막이 오르면 평상복을 입은 홍봉한이 뒷짐을 지고 무언가 골똘히 생각에 잠긴 듯한 몸짓으로 앞마당을 서성이고 있다. 이따금 걸음을 멈추고서는 객석 쪽 먼 하늘을 치어다보며 「헛참! 헛참!」하며 안타까운 심사를 토해 내고 있다.

지금 홍봉한은 뒤주에 갇힌 사위인 세자의 생사가 궁금해 미칠 지경인 것이다. 다시 걸음을 옮기다가는 걸음을 멈추고, 땅이 꺼져라 한숨을 쏟아 붓고 나서 걸음을 옮긴다. 기어이 답답함을 이기지 못하고 중문 께로 시선을 주며 걸음을 멈춘다.

홍봉한　게 아무도 없느냐!

　　　　　후원 별당 쪽에서 오는 듯, 노복 선돌이 뛰어 나온다.

선　돌　예에 대감마님! 선돌이 대령이옵니다. (두 손을 마주 잡고 엉거주춤
　　　　서서 상전의 눈치를 살핀다)
홍봉한　궁안에 들어간 복례는 어찌된 일이냐? 돌아 올 시각이 썩 지났는
　　　　데도 말이다.
선　돌　글쎄 말씀입니다요, 대감마님. 그렇잖아도 방금 별당에서 빈궁마
　　　　마께서 하상궁을 불러 놓으시고는 한 걱정을 하셨습니다요.
홍봉한　(혼잣말처럼) 파직 당한 몸으로 불쑥 창경궁엘 뛰어 들어갈 수도
　　　　없는 노릇이고… 어허허 답답해서 원….
선　돌　소인놈이 달려가 볼깝쇼 대감마님?
홍봉한　삼군 시위 군사들이 좌악 깔린 창경궁엘 네녀석이 무슨 재주로 들
　　　　어간다는 말이더냐.
선　돌　(머리를 긁적이며) 그야 그렇습죠만 헤헤.
홍봉한　그보다도 선돌아!
선　돌　예, 대감마님!
홍봉한　그래, 빈궁마마께서는 무얼 좀 드셨다 하더냐?
선　돌　웬걸 입쇼, 참으로 큰일입니다요!
홍봉한　큰 일이라니?
선　돌　소인놈 같은 아랫것이 무엇을 알겠습니까마는, 세자마마께서 뒤
　　　　주에 갇히시던 날 바로 상감마마 어명으로 세손마마 내외분과 함
　　　　께 사가로 나오신 후로는 빈궁마마께서 통 식음을 전폐하신 채,
　　　　눈물과 한숨으로 세월을 보내고 계시니 이러다가는 세자마마 보
　　　　다도 빈궁마마께서 먼저 돌아가실 지경입니다요!
홍봉한　무엇이 어떻다구?… 네 이놈! (험악한 모션)
선　돌　아 아이고. (입을 두 손으로 막는다)
홍봉한　이놈이 어느 안전이라구 말을 함부로 하는고….

선　돌　잘못했습니다요! 요놈의 주둥이가 그만….

홍봉한　(폭발한다) 대체, 하상궁이며 집안 식구들은 무엇을 하고 있기에
　　　　빈궁마마께서 벌써 사흘째나 곡기를 끊으시도록 한다는 말이더
　　　　냐….

선　돌　대방마님께서만 살아 계셨던들 이러하지는 않았을 겝니다요 대감
　　　　마님!

홍봉한　시끄럽다 이놈아! 벌써 여러 해 전에 돌아가신 대방마님은 왜 들
　　　　먹거려. 너는 그만 나가보거라… 엥이 쯧쯧쯧.

선　돌　예, 대감마님…아이휴….

　　　　꽁무니가 빠질 새라 성큼 중문 밖으로 달아난다.

홍봉한　어허 장차 이 노릇을 어찌 감당하란 말인가. 허허이유….

　　　　이 때, 선돌이 불 맞은 곰처럼 중문 안으로 뛰어든다.

선　돌　대…대감마님!

홍봉한　아니 저 놈이 실성을 했나, 꼭 선불 맞은 곰처럼 후당탕 거리니….

선　돌　보…복례가 돌아왔습니다요 대감마님.

홍봉한　무어, 복례가 돌아왔어?

　　　　고대하던 세자빈의 교전비 복례가 무수리 복색을 하고 들어온다.

복　례　(나서며) 대감마님, 많이 기다리셨다굽쇼.

홍봉한　오냐! 그야말로 일각이 여삼추였느니라… 뜨거운 날씨에 수고가
　　　　많았다. …그래, 세자마마께서는 어찌하고 계신다더냐?

복　례　아직은 뒤주 안에 갇히신 채이시지만 살아 계신다 하와요… 대
　　　　감마님!

홍봉한　(만면에 희색을 띠고) 오 아직 살아 계신다고?

복　례　예 그러하와요. (울먹이며) 하오나… 벌써 사흘째, 물 한 모금 들지

못하시었다 하와요.

홍봉한	이다지도 망극한 일이 또 있나… 선돌이 너, 냉큼 후원 별당에 기별하여 빈궁마마 이리루 뫼시어라.

선 돌	예 대감마님. (가려는데)

복 례	(막으며) 선돌인 여기 있어! 내가 들어가 뵐 터이니까.

선 돌	(처분을 기다리는 눈치로 홍봉한의 안색을 살핀다)

홍봉한	아니다. 복례 네가 들어가 궁안 소식을 아뢰게 되면 빈궁마마 쓰러지시고 만다. 내 말대로 이리루 뫼시는 게 좋으니라…. 설마 사가 친정아비가 보는 앞에서까지 몸가짐을 흐트려뜨리시기야 하겠느냐! (선돌에게) 선돌인 뭘 꾸물대고 있는 게냐! 후딱 별당으로 기별하지 않고….

선 돌	예. 소인 빈궁마마 뫼시고 나오겠습니다요. (횡하니 후원으로 퇴장)

홍봉한	(객석 쪽의 먼 하늘을 바라보며) 사흘이나 버티시었다니, 동궁저하, 참으로 장하십니다!

복례는 다소곳이 홍봉한을 지켜보고 있다. 이 때 소복으로 죄인 복색을 한 세자빈이 하상궁의 인도 아래 후원 쪽으로부터 등장하고 선돌이는 멀찌거니 그 뒤를 따른다.

하상궁	대감마님! 빈궁마마 뫼시었습니다.

홍봉한	(보고) 빈궁마마, 어서 나오세요.

복 례	빈궁마마, 쉰네 다녀왔사와요.

세자빈	수고가 많았다.

홍봉한	빈궁마마. 동궁마마께서 아직 살아 계신다고 합니다.

세자빈	아직 살아 계신다구요?

홍봉한	그렇습니다. 분명히 살아 계신다고 합니다.

세자빈	(복례에게) 어김 없느냐?

복 례	그러하와요, 빈궁마마.

세자빈	(감격) 아버님, 하늘의 돌보심이 계시었습니다. (잠깐 비틀거린다)

홍봉한　(놀라서 세자빈의 팔을 잡는다) 빈궁마마!

세자빈　괜찮습니다. 염려 마셔요….

홍봉한　사흘 낮밤을 곡기를 끊고 계시니 이러지요. 자, 자, 빈궁마마, 마루로 오르시지요.

세자빈　아니어요, 아버님. 예서 듣겠습니다. 그래 복례야… 어서, 어서, 궁안의 소식 좀 소상히 말해 보려무나.

복　례　예. 빈궁마마.

이 때, 홍봉한의 옆으로 세자빈이, 그 앞에 복례, 그리고 하상궁과 선돌이가 약간 거리를 두고 자리 잡는다.

복　례　동궁마마께서 들어가 계신 뒤주는 상감마마 어명으로 어제 창경궁 선인문 앞마당으로 옮겨지셨다 하와요.

세자빈　그렇다면 상감마마께서는 경희궁으로 돌아가셨겠구나?

복　례　웬걸요. 줄곧 창경궁 선인문 근처에 머물러 계시면서 때없이 뒤주를 살피시며 삼군 시위군사들에게 풀을 베어오게 하셔서는 뒤주 위에 산더미처럼 수북히 쌓아놓도록 하셨다고 하와요.

세자빈　무어라고, 아니 그럼 푹푹 찌는 이 무더운 날에 상감마마께서는 동궁마마를 아주 쪄 죽이시려고 작정을 하신 게로구나 엉?

홍봉한　세상에 그러실 수가 있나!

세자빈　(기가 넘어갈듯) 아버님, 동서고금 어느 왕조에 아버지가 이렇듯 친아들을 뒤주 속에 가두어 죽인 참혹하고도 잔인한 일이 있었단 말씀입니까, 으흐흐흐. (오열한다)

복례,하상궁　(거의 동시에) 빈궁마마!

선　돌　(소매로 눈물을 닦는다)

홍봉한　(이를 악물고 슬픔을 가누며 허공을 노려본다)

세자빈　(오열을 멈추고) 아버님!

홍봉한　예 빈궁마마.

세자빈　아직 살아 계신다 하옵는데 이대로 가만히 있을 수는 없는 일이

아닙니까? 어떻게든 손을 써서 세자마마를 한시바삐 뒤주 안에서
나오시게 해야지요.

홍봉한　(외면하고 먼 하늘을 치어다 보며 망연해 있다)

세자빈　아버님… 아버님, 그 많은 조정 중신들은 대체 무얼하고 있기에
상감마마의 어심 하나 돌려놓지 못한단 말씀입니까? 네?

복　례　조정 중신은커녕, 경희궁에서 먼 길을 달려오신 중전마마조차 아
니 만나 주셨다 하와요.

세자빈　중전마마야 그 어른을 등에 업는 외척들이 미우셔서 그러셨겠
만, 어쨌거나, 아! 이 노릇을 어찌하나 음? 이 노릇을 어찌해! (제
정신이 아니다)

홍봉한　(보다 못해) 고정하세요 빈궁마마!

세자빈　세자마마 잘못 되시는 날엔 소녀도 살아 있지 않을 것이어요.
으흐흐흐. (사랑채 회랑 기둥을 잡으며 다시 오열한다)

홍봉한　못난 소리 그만 하세요!

세자빈　(홍봉한을 향해) 아버님! 이러다가는 세자마마 끝내 잘못되고 마십
니다. 무슨 수를 써서라도 세자마마를 구해야 해요. 소녀의 목숨
으로 대신할 수만 있다면 소녀가 대신 죽겠습니다.

홍봉한　빈궁마마, 어찌 이다지도 이 아비를 괴롭히십니까? (홱 돌아서서 흘
러내리는 눈물을 소매 끝으로 훔친다)

세자빈　불효여식을 용서하시고… 아버님! 부디 세자마마 구해낼 도리를
일러 주셔요 네? 아버님!

홍봉한　영의정 자리에서도 파직 당한 아비에게 무슨 힘이 있겠습니까?

세자빈　소녀 역시 폐서인 되어 궁안에서 쫓겨 나온 몸! 하오면 이대로
그 지옥 같은 뒤주 속에서 세자마마를 돌아가시게 해야 하옵니까?
너무하십니다 아버님! 야속스럽습니다 아버님! 으흐흐흐 (다시 기
둥을 쓸어안고 오열한다)

일　동　(잠시 함께 오열한다)

홍봉한　(오열을 참고) 빈궁마마! 심기를 바로 하시고 이 아비의 말을 들어

보세요.

세자빈　아니어요. 아니어요. 소녀의 귀에는 지금 아무 말씀도 들어오지를
　　　　않아요. <u>으흐흐흐.</u>

홍봉한　정말 어찌 이러십니까? 빈궁마마! 빈궁마마께서 이러시면 어린 세
　　　　손 내외와 청연, 청선 두 군주는 어찌 된단 말입니까? 자, 자, 고정
　　　　하세요. 빈궁마마. 빈궁마마! 다행하게도 왕세손에 대해서는 상감
　　　　께서 폐하시느니 어쩌느니 아무 말씀이 없으시니 어떤 일이 있더
　　　　라도 이 나라 임금의 대통은 왕세손으로 이어져 나가도록 빈궁마
　　　　마와 제가 죽기로 보살펴 드려야 하지를 않습니까? 자, 자, 고정하
　　　　세요…. 심기를 바로 가지세요… 빈궁마마!

하상궁　그러하옵니다 빈궁마마. 지금은 대감마님 말씀을 따르셔야 하옵니다.

세자빈　(정신을 가다듬고) 아버님, 억장이 무너져 내리는 듯 심사가 복받쳐
　　　　그만 어지러운 모습을 보여 드렸습니다. 불효소녀를 용서하셔요
　　　　아버님!

홍봉한　압니다. 알고 말고요…. 이 아비도 목석이 아닌 사람인데 어찌 빈
　　　　궁마마의 그 지원극통한 쓰라린 심사를 모른다 하겠습니까? 하지
　　　　만 궁안 뿐만 아니라 온 조정안에는 지금 이 순간에도 왕세손마마
　　　　마저 해치려는 간악한 무리들이 득실거린다는 엄연한 사실을 바
　　　　로 아셔야 합니다. 동궁마마에 대한 애통한 마음만 앞세워 눈물만
　　　　흘리고 있다가는 앞날을 기약할 수 없습니다. 아시겠습니까? 빈궁
　　　　마마!

세자빈　예 아버님. (고개를 돌리고 연방 쏟아지는 눈물을 찍어낸다)

홍봉한　그쯤 하시고, 자 별당으로 돌아가 좀 쉬시지요.

세자빈　잠깐. (복례에게) 이애 복례 듣거라!

복　례　(눈물을 닦으며) 예 빈궁마마!

세자빈　(사나운 어조로) 경희궁 영빈마마 전에는 안 들렀더냐?

복　례　들려왔사와요. 그런데 영빈마마께서도 이마를 질끈 동여매시고 식
　　　　음을 전폐하고 계셨사와요.

세자빈   아니… 아니, 일부러 상감마마 어전에 달려나가 세자마마를 죽여
         야 한다고 고한 그 어른이 어찌 식음을 전폐하셨다더냐?
복 례   영빈마마께서는 왕세손마마를 지키려면 그럴 수밖에 다른 길이 없
         었노라 하시며(흉내로) 내가 낳은 자식을 내가 죽였다. 내가 죽일
         년이다. 자식을 죽게 한 몹쓸 어미가 살아서는 무엇하리…하시며
         사뭇 울고 계신다는 영빈마맛전 나인들의 말이었사와요.
세자빈   박정하고 독한 어른 같으니… 세상에 그럴 수가 없었느니라.
홍봉한   (영빈 이씨의 처사에 이해가 간다는 듯 고개를 끄덕 끄덕 하고 나서)
         …그럴 수밖에 없었던 영빈마마의 심기도 헤아리셔야 합니다…빈
         궁마마!
세자빈   소녀의 이 두 눈, 이 두 귀로 똑똑히 보고 들었습니다. 그 순간 하
         늘이 무너져 내리는 듯, 땅이 꺼지는 듯, 세상 천지가 아득했더랬
         습니다.
홍봉한   하지만 한편으로는 어쩌면 영빈마마께서 취하신 조처가 순리일지
         도 모른다는 생각도 듭니다. 오로지 세손마마를 지키려는 할머니
         의 지극하신 그 깊은 심정 이 아비는 가슴으로 느낍니다.
세자빈   (뿜어내듯) 아버님도 정말 섭섭한 말씀을 다 하시는군요.
홍봉한   (당황하며 곧 부인한다) 아, 아니요… 문득 그런 생각이 들었기에
         한 말씀 한 것입니다. 달리 마음 쓰지 마세요 빈궁마마!
세자빈   (결연히) 남편의 최후를 눈앞에 두고 폐서인이 된 소녀, 이젠 어느
         누가 무슨 말을 하건 눈 하나 깜짝 하지 아니할 것입니다.
홍봉한   (얼르듯) 그래야지요, 잘 생각하셨습니다… 자, 빈궁마마, 그만 별
         당으로 돌아가 쉬시지요…. (서둔다) 하상궁, 어서 뫼시게나!
하상궁   예… 빈궁마마, 드시지요. (세자빈을 부액한다)
세자빈   아니다. 하상궁은 세손 내외에게 점심 수랏상 올리도록 하고!
하상궁   예 빈궁마마!
세자빈   복례 너는!
복 례   예 빈궁마마!

세자빈 이 길로 다시 창경궁으로 달려가서 세자마마 어찌 되셨는지 수시
       로 돌아와 고하도록 하여라!
복 례 예! 그럼 곧장 다녀오겠사와요.
세자빈 오냐! 상감마마 눈에 띄지 않도록 각별히 조심하렷다!
복 례 예… 예. (중문 밖으로 나가는 데 선돌이도 뒤따른다)
세자빈 아버님! 잠시 뵙겠어요. 대청으로 오르시지요.
홍봉한 음? 아 그럽시다. 빈궁마마 먼저 올라가세요.

       하상궁은 세자빈에게 절하고서 후원 별당 쪽으로 퇴장하고, 세자빈과
       홍봉한은 대청마루로 올라가 좌정, 무대 어두워지면서 두 부녀를 스포
       트·라이트가 싸잡는다.

세자빈 아버님!
홍봉한 예 말씀하세요 빈궁마마!
세자빈 소녀가 화완옹주를 만났으면 하는데요.
홍봉한 (놀란다) 화완옹주를요…?
세자빈 소녀의 생각에 지금 이 마당에서는 그 길 밖에 더 좋은 방도는 없
       을 상 싶습니다.
홍봉한 글쎄요. (침통하다)
세자빈 상감마마께선 화완옹주의 말이라면 팥으로 메주를 쑨다고 하여도
       곧이 들으시질 않습니까?
홍봉한 (묵묵부답)
세자빈 대답을 아니하시니 마음에 내키지 않으시는군요.
홍봉한 물에 빠진 사람, 지푸라기라도 잡고픈 그 심정, 헤아리고도 남음이
       있으나… 이 아비는 선뜻 내키지를 않습니다.
세자빈 악수니 원수니 해도 한 핏줄… 한 어머니의 동복 형제가 아닙니
       까. 화완옹주가 나서서 잘 말씀을 아뢰면 혹여 세자마마를 뒤주에
       서 내주라는 어명이 내릴 수도 있는 일 아닙니까?
홍봉한 (어이가 없어 세자빈을 뻔히 쳐다본다)

세자빈   아니, 아버님, 왜 그런 얼굴로 소녀를 보시옵니까?

홍봉한   되지 않을 일이기도 하려니와 설사 상감의 어심이 바뀐다 한들 그
           런 다음에는 또 어찌 합니까?

세자빈   그런 다음에라니요?

홍봉한   동궁마마께선 결코 무사하시지 못합니다!

세자빈   그럴까요 아버님?

홍봉한   대저… 정치란 참 비정한 것이랍니다. 특히 세도정치란 더더욱 비
           정하고도 무섭고 가혹한 것이랍니다!

세자빈   (홍봉한을 지켜본다)

홍봉한   하기사 정치하는 사람들이 내세우는 명분 치고 동서고금을 막론,
           그게 어디 한가지인들 그럴싸하지 않은 것이 있었겠습니까! 일컬
           어 종묘 사직을 위한다! 일컬어 만백성을 위한다! 그야말로 구구
           절절 태평성대를 이루어 놓겠다는 것이었지요. (사이) 하지만 그런
           거창한 명분도 한 꺼풀 까뒤집고 보면 거기에는 권력을 잡기 위한
           온갖 추악한 권모술수와 끝도 없는 욕망이 꿈틀대고 있습니다. 자
           파가 보다 잘 살기 위해 마음 내키는 대로 권세를 휘두르려면 무
           엇이건간에 짓밟고 올라서서 권력을 잡아야 했습니다. 그러니 그
           권력을 잡기 위해 얼마나 많은 억지와 비리와 희생이 따랐겠습니
           까! 세력과 세력끼리… 물고 뜯고, 밀고 당기고 하면서 서로 반대
           파 세력을 거꾸러뜨리기 위해 눈에 보이지 않는 시퍼런 칼날을 휘
           두르며 날뛰는 것 아니겠습니까? 그래서 결단나는 것은 결국 나
           라와 백성뿐….

세자빈   (긍정한다) 그러기에 상감마마께서도 등극하신 이래로 탕평책을 내
           세우시고 제발 당파싸움 그만 두고 사이좋게 지내라고 타일러 오
           시는 게 아닙니까 아버님….

홍봉한   (답답하여) 허헛!

세자빈   왜요. 아버님?

홍봉한   지금, 동궁마마의 처지가 어떻다는 것쯤 빈궁마마께서 몰라서 아

직도 그런 물렁물렁한 생각을 하십니까?

세자빈　하오면 기어이 세자마마를 사지에 몰아넣으려고 벽파들이 계속 물
　　　　고 늘어질 것이다 그런 말씀인가요?

홍봉한　명약관화! 불을 보는 것보다 확실한 일이지요. 오늘날까지 벽파들
　　　　이 얼마나 동궁을 모해하기에 혈안이 되어 왔습니까… 사사건건
　　　　트집에… 그 얼마나 반대를 위한 반대를 해 왔습니까? 마침내 미
　　　　친 짓거리나 일삼는 동궁은 성군이 될 자질이 도저히 없으니 폐세
　　　　자 해야 된다고 빗발치듯 상소질을 하지 않았습니까…. 탕평책!
　　　　그것 좋지요. 하지만 권력에 눈이 멀어버린 그들에게 상감의 높으
　　　　신 뜻이 어디 제대로 먹혀 들어간답디까?

세자빈　하오면 어찌하면 된다는 말씀인가요? 아버님.

홍봉한　일이 이 지경에 이르렀으면… (사이에 두고) 하늘의 뜻에 맡기는
　　　　수밖에… 후유.

세자빈　정말 속수무책일까요, 아버님?

홍봉한　벽파뿐이 아니랍니다…. 문숙의의 농간도 농간이려니와 새 중전
　　　　으로 들어오신 계비마마를 업은 외척들은 또 어떻습니까… 상감
　　　　께선 70을 눈앞에 둔 고희의 보령이시니 자그마치 50년이나 나이
　　　　가 틀리는 젊은 계비에게서 수태란 기약하기 어려운 터… 하니,
　　　　자연, 저들이 마음대로 주무를 수 있는 만만한 종친 중에서 동궁
　　　　대신 내세울 왕자를 눈독들이고 있을 것은 너무도 뻔한 이치, 그
　　　　래서 벌써부터 벽파 중신들과 손을 맞잡고 동궁마마를 세자자리
　　　　에서 내어쫓을 음모를 꾸며 온 것입니다. 이 아비가 속수무책이란
　　　　속살은 바로 이것이란 말입니다!

세자빈　(마지막 카드로) 그렇다면 세손이 어전에 나아가 읍소를 하면 어떨
　　　　까요? 그래도 안될까요.

홍봉한　정말 왜 이러십니까 빈궁마마? 지금 세손마마를 내세울 때가 아니
　　　　질 않습니까! 자칫 잘못 처신하다가는 호미로 막을 일, 가래로도
　　　　막아낼 수 없는 돌이키지 못할 사태가 될 지도 모른단 말입니다.

세자빈   정말로 답답하시군요 아버님! 이도 안 된다, 저도 안 된다 하시면
         지어미된 처지로 소녀가 어찌 두 손끝 맺고 앉은 채 세자마마 돌
         아가실 때만을 기다리고 있어야 한다는 말씀입니까 네 아버님?
홍봉한   이보세요, 빈궁마마!
세자빈   (고개를 외로 돌리고 추연해 있다)
홍봉한   (세자빈이 딱해) 내 이 말만은 가슴에 묻어 두려고 했습니다만….
세자빈   (다시 고개를 돌려 홍봉한을 바라본다)
홍봉한   지금은 비록 상감마마께서 외척과 부동이 된 벽파 중신들 때문에
         마음에도 없는 처분을 내리고 계시지만 말입니다…. 상감마마의
         어심은 결단코 다음 대의 보위는 당신의 혈손으로 이어가실 작정
         으로, 일단 동궁마마를 속죄양으로 삼아 중신들의 입을 틀어막자
         하셨을 겝니다.
세자빈   과연 그러하실까요?
홍봉한   빈궁마마께서도 이미 아시고 계실 테지만, 상감마마께서 용상에 오
         르시기 전 왕세제로 계실 때, 그 왕세제를 시해하려고 날뛰었던
         소론의 괴수 김일경이가 후일 상감마마께서 등극하신 후 잡혀 들
         어와 친국을 당하는 자리에서 뭐라 떠벌렸습니까? 황공하옵게
         도… 지금의 상감마마께서는 숙종대왕마마의 아드님이 아니라 무
         수리로 있던 생모 최숙빈마마께서 어느 별감놈과 눈이 맞아서 낳
         은 자식인지도 모른다느니….
세자빈   천벌을 받아 마땅한 사람들이었어요.
홍봉한   심지어 상감마마의 수염이 역대 임금과 달리 숱이 많은 것만 봐
         도 임금이 아닌 것이 분명하다! 아 이러지를 않았습니까! 마침내
         그런 저런 트집거리를 만들어 이인좌 같은 역적을 충동질해서 도
         성을 향해 쳐들어오는 반란마저 도모했으니…지금 상감마마께서
         그때 일을 생각하실 때마다 용체가 떨려 눈앞이 캄캄하실 게 아니
         겠습니까? 그런 상감마마께서 당신의 친아들을 결단을 내시려 하
         시는 데는 그만큼 남모를 고민과 비장한 결심이 앞섰을 것이라고

이 아비는 생각을 합니다. …그런 즉 빈궁마마께서도 모두가 하늘
의 뜻이거니 다부지게 생각하시고, 오로지… 세손마마께서 무사히
대통을 이으시는 그날까지 이 아비와 함께 죽기로 작정을 하고 보
살펴야 할 것이란 말씀입니다, 아시겠습니까? 빈궁마마!

세자빈　아! 가엾으신 세자마마! 불쌍하신 세자마마! 어찌 오늘 같은 망극
한 지경에 이르도록 잘못을 거듭하시어 소녀의 마음을 이리도 갈
기갈기 찢어 놓으신단 말입니까. 으흐흐흐. (크게 오열한다)

스포트·라이트가 사라지고 무대는 다시 밝아진다. 이때 하상궁, 부지
런히 등장하여 세자빈에게로 다가간다.

하상궁　빈궁마마! 속히 별당으로 납시셔야겠습니다!
세자빈　아니, 무슨 일이기에 이리 허둥대느냐?
하상궁　글쎄 세손마마께서….
세자빈　뭐, 세손이? 아니 세손이 어찌 되었어?
하상궁　아버님 동궁마마의 용체에 잘못이 생기면 세손마마께서도 지체없
이 뒤따른다 하시면서 용체를 부들부들 떠시며 두 눈에서 구슬 같
은 눈물을 뚝뚝 흘리고 게시옵니다!
세자빈　세상에 이런 변이 있나!
홍봉한　어서 가보세요, 빈궁마마!
세자빈　(허겁지겁 일어나) 하오면…. (하상궁에게) 어서 가보자!
하상궁　예, 빈궁마마. (세자빈의 신발을 챙겨준다)

세자빈과 하상궁, 부랴부랴 후원 쪽으로 퇴장. 홍봉한도 세자빈을 뒤따
라 무대에 내려와 걱정스럽게 전송하고 객석을 향한다.

홍봉한　(혼잣말로) 오! 열한 살 짜리 어린 세손마마께서 저토록 효성 지
극하시니… 부디 무탈하게 장성하오시오. 다음 대는 반드시 세
손마마의 시대로 열려질 것이오이다.

이 때, 중문 안으로 선돌이 들어와 고한다.

선　돌　대감마님!
홍봉한　넌 또 무슨 일이냐!
선　돌　작은 댁 이판대감께서 오셨습니다요.
홍봉한　아우가? …아무튼 뫼시어라.
선　돌　예, 대감마님.

선돌, 중문 밖으로 나가고 엇갈려 홍봉한의 아우요, 시임 이조판서 홍
인한이 오만한 태도로 들어온다. 두 사람의 다음 대사는 적당한 제스
추어를 곁들인다.

홍인한　어험…어허험… (홍봉한에게 다가가) 형님, 인한이올습니다.
홍봉한　무슨 바람이 불었나. 발길 끊은지 오래인 자네가 내집엘 다 찾아
　　　　오고….
홍인한　피는 물보다 진하다 하지 않았습니까. 허허허…,
홍봉한　(경멸하는 눈초리로 아우를 뜯어본다)
홍인한　허허허… 며칠 사이 빈궁마마, 세손마마 내외분, 두루 무양하시겠
　　　　지요?
홍봉한　(심드렁하니) 왜 줄초상이라도 날 줄 알았는가?
홍인한　원 형님도… 참 선돌이 녀석한테 들으니 그 사이 조정 중신들이
　　　　코빼기도 보이지를 않았다고요?
홍봉한　아침저녁으로 변하는 게 세상인심 아니던가… 더구나 내야 폐세
　　　　자가 된 동궁의 장인인 것을 알고 찾아올 사람이 있을 턱이 없
　　　　지….
홍인한　(이죽대는 어조로) 얼마나 상심이 크십니까 형님!
홍봉한　흥…. (코웃음 친다)
홍인한　불행 중 다행입니다. …하지만 동궁이야 스스로 제 무덤을 팠으
　　　　니 사필귀정이 아닙니까?

홍봉한   (불끈해서) 뭐라고? 사필귀정?

홍인한   예! 사필귀정이지요!

홍봉한   (버럭 언성을 높여) 말을 삼가렷다!

홍인한   아니 형님?

홍봉한   아무리 자네가 벽파중신의 한 사람이기로 명색이 세자빈의 외숙
         부요 대신 서열에 있는 사람이 어찌 그런 무엄한 말을 함부로 입
         에 담어? 이거야 원 세상이 부끄러워 견딜 재간이 있는가 엉?

홍인한   (눙치며) 허허 제가 말을 잘못 하였습니다. 고깝게 생각 마십시오.

홍봉한   (내친김에) 대관절 동궁이 왜 그리 되었어?

         이 때, 무대 어두워지면서 스포트·라이트가 두 사람을 잡는다.

홍봉한   대관절, 동궁이 갓 태어났을 때 첫 이레밖에 안된 핏덩이 동궁을
         생모로부터 빼앗아다가 중궁전에 떠맡기도록 꾸민 게 누구였나?

홍인한   그야 대대로 내려온 왕실의 법도에 따른 것 아닙니까?

홍봉한   어허 이판! 자네도 소론놈들과 똑같구나 엉? 무어? 새로 탄생한
         왕자는 임금의 대통을 이어야 할 금지옥엽이므로 마땅히 중궁전
         에서 키워야 한다구 추썩이더니만 그때부터 병통이 생기지 않았
         는가 말이야….

홍인한   장차 왕세자가 될 왕자라면 미천한 출신인 후궁의 품에서 키울 수
         야 없는 것이지요. 안 그렇습니까 형님….

홍봉한   말장난 그만해! 어린아이는 그 신분이 왕자이든 백성이든 생모가
         키우는 게 마땅하고 순리인 것이야. 자연의 이치기도 하고….

홍인한   이래서 형님과 저는 생각하는 바가 다르다는 것입니다. 성인도 시
         속을 따르랬다 하였습니다. 하물며 왕실의 법도를 어느 누가 가타
         부타 말할 수가 있다는 것입니까?

홍봉한   그래, 그 결과가 어찌 되었는가? 중궁전에서 키운다는 건 명색 뿐
         이요, 경종임금 때의 대전나인과 환관내시들이 득실거리는 세자궁

에서 갓나서부터 외롭게 자라셨어…보고 듣는 게 상궁나인과 환
관내시들의 천한 짓거리요, 그래서 천둥 번개만 치면 이불을 뒤집
어쓰고 기함을 하는 천둥병에 걸려들었던 것이고!

홍인한　아무튼 동궁은 애시당초 성군이 될 왕재가 아니었어요.

홍봉한　끝내 망발을 계속할 텐가?

홍인한　사실을 사실대로 말씀드리는 것인데 그것을 어찌 망발이라 하십니
까 형님은… 허허.

홍봉한　좋아…. 그렇다면 내가 무엇이 사실인가 일러주겠네…. 동궁이 왕
세자로 책봉된 세 살 때 일이네…. 많은 조정중신들 앞에서 고사
리 같은 손으로 붓을 잡고 천지왕춘(天地王春)이라! 온 천하가 왕
실의 봄이로다 하는 뜻의 네 글자를 훌륭하게 쓰셨네. 이것이 사
실이야.

홍인한　(비양조로) 예…다식을 드실 때 목숨 수자(壽字)와 복 복자(福字)
가 찍힌 것만 골라 집었구요.

홍봉한　그만한 총명함이면 왕재로서의 재질로는 손색이 없는 게야!

홍인한　(계속 이죽댄다) 비단은 사치요, 무명이야말로 좋은 옷감이라 하였
구요.

홍봉한　(수상쩍게 홍인한의 얼굴을 빤히 바라본다)

홍인한　저도 알만큼은 알고 있지요. 동궁의 총명함이야 지나칠 정도였으
니까요. 동궁이 여덟살 나던 해던가요. 상감 양위분 모시고서 꽃
사슴을 구경하러 경복궁 뜨락에 납시었을 때 동궁이 상감께 불타
버린 경복궁 옛터를 가리키며 일백 오십년 동안이나 임진왜란 때
불타버린 궁궐을 버려둔 것은 역대 임금이 덕이 없고 무능한 탓이
었다는 투로 꼬집었다 하니 상감께서 기막혀 하신 것도 무리는 아
니었지요.

홍봉한　흐음. (침통한 신음)

홍인한　철없던 어린 시절이라 웃어넘길 수도 있겠지요. 하지만 십 여세가
되어서 까지 상감께서 얼굴을 붉히시는 망발을 서슴없이 했습니

다. 70세 이상 된 원로 대신들이 모이는 기로소에서….

홍봉한　(가로막고) 그 사건이라면 다 아는 이야기일세. 그만 두게….

홍인한　아뇨, 한 번 짚고 넘어가자 이 말씀입니다.

홍봉한　그만 두자니까!

홍인한　들어보세요, 형님!

홍봉한　이 사람이 왜 이래?

홍인한　그래, 상감께서 그리도 정중하게 인사를 드리라 했는데 십 여세 어린 나이의 동궁이 70이 넘은 원로 대신에게 이래라 저래라 함부로 반말지거리를 하는 것도 총명함이라 할 수 있는 것입니까? 될성 부른 나무는 떡잎부터 알아본다고 이때 이미 조정중신들을 없이 생각하고 얕잡아 보는 폭군의 기질이 싹텄던 게 아니고 무엇이란 말입니까?

홍봉한　그때 동궁은 이미 이상체질로 신고를 겪고 있었어!

홍인한　예, 그 이상야릇한 홧증, 그리고 의댓증 말씀이시군요?　장차 대통을 이어 성군이 되어야 할 동궁이 걸핏하면 상궁나인과 환관내시들을 날벌레 죽이듯 마구 죽이고 그도 모자라 감히 빙애라는 대비전 침방나인을 건드려서 왕손까지 낳게 하고는 그도 모자라 끝내 주먹으로 쳐서 때려죽였으니 이래도 총명한 왕재로 손색이 없다는 말입니까?

홍봉한　말꼬리 물고 늘어지지 마라!

홍인한　패덕에 행악에 미친 짓이에요! 그건….

홍봉한　그게 다 소론들이 저지른 이상 체질 때문인 게야! 자넨 소론들이 약방의원 김모를 끼고 격염증(隔炎症)이 있는 동궁에게 더운 약인 삼부계강(蔘附桂薑)을 써서 5~6년 동안에 인삼 부자(人蔘附子)를 4~50근이나 드시게 했다는 사실을 알고나 있는가! 한참 자라나는 성장기 소년에게 잔뜩 화기를 돋구어 주었으니 어찌 성급한 성격이 되지 않을 수가 있겠으며 그것이 빌미가 되어 의댓증과 홧증이 겹친 것이다 이 말이야… 알겠는가 엉?

홍인한   멀쩡한 옷가지를 좍좍 찢어발기고, 옷가지란 옷가지는 닥치는 대
         로 불에 태우고… 과연 성군의 재질입니다!

홍봉한   입 가졌다고 말 한 번 잘 하누나…. 자네들 벽파 중신들… 동궁이
         대리청정의 대권을 맡게 되자 어떻게들 괴롭혔지?… 장장 13년
         동안이나 기회만 잡았다 하면 온갖 구실을 붙여서 동궁을 궁지에
         몰아넣었어! 그러니 가뜩이나 이상 체질로 고통받던 동궁이 괴로
         움에 견디다 못해 더더욱 빗나갈 밖에!

홍인한   그러니까 형님의 말씀은 동궁의 잘못은 모두가 벽파의 책임이다
         그런 말씀이로군요?

홍봉한   그렇다마다!

홍인한   어허허허, 억지도 이쯤 되면 귀신조차 외면을 하겠습니다.

홍봉한   무엇이? 자네 지금 이 형을 모욕할 셈인가? 엉?

홍인한   어허허허, 모욕을 하다니 당치 않으십니다.

홍봉한   심지어 화완옹주와 문숙의까지 합세를 해 가지고설랑, 동궁의 비
         행만 꼬치꼬치 캐내어서 상감께 꼬아바치도록 충동인 것도 벽파
         의 짓이었고!

홍인한   책임을 따질라치면 형님 쪽 시파들에게 더 큰 책임이 있는 겁니
         다. …그렇게 날이면 날마다 비행을 일삼는 동궁을 바로 뫼시지
         못하고서 왜 뒤주 속에 들어가 죽게 하는 화를 자초하였느냐구요.

홍봉한   손을 쓸 수 없도록 꽁꽁 얽어 놓고서 이제 와서 발뺌을 하다니 야,
         이 비겁한 위인아! 아무리 피를 나눈 친형제간이지만 벽파라면 꼴
         도 보기 싫다, 썩 물러가라! 썩 물러가!

홍인한   (훌쩍 일어난다) 저 또한 형님과 동감입니다. 더 있으라 붙잡으신
         대도… 저는 물러갈 것입니다. 하지만 두고 보세요. 동궁은 결코
         살아남지 못할 것입니다. (후닥닥 내려와 중문께로 향한다)

홍봉한   (벌떡 일어나서 허공을 노려본다. 스포트·라이트가 무색하도록 크게
         눈을 뜨고서) 오냐 두고 보자, 두고 봐…하지만 아! 정녕 동궁은 죽
         은 목숨이 되고 마는 것이냐… 한 핏줄을 나눈 형제간에도 메울

수 없을 만큼 갈라져 버린 이 틈사리… 당파란 도대체 무엇 말라
비틀어진 낮도깨비란 말이더냐! (사이 두고) 만고미증유의 민족의
환란, 임진왜란 후 170여 년, 금상의 시대에 들어와 왜적의 침략이
뜸하자 백성들의 집 밥솥에서 죽이 끓는지 밥이 끓는지 그건 모두
남의 일이요, 너나 없이 야 노론이다… 야 소론이다… 야 시파로
다… 야 벽파로다… 몇 갈래로 갈라져서 자기 당파 자기 세력의
당리당략에만 눈이 시뻘개 날뛰다가 끝내 일국의 왕세자 동궁까
지 생죽음으로 몰아넣는 망극한 비극을 빚게 되었으니 장차 이 나
라 종사의 앞날이 암담하고 첫째 상감 뵙기, 백성보기 정말 부끄
러워 견딜 수가 없구나!

홍봉한의 처절한 절규에 스포트·라이트의 외줄기 광망이 부르르 떠
는데, 천천히 어두워진다.

- 암전 -

제 2 장
마침내 세자는 뒤주 속에서 굶어 죽다

전장으로부터 다시 5일이 지난 영조임금 38년 음력 윤 5월 21일의
밤으로부터 다음날로 이어지는 새벽 사이.

무대는 전장과 같다. 무대가 밝아 오면 이즈러지는 달빛을 받으며
세자빈이 오동나무 고목 아래에다 소반에 정안수 받쳐놓고 천지
신명께 세자의 무사함을 기구하고 있다. 밤바람에 한들거리는 두
자루 촛불에 어른거리는 세자빈의 그림자로부터 약간 떨어져서
시비 복례도 상전을 따라 축원을 드리고 있다. 세자빈의 기구가

한창 진행되었을 즈음, 등촉을 밝힌 하상궁이 세손을 인도하여 후
원쪽에서 등장.

하상궁   빈궁마마, 세손마마 뫼셨사옵니다.
세 손   (세자빈에게 다가 서며) 어마마마 소자 성이어요.
세자빈   (깜짝 놀라 기구를 중단하고 세손에게로 몸을 돌린다) 아니 세손! 왜
          자지 아니하고 예까지 나왔느냐?
세 손   아바마마께서 뒤주에 들어가신 지 어느덧 여드레가 되었는데 소자
          는 자꾸만 불길한 생각이 들어 잠을 이룰 수가 없사옵니다.
세자빈   오, 우리 세손! 가엽기도 하여라!
복 례   세손마마께서 몰라보게 수척해 지셨사와요.
세자빈   하상궁은 세손빈 혼자 자다가 일어나 사람이 아무도 없으면 놀랄
          것이니 어서 별당으로 돌아가도록 하여라!
하상궁   세손빈마마께서도 깨어나 계시옵니다 빈궁마마.
세 손   소자가 못나오게 말렸어요 어마마마.
하상궁   어찌나 많이 우셨는지 세손빈마마께서도 눈이 퉁퉁 부으셨어요.
          그래서 세손마마께서 못 따라 나오시도록 말리신 거랍니다. 빈궁
          마마.
세자빈   세손빈을 아끼는 그 아름다운 마음씨, 고이 간직해야 한다. 세손!
세 손   예, 명심하겠습니다. 어마마마.
세자빈   어쨌건 하상궁은 속히 돌아 세손빈마마 뫼시어라!
하상궁   예, 분부 거행이옵니다.

          하상궁은 등촉을 들고 후원 쪽으로 퇴장하고 시비 복례는 기구하던 장
          소에 가서 촛불부터 끄고 나서 소반을 들고 중문 밖으로 나간다.

세자빈   기왕 나왔으니…세손은 나를 따르라!
세 손   예, 어마마마.

세자빈과 세손이 사랑채 대청마루로 올라가 좌정한다.

세　손　그런데 어마마마! 소자는 한 가지 이상한 생각이 드옵니다.

세자빈　무엇이 이상하다는 것이냐?

세　손　아바마마께서는 어떻게 뒤주 속에서 물 한 모금 안 드시고도 여드
　　　　레 씩이나 무사하셨을까요?

세자빈　그렇지? 이 어미도 그것이 좀 이상하였느니라…아마도 어느 관원
　　　　이 옹이구멍이라도 찾아내어 상감마마 몰래 물이나 약을 뒤주안
　　　　에 넣어 드리고 있었는지도 모를 일이 아니겠느냐?

세　손　외조부께도 여쭈어 봤는데, 그런 일은 목숨을 버릴 각오 없이는 못
　　　　하는 일이라 하시던 걸요.

세자빈　아버님 세자마마께도 충절을 바치는 사람이 왜 없겠느냐! 그러나
　　　　저러나 상감마마께서는 끝끝내 아버지를 살려주시지 않을 모양이
　　　　신가 보다.

세　손　(갑자기 훌쩍인다) 이힝….

세자빈　아니 세손! 너 또 울고 있지를 않느냐?

세　손　(울면서) 어마마마!

세자빈　울음을 그치렷다! 어미가 늘 무어라 일렀느냐! 어떠한 일이 있더
　　　　라도 마음 굳게 먹고… (비감해져서 울먹이며) 장차 이 나라의 종
　　　　묘 사직과 억조 창생을 지켜가야 할 왕세손으로서 체통을 잃어서
　　　　는 아니 된다 하였지?

세　손　그러시는 어마마마는 왜 우십니까?

세자빈　어미는 감기 기운이 있어서 눈물이 나는 것이야… 어미가 울기는
　　　　왜 울어… 알겠느냐 세손! (옷고름으로 눈물을 찍는다)

세　손　어마마마도 울지 마시어요.

세자빈　(세손의 눈물 닦아주며) 오냐, 다시는 우리 울지 않기로 하자!

세　손　그런데 어마마마! 임금자리가 그리도 좋은 것입니까?

세자빈　(움찔 놀라) 아니 세손! 그게 무슨 소리냐?

세 손   임금이 된다 해도 아바마마처럼 뒤주 속에 들어가 죽게 된다면 소
         자는 임금자리 싫사옵니다.

세자빈   무슨 그런 당치 않은 말을 하는 게냐? 당초에 누가 듣는 곳에서
         는 그런 말 다시 입에 담지 말렷다!

세 손   어마마마, 소자를 할아버님 상감마마께 데려다 주셔요. 다시 한 번
         우리 아버지 살려달라고 애원해 보겠습니다. 할아버님 상감마마께
         서는 소자를 누구보다도 사랑해 주시고 귀여워 해 주셨질 않습니
         까? 하오니 소자가 눈물로 간청을 드리면 혹시 들어 주실 는지도
         모르지 않아요 네? 어마마마! 소자를 할아버님 상감마마께 데려다
         주셔요.

세자빈   어허, 아니하던 떼를 다 쓰고 왜 이러느냐?

세 손   어마마마는 아바마마가 불쌍하지도 않으셔요? 소자는 아바마마가
         불쌍해 견딜 수가 없어요!

세자빈   (울음이 폭발한다) 세손아! 어흐흐흐. (와락 세손을 끌어안는다)

세 손   (같이 울며) 어마마마! 소자를 할아버님 상감마마께 데려다 주셔요.
         데려다 주셔요 아앙….

세자빈   (할 바를 모르고) 세손아! 세손아!

세 손   (계속 울면서) 이제 돌아가시면 우리 식구는 어떻게 되나요? 더구
         나 아버지는 병약한 몸이신 데 어떻게 푹푹 찌는 이 여름날에 어
         둡고 숨이 칵칵 막히는 뒤주 속에서 그대로 돌아가시게 해요? 데
         려다 주셔요. 데려다 달란 말예요? 아앙….

세자빈   (걷잡지 못하고 일어나 회랑의 난간을 잡고 오열한다. 한동안 모자를
         잡고 있던 스포트·라이트의 광폭이 넓어지면서 차츰 무대가 밝아 온다.
         그 동안 세손은 세자빈을 잡고 계속 떼를 쓴다)

세 손   데려다 주셔요. 어마마마! 데려다 달라구요. 어마마마 아앙….

         이 때, 노복 선돌이 중문 안으로 뛰어 들어 온다. 이즈러진 달이 구름
         에 가려버린다.

선 돌   (신명나게 외쳐댄다) 좌의정 대감마님 환저시오!

          홍봉한, 조복 차림으로 중문 안으로 들어와서 세자빈과 세손의 어지러
          운 모습을 보고 눈살을 찌푸린다.

홍봉한   아니 빈궁마마, 아무리 윤 오월의 초여름이지만 밤이슬이 몸에 해로
          운 터에 세손마마까지 뫼시고 나와서 이 무슨 해괴한 일이옵니까?
세자빈   (매무시를 가다듬고서) 좌의정을 제수 받으셨군요. 소녀 하례 드립
          니다.
홍봉한   끝까지 고사하려 했지만 세손마마와 빈궁마마 생각하여 내키지 않
          는 벼슬을 또 제수 받았사옵니다.
세자빈   세손아! 외할아버님께 하례 올리거라!
홍봉한   하례라니 당치 않사옵니다…그보다도 세손마마!
세 손   (뚫어지게 홍봉한을 쏘아본다)
홍봉한   그만 침수 드셔야 합니다. 어서 어마마마 뫼시고 별당으로 드세요!
세 손   우리 아버지 세자마마 만나보셨나요? 외조부님!
홍봉한   오늘밤에는 세손마마의 장인어른과 함께 상감마마를 뵈옵고 돌아
          왔습니다.
세 손   (기대에 어긋나) 피이….
세자빈   (기대를 걸며) 그래, 상감마마께선 무어라 어명이 계셨나요?
홍봉한   (길게 한숨)
세자빈   정말이로군요. 아버님?
홍봉한   한 번 작정하시면 좀처럼 꺾인다거나 굽히시지 않는 상감의 성품
          잘 아시면서 그러십니까? 심기 바로 하세요 빈궁마마! 자, 그만 세
          손마마 뫼시구 어서 별당으로 들어가세요!
세자빈   (한숨만 내쉬며 꼼짝도 않는다)
세 손   외조부님! 우리 아버지를 만나보셨냐고 소손이 여쭤보지 않았어
          요?
홍봉한   아…예…하도 시위군사들의 경계가 삼엄하여서 말씀을 나누지 못

하고 먼발치로 그냥 뒤주만 보고 나왔습니다.

세 손   그러기에 소손을 할아버님 상감마마께 데려다 달라고 했잖아요?

홍봉한   송구합니다 세손마마!

세 손   좋아요… 정 아무도 데려다 주지 아니한다면 소손은 혼자서라도
          창경궁이든 경희궁이든 갈 것이어요!

홍봉한   아니 세손마마….

세자빈   (홍봉한에게) 오늘 밤 따라 내내 보채고 있습니다 아버님.

세 손   아버지 세자마마께서 돌아가시는 날에는 소자도 살지 않을 것이어
          요. 절대로…. (씩씩댄다)

홍봉한   어허 이런 변 봤나….

세 손   (댓돌로 내려와 신을 신고 중문을 향해 걸음을 옮긴다. 홍봉한과 세자
          빈이 당황한다)

세자빈   세손아! 세손아!

홍봉한   (무릎을 꿇는다) 세손마마! 차라리 이 외조부를 원망하시고…
          정말로 상감마마를 뵙겠다는 말씀은 거두어 주세요. (선돌에게) 선
          돌이는 무엇을 멍청하니 서 있는 게냐! 냉큼 세손마마 업어 뫼시
          지 못하고서….

선 돌   (화들짝 놀라) 예? 예… (세손 앞으로 뛰어가서 등을 돌리고서 쭈그
          리고 앉는다) 세손마마! 소인의 등에 업히십쇼.

세 손   (선돌의 등을 있는 힘껏 주먹으로 내리치며) 무엄하다 이노옴!

선 돌   (죽는 시늉) 아이구 나 죽네…. (엄살)

세 손   (퉁그러져서) 날이 밝는 대로 나 혼자 창경궁엘 갈 것이니 그리들
          아셔요. (타박타박 후원 쪽으로 퇴장. 일동 안도의 한숨 쉬며 가슴을
          쓸어 내린다)

홍봉한   (세자빈에게) 그러기에 제가 뭐라 했습니까? 정말이지 딱하십니다
          빈궁마마….

세자빈   (고개를 쳐들고 하늘을 쳐다본다) 아… 또 먹구름이 몰려 왔군요.
          뒤주 속은 저 밤하늘 보다 더 어둡겠지요?

이 때부터 천둥소리가 멀리 들리기 시작하고 때때로 번갯불이 인다.

홍봉한　오랜 가뭄 끝에 드디어 비가 오실 모양입니다. 자 어서 별당으로
　　　　들어가시지요. 빈궁마마!
세자빈　죄송합니다. 아버님… 하오면.

이 때, 중문 안으로 총알처럼 시비 복례가 뛰어들어와서 와악하고 울
음을 터뜨린다.

복　례　빈궁마마 어흐흐흐. (맨바닥에 털썩 주저앉아서 땅을 친다)…
　　　　빈궁마마 어엉….
세자빈　아니 계집아이가 이 깊은 밤중에 어찌 사위스럽게 이리도 함부로
　　　　울부짖느냐?
홍봉한　속히 고하지 못할까 엉?
복　례　아이고 글쎄 대전별감이 시방 궁안에서 나와 가지고서는….
세자빈　뭐 대전별감이 왔다구?
홍봉한　어허 답답하구나, 그래 대전별감은 지금 어디 있느냐?
복　례　글쎄 세자마마께오서… 세자마마께오서 … 승하하셨다 하와요.
　　　　어흐흐흐. (통곡한다)
홍봉한　(짐작은 하였지만 너무나 기막힌 소식에) 무엇이야?
세자빈　기어이… 기어이… 승하하시고 말았고나. (비틀대며 기둥을 잡는다)

이 때, 중문 안으로 대전별감 들어와 읍하고 선다.

대전별감　아뢰오! 소인 김별감, 빈궁마마와 좌상대감께 망극하신 말씀 전하
　　　　　랍시는 어명 받자왔습니다.
홍봉한　(수인사도 잊고) 그래 상감께선 어떤 어명을 내리시었소?
대전별감　세자마마께서는 한식경 전에 승하하셨사옵고….
세자빈　(봇물처럼 통곡을 터뜨린다) 어흐흐흐. (기둥에 얼굴을 파묻고 사정 없

이 오열한다)

홍봉한　그리고요?

대전별감　폐세자 하신다는 전일의 영을 거두시고 승하하옵신 세자마마께 생각할 사, 슬퍼할 도…사도라는 시호를 내리셨사옵니다.

홍봉한　사…도…세…자….

대전별감　예, 그러하옵니다. 하옵고 빈궁마마께도 폐서인의 영을 거두시고 새로이 혜빈이라는 작호를 내리셨사옵니다.

홍봉한　(구원받은 듯한 들뜬 어조로) 오, 혜…빈….

대전별감　하옵고 좌상대감을 국장도감 도제조로 제수하시고 승하하신 사도 세자마마의 장례를 예법에 따라 엄숙하게 치루랍시라는 어명이 계셨사옵니다.

이 때, 멀리서 천아성 소리 뚜우 뚜우 울려 퍼진다.

대전별감　또한 좌상대감께서는 날이 밝는 대로 세손마마 내외분과 빈궁마마 뫼시고 입궁하랍시는 어명도 계셨사옵니다. 이상입니다.

홍봉한　(슬픈 중에도 한 가닥 기쁨을 감추지 못하고) 참으로 성은이 하해와도 같은 어명이시었소. 김별감 정말 수고가 많았소.

대전별감　하오면 소인은 이만 물러가옵니다. (절하고 돌아서서 중문 밖으로 나간다)

홍봉한　(별감의 등뒤로) 살펴 가시오! (돌아서서 세자빈에게로 다가가) 빈궁마마! 아니 혜빈마마, 비록 동궁께오서는 비명에 가시었으나 모든 일이 제 자리에 돌아 왔습니다. 불행 중 다행이란 말이 오늘의 우리를 두고 생긴 말인 것 같습니다. 아무튼 이는 세손마마 내외분의 홍복이요, 또한 우리 풍산 홍문의 광영이기도 합니다. 자! 나는 국장 치를 초종범절을 준비해야 하므로 먼저 들어갑니다. 빈궁마마께오서도 어서 별당으로 돌아가셔서 잠시 눈을 붙였다가 밝는 날 아침 일찌감치 입궁토록 하십시다. 어험… 어험… (대청마루를 거쳐 사랑방으로 들어간다. 점점 커져오는 천둥소리와 번쩍 번쩍 천지를 가르는 번개불빛, 다가올 희망의 날을 상징하듯 환하게 사랑방에 불이 밝혀진다)

세 자   (소리) 빈궁… 나의 사랑하는 빈궁… 내 아들 성이, 나 어린 세손 성이를 잘 부탁하오….

세자빈   (고개를 번쩍 쳐들고 세자의 환상을 잡으려는 듯 허우적거리다가 허공을 향해 절규한다) 세자마마! 어이 이 몸을 버리고 홀로 그 먼 길을 가셨단 말씀입니까? 세자마마… 세자마마… 으흐흐흐. (통곡하며 무너져 내린다)

번쩍! 번쩍! 번개가 광란하고 우르릉 쾅! 우르릉 쾅! 천둥이 요동을 친다. 이어 새날을 노래하는 희망 가득 찬 가락의 음악이 터져 나와 고조되는 가운데 막이 내린다.

◇작가후기

애당초 이 작품은 1986년에 「사도세자(思悼世子)」라는 제목으로 발표되었던 것을, 이 작품의 시대적 배경이 제목에 어울리겠다는 생각이 들어 그로부터 10년 후 1997년에 한국문화예술진흥원으로부터 창작집 제작비의 일부 지원을 받아 제1창작희곡집을 묶으면서 제목을 「탕평전야(蕩平前夜)」, 부제를 「1762년 여름의 비극」으로 고쳤었다. 그러나 그후 필자를 아끼는 동료작가로부터 역시 제목은 원래대로 「思悼世子」여야 어울리겠다는 강력한 조언이 있어 2000년에 역시 한국문화예술진흥원의 창작지원금을 받아 제2희곡집을 묶으면서 제목도 환원하고 내용의 일부도 대폭 수정·개작하여 다시 세상에 내놓는다.

(참고 : 저자의 제1창작희곡집 「사람은 죽어서 어디로 가나」는 1997년 6월20일 도서출판 남지에서 출판되었다)

◇참고문헌

이병기 저　혜경궁 홍씨, 조선명인전 하권, 서울 조광사, 1948.
　　　　pp.345~351

이병도 저　국사대관, 서울 백영사, 1954. pp. 398~420

이상옥 저　설화 한국의 역사 5권, 서울 교문사, 1963. pp.9~152

한우근 저　한국통사, 서울 을유문화사, 1970. pp.360~370

북악산인 편　이조오백년야사, 서울 세창서관, 1974. pp.324~325

혜경궁 홍씨 작·전규태 역주　한중록, 서울 서문당, 1975

대세계백과사전 편찬위원회 편　대세계백과사전 4권 역사, 서울 태극출판사, 1979

류홍렬 감수　한국사대사전, 서울 교육출판공사, 1981

박동순 기　사도세자, 한국인물사 10권, 서울 양우당, 1983. pp. 200~201

류주현 저　군학도 1·2권, 서울 양우당, 1983

김성한 역사기행　길따라 발따라 상권, 서울 사회발전연구소 출판부, 1983. pp.
　　　　204~211(정조), pp.248~256(사도세자), 동상 하권, pp.243~
　　　　250(탕평비)

김영곤 저　왕비열전 14·15권, 서울 고려출판사, 1984

동아출판사 백과사전부 편　동아원색대백과사전, 서울 동아출판사, 1984

박광용 저　영조와 정조의 나라, 도서출판 푸른역사, 1998

이덕일 저　사도세자의 고백, 도서출판 푸른역사, 1998

맞 수

전 6경

□ 작의

우리가 일상적으로 접하는 TV드라마나
연극같은데서 단골메뉴로 등장하는 고부간의
갈등은 그만큼 우리의 관심사가 되고 있다.
고부간의 갈등은 해결될 수 없는 고질병인가?
할머니와 어머니의 갈등을 바라보는 가족의
마음도 불안하고 착잡하기만 하다. 이를 눈치
챈 손자가 일가 단란을 위해 벌이는 할머니와
어머니의 갈등 해소 작전을 그려본다.

때

현대

곳

삼대가 사는 아파트 거실.

등장인물

대 성 (20세) 대학 1학년

할머니 (70세)

아버지 (45세) 회사원

어머니 (45세)

큰아버지 (52세) 무직자

큰어머니 (소리) (47세)

노인대학 여인 1, 2 (60세~70세)

제 1 경
대성이네 아파트(아침)

막이 오르고 무대가 밝아 온다.

무대는 대성이네 아파트 거실. 무대 중앙 뒤쪽에 현관, 좌우로 할머니의 안방, 아버지와 어머니의 건넌방, 그리고 대성이의 공부방, 세탁기가 있는 화장실의 문짝이 보인다. 이 같은 무대는 상징적인 세트로도 무방하다.

그러나, 등장인물이 사용하게 되는 소파와 장의자, 보조의자 등 집기는 실물이어야 한다.

조반식사 준비를 마친 어머니가 손의 물기를 앞치마에 닦으며 대성의 공부방 앞으로 간다.

어머니 (공부방에 대고) 대성아! 대성아!

사이.

어머니 (공부방 문을 두드리며, 악을 쓰듯) 대성아! 빨리 일어나!
대 성 (소리)(공부방 안에서, 신경질적으로) 왜 그래 엄만!
어머니 빨리 일어나!

할머니의 방문이 열린다. 할머니의 목이 쑤욱 나오면서 어머니의 목소리가 나는 거실을 노려본다.

대성은 공부방 문을 열고 나와 서서 기지개를 켠다.

대 성 아유, 오늘 오전 강의 결강이라구 했잖아 엄만!
어머니 아버지 출근하시는데 배웅도 않구 넌 잠만 자니?
대 성 (늘어지게 하품)

어머니 그리고 너, 엄만 물리치료 받으러 병원에 가야하니 오늘 아침엔 평
      소보다 좀 일찍 일어나 달라구 어제 밤에 내가 말을 했니 안 했니?
대 성 (그제서야 생각난 듯) 아 참 그랬지, 내 정신 좀 봐! 미안해 엄마!
      (늘어지게 하품하며) 리포트 만드느라구 밤을 꼴깍 새웠단 말야 (다
      시 하품) 아함.
어머니 할머니 진짓상 다 봐놓았으니까 나 나간 다음에 드시도록 해라!
대 성 엄마는 아침 안 먹고 갈 거야?
어머니 난 도시락 쌌다. 할머니 진지상 잘 봐라!
할머니 (방에서 나오며) 아침밥은 내가 챙겨 먹을 테니까 에미 넌 어서 병
      원에나 가봐라!
어머니 (대답 않고, 대성에게) 그리고 대성아! 너 갈아입을 옷 네방에 갖다
      놓았으니까 벗은 옷은 세탁기에 넣어서 돌려!
할머니 갈아입은 옷도 내가 세탁기에 갖다 넣고 돌리마.
어머니 글쎄 어머니, 어머니두 아침진지 드시구 노인대학 나가셔야죠.
할머니 (짜증) 내가 한다니까 그러는구나. 괜히 밤새 공부하고 늦잠 자는
      애는 깨우구 난리냐 난리가!

      어머니, 화난 듯 앞치마 벗어서 주방 앞 식탁 의자에 걸어놓고 건넌방
      으로 들어간다.

할머니 (투덜거린다) 아니, 우리 식구 몇이나 된다고 걸핏하면 허리가 끊
      어지느니 옆구리가 결리느니 하며 병원 출입이야. 허이구 기제사
      두 번만 치렀다가는 초상나겠네 쯧쯧 (혀를 찬다).
대 성 (할머니의 역정을 들었다) 할머니!
할머니 (대성에게) 고단하거든 좀 더 자려무나. 아침밥은 내가 챙겨먹을
      테니.
대 성 엄마, 디스크 같아.
할머니 디스크?

대　성　허릿병말야. 허리 디스크병!

할머니　허릿병? (대수롭지 않다는 듯이) 애 난 적 있는 우리 나라 아낙치
　　　　구 허리 안 아픈 여자 있으면 나와보라구 해라!

대　성　그럼 할머니두 허리 아프겠네?

할머니　그럼 아프지 않구.

대　성　그런데 할머니는 아프다고 말한 적 없잖어?

할머니　이건 내가 꾹꾹 참고 암말 없이 구순히 지내주니까 어른이구 아이
　　　　구 아주 멀쩡한 줄 아나베? 나두 아퍼! 나두 디스크야!

대　성　(장난치듯) 에이…할머니가 무슨 디스크? <u>호호호.</u>

할머니　웬 너스레야 이 녀석아! 일어났으면 세수하구 와서 밥 먹잖구.

대　성　네…네… 할마마마, 분부대로 거행하겠나이다 하하하.

할머니　망할 녀석, <u>호호호</u> (조용히 웃는다).

대성, 화장실로 들어간다.

- 암전 -

<h1 align="center">제 2 경</h1>
<h2 align="center">대성이네 아파트 (오전 한때)</h2>

제1경과 같은 대성이네 아파트 거실. 그날 오전 한때.
외출차비를 한 대성이 공부방에서 나온다.
할머니는 세탁기에서 건져낸 세탁물들을 가지고 화장실에서 나와
다용도실쯤 되는 공간에 쳐놓은 빨래줄에 넌다.

대　성　할머니!

할머니　학교 가니?

대　성　조금 일찍 나가서 학교 컴퓨터로 인터넷에 들어가서 자료 좀 훑어

보려구.

할머니   (어리둥절해서) 어디를 들려서 뭘 본다구?

대 성   할머닌… 학교 컴퓨터로 인터넷에 들어가서 자료 좀 훑어본다구.

할머니   난 도무지 무슨 말을 하는 건지 알아먹을 수가 없구나.

대 성   할머닌 몰라도 돼.

할머니   이 녀석이, 할미가 늙었다구 싸악 무시하려구 들어!

대 성   무시하긴…. 엄마 허리디스크가 걱정돼서 자료 좀 얻으려는 거야.

할머니   아프면 병원에 가야지 무슨 인터넨가 절터넨가에는 왜 들어가?

대 성   인터네 절터네? 허허허. 우리 할머니가 이 손자를 웃기셨어.

할머니   뭐가 어쩌구 어째?

대 성   유명한 의사들이 허리디스크병은 이렇게 저렇게 고쳐야 한다고 글
          을 써서 인터넷이란 곳에 올려놨단 말야. 그것두 공짜! 그런데 참
          할머니?

할머니   학교 간다면서 왜 꾸물대.

대 성   나, 할머니한테 한가지 궁금한 게 있어.

할머니   뭐가 궁금한데?

대 성   평소에 할머니는 장유유서라면서 우리 아버지 보구 큰아버지께 깍
          듯이 하라면서 할아버지 기제사는 왜 큰집에서 안 지내고 작은 집
          인 우리 집에서 지내게 하는 거야?

할머니   남의 집 셋방살이하는 네 큰애비네 집에서 어떻게 할아버지 기제
          사를 지내?

대 성   하지만 우리 엄만 몸도 아픈데 너무 힘들잖어!

할머니   그러게 네 큰애미가 와서 같이 제수 장만하고 그러는데 뭐가 힘들
          어? 이 녀석이 대학 들어가더니 벌써 다 큰 줄 알고 감 놔라 배
          놔라 별 참견을 다하네 그래.

대 성   이거 우리 집에 분명히 문제가 있다구!

할머니   (발끈 높은 언성으로) 뭐가 어쩌고 어째?

대 성   (기겁을 해서) 나 학교 가!

대성은 현관문으로 나가고 엇갈려서 할머니의 노인대학 친구 여인 1,
2 현관문으로 등장.

여인 1　　형님 우리 왔수!

여인 2　　손주가 인제 학교 가나 부네.

할머니　　(보고) 어서들 와!

여인 1　　왜 대성 엄만 뭘 하기에 형님이 손수 빨래를 널우?

여인 2　　참, 대성이 엄마가 안보이네요.

할머니　　아이에민 허리가 아프대나, 물리치료 받는다고 병원 갔어.

여인 1·2, 고개를 끄덕거린다.

할머니　　노인대학 시간 아직 넉넉한데 왜 벌써들 나섰어?

여인 1　　아유 속상해. 글쎄 형님, 내 얘기 좀 들어보슈.

할머니　　집에 무슨 일이 있었구면?

여인 2　　며느리하고 한바탕 했대요.

할머니　　어쩐지 일찍들 왔다 했다. 그래 고부간에 무슨 일로 토닥거렸는데?

여인 1　　글쎄 어제 밤이 돌아간 영감 기제사였잖우.

할머니　　그래, 자네한테 들어서 알구 있어. 잘 지냈겠지?

여인 1　　흥! (코방귀 뀌고) 이건 기제사 자시러 왔던 영감의 혼백이 기가
　　　　　막혀 되돌아갈 지경이었다우.

할머니　　아이 엄마가 어쨌는데 그래?

여인 1　　제수 장만하면서 줄창 중얼중얼 볼멘소리를 하는 거유.

할머니　　또 자네가 잔소리라도 했나보군.

여인 2　　아니에요. 처음에 며느리가 제수거리 시장 봐왔다는 게 고작 주과
　　　　　포 정도였대요!

할머니　　뭐?

여인 1　　어유 속 터져. 애당초 결혼 전에 저는 조상님 모시는 일 못하겠습니다
　　　　　하고 말했었다면 내가 저를 왜 받아들여? 어림 반푼어치도 없었지!.

할머니   그 동안 잘 했었다면서?

여인 1   아이 아범이 직장 떨어진지 반년, 제가 파출부다 뭐다 하구 뛰어
          다니며 몇 푼 벌어온다고 그냥 우세를 떠는데 어휴우 눈꼴시어서
          못 봐 주겠수 정말.

할머니   그래, 생활이 어려우면 제수 거리 넉넉하게 장만하기 쉽지가 않지.

여인 1   하지만 형님. 제가 나서서 돈벌어 온지가 겨우 반년이유. 그래 사
          내가 돈벌이 못하면 조상님 기제사까지 데면데면해두 되는 거유?

할머니   무슨 일인지 알겠어.

여인 2   자손들 앞일도 안 봐주시는 조상님 기제사를 무슨 정성이 치뻗쳐
          서 제수 장만을 제대루 하느냐구 퉁퉁댔다지 뭡니까?

할머니   그건 아이 엄마가 말이 좀 심했다.

여인 1   그렇죠 형님?

여인 2   그래서 아침도 거르고 저희 집에를 오셨지 뭡니까?

할머니   그럼 우리 집에서 한술 뜨자! 금방 차려줄 테니 기다려.

여인 1   아이 아침밥 한끼 걸른다구 죽기야 하겠수? 괜찮아요.

할머니   군소리 말구 기다려 봐!

할머니는 주방 쪽으로 가고 여인 1,2 소파로 이동한다.

- 암전 -

제 3 경
대성이네 아파트 (그날 오후)

무대는 전경과 같다.
할머니는 소파에 앉아 돋보기안경을 쓰고 신문을 보고 있고 어머
니는 빨래 줄에서 마른빨래를 걷고 있다. 어머니는 허리디스크 때
문에 움직일 때마다 쩔쩔 맨다.

할머니   (그런 어머니의 거동을 흘끗 보며) 많이 불편하면 방에 들어가 쉬지
          그러니?
어머니   아녜요. 괜찮아요 어머니.

          어머니는 걷은 빨래를 들고 거실 바닥에 앉아 손질한다. 움직일 때마
          다 아파하는 어머니.

할머니   (돋보기 안경 너머로 어머니를 보며) 저, 저, 하루이틀두 아니구 저
          렇게 힘이 들어서야 어찌 사누?

          신문을 탁자 밑에 밀어넣고 나서 일어나 허리를 편다. 할머니도
          힘이 드는 듯 허리에 두 손을 대고 힘을 준다.

할머니   (의아) 으응? 아니 나까지 왜 이러나?

          가까스로 몸을 추스른 할머니는 컨디션이 뜻 같지 않자 고개를 갸웃거
          리며 소파 등에 허리를 걸친다.

어머니   (할머니의 태도가 이상하자) 왜 그러세요 어머니?
할머니   (강력하게 부인한다) 아무렇지도 않다, 난.
어머니   요즘 노인대학에서 춤 연습하시는 게 힘에 벅차신 거 아녜요.
할머니   너두 내 집에 자주 오는 용석이네 할머니 며느리처럼 나 노인대학
          나가는 게 못마땅해서 그러니?
어머니   (화들짝 놀라 완강히 부인한다) 종일 집에서 심심하게 소일하시느
          니 친구분들도 만나시고 여러 가지 취미생활도 하시구 노인대학
          이 어때서요?
할머니   며느리들은 시장에 가서 콩나물 한줌이라도 더 덤을 달라며 장사
          꾼과 아귀다툼을 벌이는가 하면 집안에서는 조석준비야 청소야
          빨래야 하구 종일을 발을 동동 구르며 뛰는데 노인들은 할 일 없

이 몰려다니며 자식들이 애써 벌어온 돈이나 축을 낸다구 비아냥
거린다더라.

어머니   전 아녜요 어머니.

할머니   아니면 그만이지 펄쩍 뛸 게 뭐야? 한데 나, 너하구 의논 없이 한
가지 일을 저질렀다.

어머니   일을 저지르셨다뇨? 무슨 일을요?

할머니   노인대학 할머니들 점심식사초대를 했다.

어머니   네? 점심식사 초대를요?

할머니   그래!

어머니   또요?

할머니   또요라니?

어머니   지지난달에도 여러분 모셔다가 점심 대접하시지 않았어요.

할머니   그게 언제쩍 일인데 그래. 두 달이나 지났어. 늘 노인대학에서 신
세를 지고 있는데 두 달에 점심 한끼 대접하는 게 뭐가 대단해.

어머니   언제쯤 대접하시게요.

할머니   이미 글피 낮 열두 시로 약속을 해놨다. 나까지 여섯이다.

어머니   그렇게 빨리요?

할머니   뭐가 빨라? 내일 모래 글핀데.

어머니   하지만 어머니. 아시다시피 제가 몸이 신통치를 않아요. 요즘 매
일 물리치료를 받고는 있지만 이따금 허리가 끊어지는 것 같아서
견디기가 힘들어요.

할머니   (냉랭하게) 그러니까 못하겠단 말 아니냐?

어머니   (애원하듯) 어머니!

할머니   (단호히) 못한다면 하는 수 없지.

어머니   제가 애비에게 말해서 비용 마련해 드릴께요. 이번만 식당에서 대
접하세요.

할머니   식당은 싫다. 음식 날라 오기가 무섭게 한 그릇 뚝딱 먹고는 자리
에서 일어나야 하는데 어디 불안해서 마음놓고 이야기인들 할 수

가 있다든? 내 집에서 대접하지 못하면 그만 두는 거지! (쌩하니
일어나) 없던 얘기루 하자!
어머니   죄송해요 어머니.

할머니는 안방으로 들어간다. 어머니도 걷어다 개켜놓은 옷가지를 들
고 건넌방으로 들어간다.
잠시 사이.
외출차림의 할머니가 안방에서 나온다.

어머니   (건넌방에 대고, 어조가 곱지 않다) 애!

건넌방에서 나오는 어머니.

어머니   (외출복 차림의 할머니보고 놀라서) 아니 어머니, 어디 나가시게요?
할머니   화곡동 큰애네 좀 다녀올란다.
어머니   큰집엔 아이들만 있을 텐데요. 저번 아버님 기제사 때 들었는데요,
          요즘 형님, 병원의 간병사 일을 맡아서 퇴근시간이 늦는댔어요.
할머니   알았다. 하여간 다녀오마!
어머니   (부지런히 주머니를 뒤져서 지폐 몇 장 꺼낸다) 어머니, 택시 타고 가
          세요.
할머니   일없다. 내게두 택시 값 정도는 있구나! (하고는 현관으로 나간다).
어머니   (뒤따르며, 안쓰럽게) 어머니!

할머니가 퇴장하자 히탈해진 어머니는 소파 등에 기댄 채 허리에 두
손을 대며 통증을 견딘다.
이 때 엇갈려 아버지가 가방을 들고 현관으로 등장. 퇴근해서 돌아온
것이다.

아버지   (아내의 심상치 않은 태도에 놀라) 아니 여보, 왜 그래?
어머니   (간신히 운신하며) 웬일이유, 퇴근시간 아직 멀었는데 벌써 돌아오구?

아버지   음, 시내에 출장 나왔다가 얼추 퇴근시간이 가까워서 사무실에 전
        화하구 집으로 들어오는 길야. 어때 많이 아파?
어머니   (갑자기 서러운 마음에 두 손으로 얼굴을 감싸고 흐느낀다) 흐흐흑.
아버지   여보! 왜 그래? 왜 우는 거야.
어머니   (내뱉듯) 몸도 아프고 마음도 아프고…그래서 그래요!
아버지   내가 잡아주지. 자!

        아버지가 걱정이 되어 어머니를 부축하려는데 어머니가 뿌리친다.

어머니   저리 비켜요!
아버지   (흠칫 놀라며) 왜 그래, 당신?

        어기적 어기적 주방 쪽으로 가는 어머니. 아버지는 조심스레 어머니를
        지켜보다가 어머니가 있을 안방을 향해 인사를 한다.

아버지   (안방에 대고) 어머니, 저 다녀왔습니다.
어머니   어머니, 안 계셔요. 화곡동 큰댁 가셨어요.
아버지   화곡동에는 무슨 일루?
어머니   내가 그걸 어떻게 알아요?

        머쓱해진 아버지는 어정쩡해서 머무적거린다.

아버지   다 저녁때 형님댁엔 무슨 일이야?
어머니   어머니가 언제 어디 가시면 무슨 일로 어디 가신다고 말씀하시는
        분이에요?
아버지   형님이라도 집에 계시면 좋겠는데.
어머니   계실게 뭐예요. 허구헌날 파고다공원 아니면 남산공원이라는데….
아버지   참 그렇겠구나.
어머니   당신, 나하구 얘기 좀 해요.

아버지   그러지, 옷 좀 갈아입구 나올께.

어머니   아뇨, 그대루 얘기해요. 여기 좀 앉아요. (고갯짓으로 소파를 가리킨
         다)

아버지   (고개를 갸웃거리다가) 그러지. (앉는다)

무대 조명이 꺼지고 스포트·라이트가 아버지와 어머니를 비친다.

어머니   내년부터는 아버님 기제사, 큰댁에서 지내도록 해 줘요.

아버지   갑자기 왜 그래, 당신?

어머니   옴 몸이 천근만근, 허리가 끊어지는 것 같아두 말없이 제수 장만
         해서 기제사 받드니까 끄떡없는 줄 아는데요, 나 이제는 더 이상
         못해요. 내 몸, 무쇠가 아니라구요.

아버지   형님네가 형편이 피지 않아서 아직까지 남의 집 셋방살이 신세를
         못 면하구 사시는데 어머니 말씀마따나 어떻게 남의 집에서 아버
         지 기제사를 모시나. 당신이 이해해 줘야지.

어머니   아뇨. 이젠 더 못해요!

아버지   여보!

어머니   오늘 어머니가 왜 큰집에 가셨는 줄 알아요?

아버지   무슨 일이 있었던 거야?

어머니   나하구는 사전에 의논 한마디 없이 평소에 신세 지고 있는 노인학
         교 친구분들 점심 초대를 하시겠다는 거예요.

아버지   그 동안 점심 초대 여러 번 하시지 않았어.

어머니   했죠. 두 달만큼 석 달만큼 한번씩. 하지만 두 달도 길게 생각하시
         는 거예요. 그래두 그 동안 군말 없이 해 드렸어요. 어머니 체면을
         살려 드리려고 제딴엔 죽을힘을 다해서 해 드렸어요. 그런데 보세
         요. 요즘 제가 매일처럼 병원에 가서 물리치료를 받고 있어요. 그
         래서 이번만큼은 식당에서 식사 대접을 하시라구 말씀드리니까
         잔뜩 화가 나셔가지구는 쌩하니 큰집으로 가신 거라구요. 알아요?

맞 수 193

아버지　(짐작이 간다) 알았어, 알았다구.

어머니　(악에 바쳐서) 알면 뭘해, 알면 뭘하냐구! 나 정말 이제 더 못해요. 더 못해! 일 이년도 아니고 자그마치 이십 년이야. 왜 나만 조상님 차례며 기제사를 모셔야 하냐구. 형님네도 이젠 그런대로 차례며 기제사를 모실 수 있잖아. 사글세방이면 어떻구 전세방이면 어때. 모두가 차리는 차례상, 모두가 모시는 기제사인데 어떤 셋집 주인이 눈치를 주냐구. 차라리 아름답다고 칭송을 할 일이지. 그런데 큰댁 형님 어떻게 했죠? 번번이 나 혼자 제수거리 시장 보느라고 진이 다 빠진 다음에야 겨우 나타나선 직장에서 빠져 나올 수가 없어 그리 됐노라고 말로만 번드르르 얼레발을 치고는 설겆이조차 변변히 하지 않고 도망치듯 가버리기가 예사. 그래 이게 동서간, 형제간의 정이냐구요.

아버지　미안해 여보!

어머니　누가 큰댁 형님을 이렇게 만들었죠. 어머님이에요. 어머님이 그리 만드셨다구요.

　　　나도 처음엔 이해도 하고 어머님의 말씀에 순종도 했어요. 그땐 나도 젊었었구요. 한데 오년, 십년, 아무리 세월이 지나도 그날이 그날이었다구요. 하지만 내가 언제까지 청년이냐구요. 나도 늙어요. 벌써 오십을 바라봐요. 그런데도 어머니는 만고불변, 아예 조상님 모시기는 나에게 주어진 당연한 일인 것처럼 떠맡기신 채요, 내가 아무리 힘들어해도 당신은 그저 형님네 어렵다는 사정만 내댔지 자기 마누라 육신이 어떻게 곯아 먹는지 아랑곳이나 했었냐구요. 더구나 작년에는 어땠죠. 대성이가 고3이었어요. 세상이 다 아는 그 지독한 고3 전쟁! 당신은 직장에서 퇴근해오면 집에 돌아오자마자 어머님한테나 약간 신경을 쓰고는 고단하다는 핑계로 쿨쿨 잠이나 잤지 하나밖에 없는 아들자식이 어떻게 공부하는지 언제 한 번 살뜰하게 관심을 가져 봤었느냐구요. 장장 1년 남짓을 나도 대성이와 함께 입시전쟁을 치렀다구요. 공부는 대성이가 한

거지만 대성이가 공부를 제대로 할 수 있도록 밤잠 못 자고 뒷바라지 한 건 나였어요. 당신은 이렇게 말하겠지요. 엄마로서 당연한 일을 한 건데 웬 생색이냐구요. 그야말로 하늘이 도와서 대성인 목표했던 대학엘 들어갔지만, 그 대신 내가 골병이 들었어요. 오십도 안돼 가지고 벌써부터 무력증에 빠지고 매사에 의욕이 없이 허구헌날 그저 들어 눕고만 싶고 그래서 오늘은 병원에 가서 진찰한 결과 극도의 우울증이라며 안정가료를 하라는 거였어요. 만사가 귀찮아 죽겠는데 무슨 놈의 차례요 기제사요 점심 초대냐구요. 정말 이젠 죽구 싶다구요. 이젠 나 좀 해방시켜줘요 여보! 안 그러면 나 죽어요!

- 암전 -

제 4 경
여러 사람의 일류전

무대에서는 어둠 속에서 아버지와 큰아버지의 일류전.

전화 벨소리.
무대 좌우에 나타난 형제가 스포트·라이트를 받으며 각각 통화를 하고 있다.

큰아버지   형이다!
아버지   아니 형님. 어머니 잘 도착하셨죠?
큰아버지   어머니가 우리 집에 오시자마자 이층 계단을 헛딛으시구 구르셨다. 우선 급한 대로 동네 병원으로 모셨는데 정형외과로 가래서 지금 이곳으로 왔다. 여기 우리집 들어오는 네거리의 정형외과병원이다.

아버지   알았어요. 대성이 데리고 금방 달려갈께요.

스포트·라이트 사라진다.

- 암전 -

제 5 경
대성이네 아파트 (그날 저녁)

무대는 제3경과 같은 대성이네 아파트. 그날 밤. 멀리서 가까이로, 다시
멀리로 사라지는 앰뷸런스 경음기 소리. 어머니는 전화를 받고 있다.

어머니   예, 불광동입니다.
큰어머니   (소리) 아, 동서, 나야 화곡동.
어머니   (기다렸다는 듯) 안 그래도 전화 기다렸어요. 그래, 어머닌 어떻게
          되셨어요?
큰어머니   (소리) 여기 우리 집에 들어오는 네거리의 정형외과병원이야.
어머니   대성이 아버지한테 얘기 들었어요. 그래 어머닌 어떠신 거예요?
큰어머니   (소리) 오른쪽 다리 골절이래. 무르팍과 발목 사이 중간쯤….
어머니   다른데 다치신 데는요?
큰어머니   (소리) 다른 데 다친 데는 없나봐. 그런데 70노인네가 이층에서 굴
          러 떨어지고도 그만하기가 천만다행이라나 뭐라나.
어머니   누가 그따위 소리를 해요?
큰어머니   (소리) 글쎄 어떤 사람인지 그런 소리를 하더라니까….
어머니   완치까지는 얼마나 걸린대요?
큰어머니   (소리) 두 달!
어머니   두 달이나요?

큰고모   (소리) 고령의 노인이라서 그렇게 걸릴 거라네. 조금 전에 깁스 끝
        내구 서방님과 대성이가 모시구 불광동 동서네 아파트로 떠났어. 얼
        추 도착할 때 됐지 싶어. 내일이라두 집에 들릴께. 그럼 전화 끊어.
어머니   네, 수고하셨네요 형님. 전화 끊어요.

        송수화기, 내려놓고 허탈해서 소파에 털썩 앉아버리는 어머니.
        잠시 후, 차임벨.
        인터폰 송수화기 드는 어머니.

어머니   누구세요?
아버지   (소리) 나야!

        어머니는 인터폰 단추 누른 다음 인터폰 송수화기를 제자리에 걸어놓
        고 힘겨운 걸음걸이로 현관 쪽으로 다가간다.
        대성에게 업힌 할머니와 목발을 든 아버지가 현관으로 등장.

어머니   (기막힌 듯) 어머니!

        일동, 함께 거실 안쪽으로 온다. 대성은 할머니를 큰 의자에 내려놓고
        아버지는 목발을 벽에 기대어 놓는다.

할머니   대성이가 할미 업고 오느라고 수고했다.
대 성   집안에선 기어다녀야 해, 할머니!
할머니   글쎄 말이다. 어휴 어쩌다 내가 이층에서 굴러가지구는 어이구 챙
        피해라!
아버지   창피하긴요.
어머니   그만하시길 천만다행이세요, 어머니.
할머니   큰 거구 작은 거구 하는 소리는 똑같구나!

어머니   네? (큰어머니의 전화를 떠올리고) 아 네, 호호호.
할머니   어유 챙피해!
어머니   어머니두, 챙피하실 거 없어요. 옷 갈아 입으셔야죠. 어머니?
할머니   걱정 마라, 옷은 내가 혼자 갈아입을 수 있어.
아버지   정말 괜찮으시겠어요? 뭘하시면 에미에게 거들라고 하세요.
할머니   죽을병 든 것도 아닌데 법석 떨 것 없다!
아버지   방으로 들어가시겠어요?
할머니   대성아, 저기 목발 좀 다구!
대 성   (냉큼 대답한다) 네.

대성은 벽 쪽으로 가서 목발 들어다가 할머니에게 전한다.

할머니   (목발 짚는다. 엉거주춤, 한 발짝씩 옮겨가려는데 서툴러서 넘어진다.)
         아버지, 어머니, 대성, 모두 놀라 벌떡 일어나 할머니에게로 몰려든다.

아버지   어머니!
어머니   (동시에) 어머니!
대 성   (동시에) 할머니!

잠시 사이.

할머니   (빽 소리지른다) 저리들 비켜!

목발을 집어던진 할머니, 기어서 안방으로 들어간다.
그 할머니를 지켜보는 가족들의 착잡한 표정.

아버지   오늘밤부터 당분간 당신이 어머닐 모시고 자야겠어.
어머니   내가요?
아버지   누군가 어머니를 모시고 자야지, 당장 화장실 출입이 어려우실 거 아닌가.

대　성　그건 안되죠 아버지!

아버지　안되다니?

대　성　엄마 자신이 허리디스크병 때문에 운신이 어려운데 어떻게 할머니
　　　　수발을 들어요?

아버지　그럼 어떻게 하니?

대　성　할머니는 아버지의 엄마 아녜요?

아버지　뭐라구?

대　성　(어머니에게 다가가서) 나의 엄만 바로 이분이에요. 그러니까 오늘
　　　　밤부터 당분간 아버지는 아버지의 엄마 수발, 나는 나의 엄마 수
　　　　발, 어때요 아버지!

어머니　호호호 그래 대성이 그거 생각한번 잘했다! 엄만 대찬성이다!

아버지　아니, 몇 사람 안 되는 가족끼리 패를 가르자는 거야? 야! 우리 가
　　　　족이 어쩌다 이렇게 됐어, 응? (허망해져서 해식은 웃음) 허허허, 허
　　　　허허.

어머니　(대성을 얼싸안으며 덩달아 조용한 웃음) 호호호.

대　성　구웃! 구웃! 하하하, 하하하.

– 암전 –

제 6 경

대성이네 아파트 (그날의 한밤중)

무대는 전경과 같은 대성이네 아파트.

한 밤중이다. 방마다 전깃불이 켜 있다. 식구들마다 잠들지 못하
고 있는 것이다.

건넌방에서 나오는 대성. 싱크대를 뒤진다. 간식거리를 찾는 것이다.

대성의 덜그럭거리는 소리를 듣고 어머니가 건넌방에서 나온다.

어머니　왜 시장하니?

대　성　아까 할머니를 업고 와서 그런가? 어째 좀 출출하네.

어머니　아무리 70노인이시지만 체중이 있으신데 힘들었을 거다.

　　　　이 때 아버지도 안방에서 나온다.

아버지　뭣들 하는 거야. 한 밤중에.

어머니　당신도 출출해요?

아버지　그럼 대성이두 출출해서 나온 거냐?

대　성　아버지두요?

아버지　그래. 어쩐지 속이 허하구나.

어머니　뭐 요기거리라도 만들어요?

대　성　엄마! 라면 사다논 거 있죠?

어머니　라면으루 되겠니?

대　성　그럼요.

아버지　좋지, 당신은 환자니까 저리 비켜, 내가 할께.

어머니　그래 주실래요?

아버지　속아만 살아왔나. 자 그럼 오늘 밤 주방장은 나에게 맡겨라.

　　　　어머니와 대성은 소파에 앉아 있고 아버지는 주방으로 가서 라면 끓일
　　　　준비를 한다.

대　성　그런데 엄마?

어머니　왜?

대　성　아까 할머니 업구 집에 오는데 말유, 나 얼마나 놀랐는지 몰라.

어머니　놀라다니, 뭘?

대　성　할머니가 얼마나 가벼웠는지 검불 같더라구.

어머니　그랬어?

아버지　대성이 너 그거 정말이냐?

대　성　왜 거짓말 같아요? 정말이라구요. 얼마나 가벼운지 사실 나 눈물
　　　　이 날 것 같아서·혼났다구요.

어머니　그래? 우리 대성이 이제 다 컸구나.

대　성　우혜 그거 얼마짜리 비행긴데, 응 엄마?

어머니　엣기 이 녀석! (때리는 시늉하다가 통증 호소한다) 애그그

대　성　거 봐, 애매한 사람 야단치면 그렇게 된다니까…근데 엄마!

어머니　왜 그래 또?

대　성　(등을 돌려대며) 엄마, 업혀봐!

　　　　이 때, 안방 문을 열고 평상복으로 갈아입은 할머니가 식구들 모르게
　　　　엉금엉금 기어서 나온다.

어머니　애가 아닌 밤중에 왜 업히래 자꾸?

아버지　이런 때 아들 등에 업혀보지 언제 업혀봐! 안 그래?

할머니　그래 업혀봐라! 나두 대성이한테 업혀봤다.

일　동　(놀란다. 아버지는 아니 어머니, 어머니는 아니 어머님, 대성은 아니 할
　　　　머니 등등 감탄사를 동시에 외친다.)

할머니　할미두 아까 우리 대성이에게 업혀 오면서 내 손주의 등이었지만
　　　　그 등이 어찌나 따뜻했는지 모른다. 참 따뜻하더라.

대　성　그렇지 할머니?

할머니　그렇다니까 그러는구나. 에미, 어서 업혀보려무나.

대　성　그래 엄마, 자 업혀!

어머니　(어쩔 줄 몰라) 아이구!

대　성　자 업습니다!

　　　　어머니를 난짝 업고 거실을 한바퀴 도는 대성.

아버지　(간식 준비를 중단하고 할머니에게로 다가온다) 어머니!

할머니　애비는 또 왜?

아버지　어머니는 제가 업어드리죠. 어머니는 제 엄마니까요. 업히세요.

(등을 들이대며) 자!

아버지도 할머니를 난짝 업고 대청을 한바퀴 돈다.

아버지 (대청 마루 위를 돌면서) 어머니, 어머니, 우리 어머니, 우리 어머니
       만세 하하하, 하하하.
대 성   (대청 마루 위를 돌면서) 엄마, 엄마, 우리 엄마, 우리 엄마 만세 하
       하하, 하하하.

       한동안 웃음이 그치지 않고 어우러진다.

할머니 (업힌 채로 우스워 죽겠다) 호호호 별일이야! 별일이야! 호호호, 호
       호호, 호호호.
어머니 아유 아유 호호호, 호호호, 호호호.

       잠시 사이.

아버지 (대청 마루 위를 돌면서) 어머니, 어머니, 우리 어머니, 우리 어머니
       만세 하하하, 하하하.
대 성   (대청 마루 위를 돌면서) 엄마, 엄마, 우리 엄마, 우리 엄마 만세 하
       하하, 하하하.

       즐거움에 기성을 지르는 할머니와 어머니. 온 가족이 업고 업힌 가운
       데 행복이 무대 가득 흐른다.

                                                        - 막 -

단막

종 소 리
전 7경

□ 작의

고금을 통하여 효도는 한국인의 불변의 가치관이었다. 수천 년, 수백 년 전부터 이어져 내려온 효에 얽힌 아름다운 전통 설화. 그 설화 속에서 9세기 신라시대의 효를 전하는 삼국유사의 설화는 천년의 세월이 흐른 오늘날에도 생생하게 우리를 감동케 한다. 손순매아(孫順埋兒) 설화를 통해 효의 참뜻을 헤아려 본다.

때

9세기의 신라땅 서라벌.

곳

손순의 집 (제1 · 2 · 3 · 4 · 6경), 공터 (제3경),

산 속 (제5경), 왕궁 (제7경).

무대

무대는 연극의 진행에 따라 상징적인 세트로 적절하게 변

화를 주었으면 좋겠다.

등장인물

운오부인 (50세 가량) 손순의 어머니.

손 순 (30세 가량) 운오부인의 아들, 육두품 신분이나 가세가 빈곤하여

　　　　　　　　　　품팔이로 연명한다.

손순댁 (30세 가량) 손순의 아내, 역시 육두품 출신이나 가난한 손순에게

　　　　　　　　　　시집와서 역시 손순 따라 품팔이로 고단하게 산다.

손 창 (10세 가량) 손순의 아들.

부 들 (35세 가량) 손순의 이웃, 소금장수. 쇠돌 아버지.

부들네 (35세 가량) 부들의 아내, 수다쟁이. 쇠돌 어머니.

흥덕왕 제42대 신라왕(서기 826년 즉위)

시 중

환 관

중신들

동리 아이들 여러 명(손창의 동무들).

제 1 경
손순의 집

경주 모량리에 있는 손순의 초가집. 울타리도 없이 가난이 뚝뚝 떨어
진다. 하늘에서 떨어진 것처럼 동그란히 앉아 있는 집 주위는 사통팔
달하는 통로. 이 통로로 등장인물들은 좌우 측으로 자유롭게 출입한다.
이른 봄.
막이 오르고 무대에 불이 들어오면 손순이 밭일을 나가려고 쟁기를 챙
기고 있고 손순의 부인 손순댁은 아침밥을 짓고 있다.

손 순   (부엌에 대고) 여보! 창이 엄마!

부엌에서 나오는 앞치마 차림의 부인 손순댁.

손순댁   (앞치마에 손의 물기를 닦으며) 왜 그래요 창이 아버지.
손 순   집 뒤 헛간에 기대놓은 따비 못 봤소?

(주: 따비는 삽보다 약간 자루가 긴 농기구. 근래까지도 산골에서 가난
 한 농민들이 사용했다.)

손순댁   못 봤어요. 왜 없어요?
손 순   귀신이 곡할 노릇이네. 어제 밭일 마치고 분명히 가지고 돌아와
         서 집 뒤 헛간에 기대놓았단 말야.
손순댁   글쎄 그 따비가 어디로 갔을까요? 좀 더 차근차근 찾아봐요.
손 순   그것 참!

부부가 집 안팎을 샅샅이 뒤지며 따비를 찾는다.

이 때 손순의 어머니 운오부인이 안방에서 나온다.

운오부인   뭣들을 찾는 게냐?
손 순   따비요.
운오부인   따비?
손순댁   어머니두 못 보셨어요?
운오부인   따비면 아까 창이가 가지고 나가더라.
손 순   창이가요?
손순댁   아니 걔가 따비는 뭣하려구 가지고 나갔을까요?
운오부인   글쎄다. 왜 가지고 나갔는지 낸들 아니?
손 순   곧 밭에 나가야 하는데 이 녀석이 어딜 갔어?
손순댁   내가 찾아볼께요.
손 순   오늘은 밭고랑 일구어서 씨를 뿌려야 하는데 이거 야단났군. 따비
          없이는 일 못 나간다구!
손순댁   알구 있어요. (무대 좌측으로 나가면서) 애가 어디를 갔어. (부른다)
          창아! 창아!
손 순   (무대 우측으로 나가면서) 창아! 창아!

이 때, 창이와 또래 아이들이 이마에 띠를 두르고 싸움터에 나간 화랑
의 흉내를 내며 등장.

운오부인   (손창을 발견하고) 창아! 창아!

그러나 아이들은 신났다.

손 창   야, 나는 신라의 화랑 손창 장군이다. 왜구놈, 당나라놈, 내 칼을
          받아라! (따비를 들고 사뭇 씩씩하다) 얏…얏….
아이 1   (나무막대기를 들고, 왜구를 가장했다) 나는야 왜나라 장군. 신라놈

내 칼을 받아라! 얏…얏….
아이 2   (나무막대기를 들고, 당군을 가장했다) 나는야 당나라 장군. 신라놈
          내 칼을 받아라! 얏…얏….

          아이들, 무대 앞 통로를 오가며 나무칼을 맞부딪쳐가면서 실감 있게
          논다.
          이 때, 퇴장했던 손순과 손순댁 부부가 다시 등장.

손 순   이놈들아!

          손순의 고함소리에 아이들이 와아 함성을 지르며 무대 위쪽 통로로 달
          아난다.
          손순이 쫓아가 손창의 덜미를 잡는다.

손 순   창아, 이놈!
손 창   (몸부림치며) 아버지 목 아파요!
손 순   밭일 나가야 하는데 말도 없이 따비를 가지고 나가면 어쩌자는 거
          야 이 녀석아!
손 창   따비는 자루가 길어서 아주 좋단 말야. 백전백승. 누가 나를 이겨!
          히히히. 자, 따비! (따비를 내민다)
손 순   (따비를 받고 덜미를 놓아준다) 또 따비 가지구 장난치면 가만 안 놔
          둬!
손 창   (고개 끄떡인다. 하지만 볼멘 소리로) 알았어 뭐.
운오부인   원 무슨 애들이 아침도 안 먹구 새벽부터 전쟁놀이냐. 창이, 어서
          손씻고 들어가서 아침 먹자. 에미, 밥상 차려라.
손순댁   네. (부엌으로 퇴장)

          운오부인은 손창의 손을 잡고 집 뒤로 가고, 손순은 마당 한구석에 따
          비를 세워놓는다.

이 때 수레에 소금자루를 싣고 등장하는 부들과 부들네 부부.

손 순   (보고) 부들 형님, 오늘은 형수님과 동부인해서 장사 나가시는가
          보구려.
부 들   음. 그렇게 됐네. 순이 자네도 아직 밭에 안 나갔군 그래.
손 순   네. 창이 녀석이 따비를 가지고 나가서 전쟁놀이를 하는 바람에 좀
          늦었습니다.
부 들   (수레를 멈추며) 창이도 전쟁놀이에 신바람이 났구먼. 하긴, 요즘 이
          모량리 뿐이 아닐세. 서라벌 천지, 신라땅 어디라 할 것 없이 아이
          들이 전쟁놀이에 이골이 났어. 어쩌면 나라를 위해서는 좋은 조짐
          일는지도 모르지. (부들네에게) 임자, 잠시 쉬어 가자구.
부들네   그래요. (여기저기 살피다가 적당한 곳에 앉는다)

이때, 운오부인이 손창의 손을 잡고 나온다.

부들네   창이 할머니 밤새 안녕하셨어요?
운오부인   음. 부들네. 쇠돌아범과 함께 장사 나가는구먼.
부들네   저는 서라벌 장터거리까지만 다녀올려구요. 어제 큰애가 물 길어
          오다가 미끄러져서 물동이를 깨먹었어요.
운오부인   소금 장사는 좀 어떤구?
부 들   그럭저럭 괜찮습니다. 아이들까지 다섯 식구 먹고 살기는 좀 빠듯
          하지만 그럭저럭 버틸 만 합니다요.
운오부인   그럼 잘 돼야지. 참 우리 막 아침 먹으려던 참인데 같이 한술 뜨
          세나.
부 들   (엉거주춤 일어나서) 아닙니다. 잔뜩 먹고 나섰는걸요.
부들네   (엉거주춤 일어나서) 네. 어서 들어가서 아침 진지 드세요.
운오부인   그럼 염치없이 우리만 아침 먹네. (손순에게) 애비도 들어오너라.
손 순   (멀찍이에서) 네. 먼저 들어가세요.

운오부인, 손창과 함께 안방으로 들어간다.
손순은 집 안팎을 다니며 농기구를 챙기고 있다.
부엌에서 개다리소반을 들고 나오는 손순댁.
나무그릇에 2인분 정도의 나물범벅을 담았다.
부들네가 다가와 밥상을 드려다 본다.

부들네   아니, 창이 엄마! 아침에도 나물범벅이야?
손순댁   끼니거리가 모자라는 걸요, 그래도 콩과 보리에 도토리를 섞었기
         때문에 하루 해 보내기는 든든할 거예요.
부들네   창이 아버지구 창이네구 남의 집 품팔이를 하면서 푸성귀 투성이
         인 나물범벅 먹구서야 종일을 어떻게 견뎌?
손순댁   이나마 양껏 먹을 수만 있다면 얼마나 좋겠어요. 어머니 시장하시
         겠어요. 저 먼저 들어갈께요.
부들네   (빨리 들어가라는 듯 손짓) 음, 어서 들어가!
부 들   (손순에게) 이보게 아우님. 자네는 아침밥 안 먹나?
손 순   전, 속이 좀 더부룩해서요. 나중에 먹습니다.

         농기구를 지게에 진 손순이 안방 앞으로 다가온다.

손 순   창이 엄마!

         안방 문이 열리면서 손순댁이 얼굴을 내민다.

손 순   나 먼저 갈 테니, 뒤따라 오구려.
손순댁   그러세요. 어머님과 창이 식사 끝나는 대루 곧 뒤따라 갈께요.
손 순   (부들에게) 그럼 부들형님, 저 먼저 갑니다.
부 들   그래, 또 봄세.

         손순은 무대 우측으로 퇴장하고, 손순댁이 안방 문을 닫는다.

부 들   (부들네에게) 식구들의 안색이 모두 좋지 않네. 특히 창이 할머니
         는 더 하시구면.
부들네   한다하는 육두품 집안이 어쩌다 선대부터 가세가 기울어져 가지구
         는 창이 아버지와 창이 어머니가 남의 집 논밭에 나가서 품팔이를
         해야만 끼니를 이어 갈 수 있으니 할머닌들 자시는 게 변변할라구
         요.
부 들   돌아가신 우리 어머니 생각이 간절하네. 여보 임자, 오늘 장거리
         에 나간 김에 할머니께 돼지고기 두어근 사다가 드리지.
부들네   알았어요. 그렇게 할께요. 그럼 한 근 더 끊어다가 우리 집 아이
         들도 먹입시다.
부 들   그저 아이들 챙기는데는 빈틈이 없다니까 허허허. 좋도록 해. 이
         번에는 언양 거쳐서 울산까지 다녀올 거니까 돌아올 때 물 좋은
         생선 좀 사와야겠어. 자 우리도 그만 가자구.
부들네   호호호 가요.

         부들이 수레를 끌고 부들네가 뒤에서 밀며 다정하게 무대 우측으로
         퇴장.
         잠시 후 안방에서 손순네 식구들 나온다.
         손순댁은 개다리소반을 부엌에 갖다 놓고 나온다.
         어깨에 망태기를 메었다.

손순댁   저녁진지는 제가 일찍 돌아와서 지어 올릴께요. 어머님은 아무 것
         도 하지 마세요.
운오부인   하는 일없이 빈둥거리는 늙은이야 저녁 밥 좀 늦으면 대수냐.
         너무 걱정말구 천천히 돌아오려무나.
손순댁   창이 간식거리는 저번에 어머님께서 불국사에서 얻어오신 떡이 아
         직 남아서 가마솥에 넣어 두었어요. 배고프다고 칭얼대거든 주세
         요.

운오부인   아니, 그 떡은 너희들 먹으라구 남겨두었던 거 아니냐.

손순댁   저희야 절에 가서 또 얻어다가 나중에라도 먹으면 되지만, 떼쓰는
         창이 입을 무엇으로 막으시려구요. 저희는 됐어요.

운오부인   아니, 애비구 에미구 속이 좋지 않다면서 나물범벅조차 입에 안넣
         구 빈속으로 나가면 종일 어떻게 그 힘든 밭일을 하니?

손순댁   (망태기를 눈짓하며) 안 그래도 애비 먹을 것은 챙겼어요. 낮에 먹도
         록 할께요.

운오부인   왜 내가 너희 마음을 모르겠니? 어휴 언제가 돼야 먹거리 걱정 않
         고 살려는지, 나무관세음보살.

         손순댁이 나선다.

손 순   어머니. 다녀오겠습니다.

운오부인   오냐. 아침도 걸렀는데 쉬엄쉬엄 하거라!

손순댁   네. (손창에게) 창이, 말썽부리지 말구 잘 놀아야 한다. 네가 말썽부
         리면 할머니가 속상하셔! 알겠니?

손 창   음, 알았어. 잘 다녀와 엄마!

손순댁   오냐.

         손순댁이 무대 우측으로 퇴장.

손 창   (동요를 부르며 맴돈다. 가락에 대한 기록이 없으니 랩에다 국악가락
         을 배합해서 읊으면 어떨까 싶다)

         ♪신라는 우리 나라, 왕성은 서라벌,
         동악은 토함산, 서악은 선도산,
         남악은 함월산, 북악은 금강산,
         가운데는 금오산, 금오산은 남산

♪신라는 우리 나라, 왕성은 서라벌,
　동악은 토함산, 서악은 선도산,
　남악은 함월산, 북악은 금강산,
　가운데는 금오산, 금오산은 남산

손　창　(운오부인에게) 할머니, 나 아이들과 놀다가 들어올께!

　　　　손창이 무대 좌측으로 뛰어나간다.

운오부인　아이구 창아, 넘어진다! 천천히 가아, 이녀석아!

- 암전 -

제 2 경
손순의 집 (같은 날 오후)

제1경과 같은 손순의 집. 그날 오후.
무대가 밝으면 운오부인은 삼태기에서 도토리를 꺼내 집 앞마당
에 깔아놓은 멍석 위에 널어놓고 있다.
이 때 부들네 무대 우측에서 등장.

부들네　(머리에 인 보따리를 내려놓고) 창이 할머니, 도토리가 실하네요?
운오부인　음, 부들네 장에 간다더니 이제 돌아오는구면?
부들네　예. 한번 나가기가 어렵지 볼거리가 어찌나 많은지 정신없이 돌아
　　　　다니다 보면 하루해가 잠깐이네요.
운오부인　그래. 무슨 볼거리가 그렇게 많누?
부들네　황룡사 법당 앞에서 임금님의 형왕이셨던 헌덕왕 전하의 천도제

를 올린다고 신라천지에서 구경꾼들이 구름처럼 몰려와서 법석을
떠는데 저자거리에서는 놀이패들이 가면을 쓰고 춤을 추지, 재주
꾼들은 입에서 불을 뿜으며 구슬을 요리조리 돌리지, 하여간 사람
들의 넋을 뺀답니다 호호호.

운오부인　그렇게 볼거리가 많다니, 언제 한번 우리 창이 에미 데리고 나가
　　　　서 구경 좀 시켜줄 수 없겠나?

부들네　　그야 어렵지 않죠. 그렇게 하겠습니다.

운오부인　부탁했네.

부들네　　네 네. 참, (보따리를 끌러) 저 창이 할머니. 이거 돼지고긴 데요.

운오부인　웬 돼지고기는?

부들네　　아침에 쇠돌이 아버지가 장사 떠나면서 돼지고기 두어근 끊어다
　　　　가 할머니 갖다 드리라구 했어요.

운오부인　어휴 이게 웬일이야.

부들네　　늘 자시는 것도 부실하신데 쇠고기구 돼지고기구 고기 구경이나
　　　　제대루 하시겠어요?

운오부인　정말 자네 내외에게는 너무 신세가 많으이.

부들네　　원 별 말씀을 다 하셔요. 그보다, 할머니. 창이 엄마가 일 끝내고
　　　　돌아오려면 해질녘일 텐데 제가 솜씨를 부려보죠.

운오부인　뭘 그렇게까지….

부들네　　삶을까요, 구울까요, 아니면 볶을까요?

운오부인　애비 에미 돌아오거든 해먹지 뭐.

부들네　　원 할머니두. 고기를 보시니까 또 아드님에 며느님에 손주 생각
　　　　이 나셔서 그러시죠. 염려 마세요. (손 칼로 자르듯이) 이렇게 토막
　　　　을 쳐서 반은 할머니 해 드리고 반은 아드님 내외와 창이가 먹도
　　　　록 하면 되지 않겠어요? 저에게 맡겨 두세요. 드시기 좋게 볶아볼
　　　　테니까요 호호호.

고기꾸러미를 들고 부엌으로 들어가는 부들네.

이 때 창이가 무대 안쪽 좌측 통로에서 등장하여 동요를 부르며 온다.

창　이　♪신라는 우리 나라, 왕성은 서라벌,
　　　　동악은 토함산, 서악은 선도산,
　　　　남악은 함월산, 북악은 금강산,
　　　　가운데는 금오산, 금오산은 남산

　　　　♪신라는 우리 나라, 왕성은 서라벌,
　　　　동악은 토함산, 서악은 선도산,
　　　　남악은 함월산, 북악은 금강산,
　　　　가운데는 금오산, 금오산은 남산

　　　　(노래 그치고 킁킁 냄새를 맡는다) 할머니, 이거 무슨 냄새야?

운오부인　(웃으며) 그놈 사냥개처럼 냄새도 잘 맡는다. 그래 무슨 냄샌지 알
　　　　아맞혀 봐라!
창　이　(부엌에 코를 들이대며) 엄마 왔나 할머니?
운오부인　엄마는?
창　이　부엌에 있는 사람 누구야? 참 맛있는 냄샌데, 아 알았다.
운오부인　알았어? 그래 무슨 냄새냐?
창　이　돼지고기 볶는 냄새다!

　　　　이 때 부들네 개다리소반에 돼지고기 볶은 나무그릇과 떡그릇을 얹어
　　　　서 부엌에서 나온다.

창　이　쇠돌이 엄마!
부들네　그래 나다. 쇠돌이 엄마다. (운오부인에게) 마침 가마솥에 떡이 들
　　　　어 있기에 함께 가져왔네요. 창이 할머니, 방으로 들어가세요.
운오부인　아니야. 여기 멍석도 좋아. 마침 창이도 들어왔는데 잘 됐어. 창아,

쇠돌이 아버지와 어머니가 우리 식구 먹으라고 돼지고기를 사오
셨구나. 자 일루 와서 먹자!

부들네가 소반을 멍석에 갖다 놓는다.
지체없이 손창이가 달려들어 아주 맛있게 나무젓가락으로 돼지고기를
먹어치운다.
행복하게 손창의 먹는 양을 바라보는 운오부인.

부들네   아니 창아! 넌 할머니 잡수시라고 말씀도 드리지 않고 너부터 허
          겁지겁 먹어대니?
운오부인   놔두게. 얼마나 고기에 굶주렸으면 저리 게걸스레 먹어대겠나 허
          허허.
부들네   창이 아버지가 자식 교육은 당초 잘못 시켰습니다. 저희 내외는
          창이할머니 드시라구 비록 돼지고기지만 사다 올린 것인데 그래
          아무리 철없는 아이이기로 저리 걸신이 들린 것처럼 아귀아귀 먹
          어대니 이럴 수가 있는 겁니까요?
운오부인   창이가 맛있게 먹으니 내 배가 다 부르네 허허허.

          손창은 정신없이 먹어대다가 어른들의 분위기에 멈칫한다.

손 창   (입에 고기를 가득 머금은 채) 왜 할머니?
운오부인   아니다. 어서 먹어라!
부들네   (세차게 혀를 찬다) 쯧쯧.
손 창   이 고기 나 다 먹어도 돼?
운오부인   그래 어서 먹으려무나.
부들네   (기가 차서 독백) 어이구 더는 못 봐주겠네. (운오부인에게) 창이
          할머니. 전 그만 가겠습니다.
운오부인   오늘은 정말 고마웠네.
부들네   저 갑니다 (하고는 찬바람을 일으키며 무대 좌측으로 퇴장).

손창은 입이 터져라 돼지고기를 집어넣고 음음 소리를 내어가며 씹어대고, 운오부인은 그러는 손창이 그저 귀엽고 대견해서 행복하게 미소짓는다.

- 암전 -

제 3 경
손순의 집 근처 공터

전경으로부터 며칠 후의 어느 날 오후. 손순의 집 근처에 있는 공터. 무대가 밝으면 부들이 서성이면서 누군가를 기다리고 있다. 이윽고 손순이 무대 우측에서 등장.

손 순 형님, 장사 나갔다가 간밤에 돌아오셨다구요.

부 들 음. 울산 쪽 해안마을까지 다녀왔네.

손 순 그래, 오늘은 몸이 좀 찌부드드 해서 일찍 일을 끝내고 집에 돌아오니 낮에 나를 보잔다구 쇠돌이를 보내셨다면서요.

부 들 나, 오늘은 손순이 자네한테 싫은 소리 좀 하려네.

손 순 잔뜩 화나신 것 같네요. 무슨 말씀입니까?

부 들 (잠시 호흡 고르고 나서 삿대질) 자네 언제까지 그러구 남의 집 품팔이나 하면서 살 건가?

손 순 난 또 무슨 말씀이라구요. 품팔이 안 하면 누가 우리 식구 먹여 살린답니까?

부 들 자넨 육두품 출신이네. 돌아가신 아버지 학산 어른이 왕족들 노는 꼴이 보기 싫어 발길을 끊었다구 자네마저 집권층과 등을 돌리고 살 게 뭔가?

손 순   형님은 육두품 출신이 아닙니까?

부 들   하지만 나는 일찌감치 장사길로 새 삶을 찾았네. 그 바람에 내 식
       솔 굶기지는 않고 있어. 한데 자네는 뭔가, 그 알량한 화랑의 기질
       을 못 버리구서 이러구 언제까지 버틸 것 같은가?.

손 순   그래서 절더러 어찌하란 말입니까?

부 들   얼마 전에 왕궁에 들어갔다가 소금관계로 잘 아는 상대등 한 분을
       만나 뵈었네. 자네의 어려운 처지를 말씀드렸더니 자네 같은 신분
       에 고매한 인품을 지녔다면 벼슬자리 한 자리 마련해 줄 용의가
       있다는 말씀이었네. 한번 그 상대등을 만나 봄이 어떤가.

손 순   싫소. 백성들은 잘먹는 데야 콩과 보리, 아니면 도토리를 섞은 나
       물범벅이나 먹어가며 연명을 하는데 명색이 집권층이라는 작자들
       은 어찌 살아옵니까? 어느 임금은 고관대작의 딸을 부인으로 맞
       아들이는데 혼수품이라고 폐백이 열 다섯 수레요, 쌀과 술과 기름
       과 간장·된장·포·식혜 등이 1백 서른 다섯 수레요, 벼가 또한
       1백 쉰 수레요, 난 그런 종자들과는 상종하고 싶지 않소이다.

부 들   정말 답답하구나. 손순이 자네두 상대등만 만나면 길이 트여. 품팔
       이로 고단하게 살아가느니 호의호식할 수 있는 길이 열리는데 왜
       마다하는가.

손 순   형님이나 벼슬길로 나가슈. 그깟 장사치, 누가 알아나 준답디까?

부 들   허어, 이거야 말이 통해야 한나절 벗을 하지…. 자네는 식솔들이
       가엾지도 않은가. 더구나 저번날 아침 자네네 집에 들렸을 때 핏
       기 없는 어머님을 뵙고 어찌나 가슴이 아팠는지 모르네. 자네 아
       낙은 또 어쩌구. 그래서 쇠돌에미에게 돼지고기 좀 사다가 어머니
       좀 드시게 하라구 일렀었네.

손 순   알구 있어요. 그 돼지고기, 나도 먹었어요. 형님께 또 신세를 졌습
       니다.

부 들   그런데 쇠돌에미가 어머니 드시라구 돼지고기를 볶았는데 창이란
       놈이 몽땅 뺏어 먹어버리고 어머니는 한 점도 구경을 못하셨단 말

일세. 아무리 철없는 어린아이기로 노인이 드실 고기까지 몽땅 먹
어치우다니 자식교육을 어떻게 시켰기에 그 모양인가?

손　순　그런 일이 있었군요. 그런데도 그날 저녁 어머니는 당신께선 많이
드셨다면서 손도 대지 않으셨습니다.

부　들　그게 어버이의 마음 아닌가? 아무튼 생각 잘 하게. 벼슬을 살 것인
가? 날품팔이로 고단하게 살 것인가?

- 암전 -

제 4 경
손순의 집(밤)

제1경과 같은 손순의 집. 보름밤이다. 푸른 달빛이 아주 밝고 좋
다. 무대 중앙쯤 중천에 둥근 달이 떴다.
무대가 밝으면 손순과 손순댁이 집 밖에서 조용 조용 대화를 나
누고 있다.

손순댁　아니 그럼. 창이가 어머님이 드실 돼지고기까지 모조리 먹어버렸
단 말예요?

손　순　돼지고기뿐이 아니야. 창이 엄마도 보아서 아다시피 어머님의 신
색이 날로 나빠지고 있어.

손순댁　아무리 여쭤봐도 딱히 편찮은 데가 있으신 것도 아니고 걱정이에
요.

손　순　날품팔이나 하며 먹고살자니 쌀 톨은 구경도 못해. 고작 콩이나 보
리, 그나마 도토리가루를 섞은 나물범벅이나 드시게 하고 있으니
어머니의 신수가 좋아질 수가 있겠소. 더구나 지난번 부들이형네
가 돼지고기를 사오는 등 어쩌다 먹을 것이 생겨도 창이 녀석이

아귀처럼 달라붙어서 모조리 빼앗아 먹어버리니 더 이상 두고 볼
        수가 없구먼.
손순댁   어쩜 좋대요? 창이 아버지.
손 순   우리 나이 아직 한창 때인 30이요.
손순댁   그런데요.
손 순   자식은 또 얻을 수 있으나 어머니는 다시 모실 수 없소.
손순댁   (의아) 창이 아버지!
손 순   창이를 버립시다.
손순댁   네? 창이를 버리다니요?
손 순   안 그러면 어머니께서 창이에게 먹거리 다 빼앗기시고 굶주려 돌
        아가시게 돼!
손순댁   하지만 어떻게 멀쩡한 자식을 내버려요.
손 순   내일 아침엔 취산으로 갑시다. 가서 땅 속에 파묻는 거요! 알겠소?
손순댁   (기함하듯이) 아이구 여보!

- 암전 -

제 5 경
손순 부부, 취산에서 아이 묻을 구덩이를 판다

무대는 모량리 서북쪽의 취산(醉山) 산 속. 대낮.
무대가 밝으면 손순댁이 손창을 놓칠세라 부여안고 있고 손순은
땅을 파고 있다. 곡괭이 끝이 바위에 부딪는 듯 콩, 콩, 땅 파는 소
리가 메아리지고.

잠시 사이.

손 순   (고개를 갸웃거리며 작업을 멈추고 허리를 편다) 이 취산의 흙은 무
          른 줄 알았더니 땅속에 바위가 박혔는지 곡괭이가 안 먹네.
손순댁   (처절한 심정으로) 여보 창이 아버지!

          손순, 다시 곡괭이를 내리친다. 콩하는 돌에 부딪는 소리.

손 순   정말 이상하네.
손순댁   여보 창이 아버지. 우리 생각을 고쳐먹어요, 네?
손 순   좀 쉬었다가 하지.

          한쪽으로 가서 앉으며 허리춤에서 수건을 뽑아 땀을 닦는다.

손순댁   나, 창이 없인 못살아요, 여보!
손 순   간밤에 당신도 찬성하지 않았나.
손순댁   어머니냐, 아들이냐, 양자택일을 하라는데 그러니 낸들 어째요?
손 순   안돼. 자식을 잃을지언정 어머니를 잃을 수는 없어.
손순댁   (손순 앞에 합장하며) 차라리 나두 함께 묻어줘요!
손 순   뼈대있는 육두품 여인답지 않게 이 무슨 망발이요!
손순댁   (와락 손창을 끼어 안고 절규) 창아!
손 창   (이상한 낌새를 눈치채고) 엄마, 엄마 왜 그래! 응? (손순에게) 아
          버지, 왜 그래, 엄마가 왜 그래!
손 순   걱정 마라, 불국사의 주지 스님도 말씀하셨다. 왕생극락이야말로
          불자의 마지막 복덕이니라!
손 창   엄마! 아버지가 이상해! 아버지가 이상해! (손순댁을 잡고 흔든다)
손순댁   (손창을 얼싸 안고 절규하며 운다) 창아!

          손순, 앉았던 자리에서 일어나 다시 곡괭이로 땅을 판다.
          콩, 콩, 곡괭이 끝이 바위에 부딪는 소리.

고개를 갸웃거리는 손순.
잠시 후 맨손으로 흙을 파 올리는 손순.

손　순　(이윽고) 응? 여보, 이것 좀 봐!
손순댁　(구덩이로 다가간다) 뭐요?
손　순　이거 좀 보라구!

손순이 들어올리는 그리 크지 않은 돌로 만든 종(石鐘).

손　순　돌로 만든 종이야.
손　창　(구덩이로 다가와서) 와아, 종이다, 종이야!
손순댁　부처님의 뜻이에요. 창이를 파묻자는데 종을 주시다니 이건 필시
　　　　부처님이 창이에게 내려주신 복이에요. 창이를 파묻어선 안 된다
　　　　는 계시예요.
손　순　그렇다면 어디 종소리를 들어보자! 여보, 당신과 창이! 이 종 좀
　　　　잡고 있구려. 창아, 어서!
손　창　야아 신난다!
손순댁　그래요, 종소리 좀 들어봐요. (창에게) 창아! 잘 잡어라!
손　창　음!

손순댁과 손창, 함께 종을 잡는다.
손순, 쇠붙이 연장 끝으로 종을 가볍게 때려본다.
때에엥 하고 은은히 울리는 종소리.

손　창　야아! 종소리다 종소리.
손순댁　호호호 참 그 종소리 신기하네!

또 한번, 다시 한번, 좀더 세게 때려도 계속 때에엥 때에엥 울리는 신

비한 종소리.
손순댁과 손창, 종을 내려놓는다.

손순댁   (합장을 하고) 부처님 고맙습니다. 나무아미타불 관세음보살!

손순, 종을 번쩍 들어올린다.

손 순   창아, 종을 울려라!
손 창   음! (다른 쇠붙이 연장으로 종을 힘껏 때린다).

때에엥.
손창, 신이 나서 연방 종을 때린다.
때에엥…때에엥…때에엥 울려 퍼지는 종소리, 종소리, 종소리.

- 암전 -

제 6 경
손순의 집

제1경의 손순의 집. 같은 날 오후.
집 기둥에 돌종을 매달아 놓았다. 무대가 밝으면 손순의 식구들
모두 나와서 돌종을 바라보고 있다.

손 창   할머니, 종을 쳐봐! 얼마나 소리가 좋은지 몰라.
운오부인   그러냐?
손순댁   그러세요 어머니.

손 순   여기 있습니다. (쇠붙이 연장을 건네며) 이걸로 쳐보세요.
운오부인   오냐 (연장을 받고 호흡을 고른 다음 종을 때린다)

때에엥 울린다.

운오부인   호호호 종소리가 정말 유하고도 은은하구나.
손순댁   그렇죠 어머니, 이 종은 부처님이 우리 창이를 살려주시려구 점
          지해 주신 신물이에요.
운오부인   나는 왜 창이를 데리구 나가나 했더니(손창을 끌어안으며) 어이구
          할미 때문에 내 손주가 생목숨 잃을뻔 하지 않았나. 에비, 너 그럼
          못쓴다. 이 에미의 목숨보다 우리 모량 손씨네 장손의 목숨이 더
          더욱 소중하다는 걸 왜 몰라! 안 된다. 이젠 내가 용서치 않는다.
          사흘에 나물범벅 한끼를 먹더라도 내 손주는 아무한테도 못 준다!
          암! 못 주지, 못 주구 말구!
손 창   할머니, 나 종 칠래!
운오부인   오냐! 오냐!

          손창, 종을 때린다.
          때에엥. 은은히 울리는 종소리.
          이 때, 부들과 부들댁 수레를 끌고 무대 오른쪽에서 등장. 수레를 세워
          놓고,

부 들   아니, 이 종소리가 서라벌 도성 안까지 울리다니 그것 참 희한하
          구나.
손순댁   아니 쇠돌이네 형님도 들으셨어요, 이 종소리.
부들네   듣다 마다, 어떻게 종소리가 그리 아름다울 수가 있나? 나는 쇠돌
          이 아버지와 종소리에 끌려서 모량리까지 왔구먼.
부 들   (조심스럽게 돌종을 만져본다) 돌로 만든 종이로세.
손 창   아저씨, 한 번 쳐보실래요?

종소리 223

부 들   그래? 그럼 그러자! 연장 좀 다구!

손창, 연장을 부들에게 넘겨준다. 연장을 넘겨받은 부들이 종을 때린다.
때에엥.
다시 한번 때린다.
때에엥.

부 들   하하하 하하하. 순이 아우, 이런 귀한 종을 어디서 구했나? 정말
하늘 나라 선녀들이 부르는 노래 같네.

다시 종을 때린다.
때에엥. 길게 여운을 끌며 울려 퍼지는 종소리.

- 암전 -

제 7 경
왕 궁

신라 제42대 흥덕왕의 왕궁 접견실.
무대가 밝으면 중신들이 입시한 가운데 손순의 식솔과 부들내외
가 불려와 있다.

환 관   (왕의 친림을 알린다) 대왕마마 납시오!

등장하여 용상에 오르는 흥덕왕.

환 관   대왕마마! 모량리 사람 손순과 그 식솔, 그리고 부들 내외 입시하

였사옵니다.

일동, 읍을 하며 예를 올린다.

흥덕왕   손순은 들으라!
손 순   예, 대왕마마! 손순 대왕마마께 알현이오!

손순, 엎드려 절한다.

흥덕왕   (고개를 끄덕인다) 어서 오라!

손순, 절하고 일어선다.

흥덕왕   어제 짐은 너의 집에 보낸 짐의 왕사로부터 서라벌 땅을 맑게 만
         드는 돌로 만든 종소리의 내력을 듣고 감탄하였노라!
손 순   대왕마마, 부끄럽사옵니다.
흥덕왕   (손창을 보고) 네가 창이렸다.
손 창   예, 소신 손창 대왕마마께 알현이옵니다.
흥덕왕   네 이놈!

일동, 흥덕왕의 호통에 놀란다.

흥덕왕   내가 사람의 너울을 쓰고 태어나서 할머니가 드셔야 할 먹거리를
         모조리 빼앗아 먹었다니 이 불효 막심한 놈!
손 창   (울어버린다) 흐흐흑. 대왕마마, 잘못했사옵니다. 흐흐흑.
흥덕왕   (빙그레 웃으며) 정녕 잘못했다고 생각하는고!
손 창   (끅끅 느껴가며 흐느긴다)
운오부인   대왕마마, 소인이 너무 오래 살아 손자에게 죄를 입게 하였사오니

이 몸을 죽여 주시옵소서.

흥덕왕 비록 성골 진골은 아니나 대부인의 집안은 대대로 육두품 집안이라 들었소.

운오부인 황공하옵니다 대왕마마.

흥덕왕 그럼에도 지체와 벼슬에 연연하지 않고 신하된 도리를 다하며 착하게 살아온 대부인의 부덕에 마음으로부터 깊은 치하를 보내오. 어머니를 생각하는 손순의 효도가 지극하고 지아비를 따라 어머니를 괴롭히는 자식을 죽이겠다고 산에 올라가 구덩이를 판 자부의 심성이 또한 참으로 갸륵하오. 손창의 모친은 짐을 보라!

손순댁 예, 대왕마마, 소녀 대왕마마께 알현이옵니다.

흥덕왕 짐은 왕비가 죽은 후 홀로 살면서 얼마나 지어미가 소중한지를 절절히 깨닫고 있소. 손창이의 아비, 손순의 뜻을 따라주니 그대야말로 이 나라 부녀자의 귀감이로다.

손순댁 황공무지로소이다 대왕마마.

흥덕왕 부들은 짐을 보라!

부 들 예, 신, 부들, 대왕마마께 알현이오!

흥덕왕 친구와 친구의 가족을 긍휼히 여기고 서로 돕는 너의 우애가 또한 가상하도다. 너의 아낙 부들네가 또한 신라 아낙의 귀감이로다.

부들네 대왕마마의 황은이 하해와 같사옵니다.

흥덕왕 중국 한나라 때에도 곽거라는 효자가 있었느니라. 이 사람 역시 어린 자식이 어머니의 끼니를 빼앗아먹자 땅에 묻으려 하였는데 땅속에서 하늘이 내린 금솥을 얻었다는 옛이야기가 있다. 이번에는 신라에서 손순이 아이를 땅에 묻으려 하매 땅속에서 석종이 솟아나 서라벌의 기운을 맑게 했으니 이야말로 대신라의 홍복이요 짐의 기쁨이로다.

　　　　시중은 들으오!

시 중 예 대왕마마.

흥덕왕 손순에게 집 한 채를 내리고 매년 벼 50석을 주어 모친에게 극진

히 효성을 다 하도록 하오. 또한 석종은 절을 지어 간수하도록 하
되 절의 이름을 홍효사라 하오!
시 중   예 대왕마마, 분부 받들어 시행하겠나이다.
흥덕왕   손창은 짐에게 오라!

손창, 머뭇거리며 흥덕왕에게로 나아간다.
용상에서 내려와 손창을 덥석 안으며 좌중을 둘러보는 흥덕왕.

흥덕왕   오늘같이 기쁜 날, 어찌 풍악이 없을소냐! 자 풍악을 울리고 오늘
을 즐기자 하하하 하하하.
일 동   대왕마마 성은이 하해와 같사옵니다.
흥덕왕   하하하 하하하.

풍악이 울려 퍼지는 가운데 서서히 막.

단막

인 연

전 4장

□ 작의

기러기처럼 만나 살아가는 인간의 삶은
어떤 것이어야 하나.
불타는 무주상 보시를 지선이라 하였고
주역에서는 적선지가필유여경(積善之家必
有餘慶), 적악지가필유여앙(積惡之家必有
餘殃)이라고 가르침으로써 인간의 선을
권고해 왔다.
각박한 세상, 메마른 인정, 그러나 한줄기
샘물같은 믿음이 있어 세상은 살맛 난다.

때
현대

곳
윤노파의 서울식당(제1·제2장)과 공원(제3장) 그리고 살림집(제4장)

등장인물
윤노파 (60세) 우리식당 주인. 식당 종업원들은 보살님이라고 부른다.

김처사 (50세) 우리식당 지배인. 윤노파는 통칭 처사로 부른다.

양　씨 (45세) 우리식당 주방장

서장순 (25세) 우리식당 카운터 담당

박한구 (20세) 우리식당 종업원

나그네 (25세) 무전취식자. 이름은 이판식.

식당 손님들

불우노인들 여러명

<h1 style="text-align:center">제 1 장</h1>
<h2 style="text-align:center">윤노파의 서울식당 홀</h2>

제법 규모가 있는 한 식당이다.

무대 위에 식탁 여러 개가 놓여 있고 무대 중앙 안쪽에 주방이 있다. 무대 왼쪽에는 객실이 있는 듯 손님들이 연방 드나든다. 손님의 출입은 특별히 지정하지 않아도 연극의 흐름에 맞추어 분위기를 살리는 정도로 적당히 진행된다.

무대 좌측에 카운터와 출입구. 주방 옆으로 안채 살림집으로 통하는 좁은 출입구가 보인다. 막이 올라 무대에 불이 들어오면 식탁마다 식사손님이 앉아서 대화를 나누며 식사중이다. 객석에서는 손님들의 대화가 들리지 않는다. 카운터에는 경리담당 서장순이 앉아 있고 주방에는 위생복을 입은 주방장이 담배를 피워 물고 쉬고 있다. 손님이 들락일 때마다 서장순은 기계적으로 "어서 오세요" "안녕히 가세요, 또 오세요"하고 판에 박은 인사, 그리고 안방 서빙담당 박한구는 이따금 나와서 "1호실 2번 테이블 설렁탕 둘하구, 3호실 1번 테이블 갈비탕 둘요!" 하며 주문 받은 음식을 카운터에 알리면 서장순은 주방에 대고 복창한다.

윤노파는 한갓지게 주방 근처 한쪽 구석에 앉아서 배추, 무, 파 등 김칫거리를 다듬고 있다.

막이 오르면 출입구로 김처사가 들어온다.

서장순   (반색) 김처사 아저씨 돌아오세요 ?

화 난 표정의 김처사가 서장순을 본 척도 않고 윤노파에게로 가자 서장순은 입을 비죽이 내밀고 언짢다.

김처사   (윤노파에게 다가가) 다녀왔습니다 보살님.

윤노파   (보고) 오 김처사, 수고했네. 그래 오늘은 몇 분이나 나오셨던가?
         (허리를 펴고 일어난다)
김처사   매일 늡니다, 매일 늘어요. 자꾸 자꾸 늘어요.
윤노파   그러게 몇 분이나 나오셨냐구 묻지를 않어?
김처사   어떻게 알구 몰려드는지 오늘은 처사님이 서른 분하고 보살님이
         스물 두분요, 모두 쉬흔 두분입니다.
윤노파   뭐? 아니 그럼 식사분량이 턱없이 모자랐을 거 아냐?
김처사   어제는 처사님 보살님 모두 합쳐서 설흔분이 나오셨기에 좀 넉넉
         하게 설흔 다섯분 식사를 준비해서 나갔는데도 열 일곱 분에게는
         식사제공을 못하고 말았습니다.
윤노파   그래. 설흔분까지는 어떻게든지 식사대접을 하려 했는데 이거 야
         단 나지 않았나? 그래. 식사 못하신 열 일곱분은 어떻게 했나?
김처사   어유 누군 주구 누군 안 주느냐, 아 이러구 아우성이었다가 막판
         에는 늙은이를 조롱하는 나쁜 놈이라구 하면서 식사 못하신 분들
         이 고함을 치며 욕을 하시는데 그만 도망치다시피 돌아왔습니다.
         이제 우리식당의 무료급식도 한계가 왔어요 보살님.
윤노파   큰일이로구나.
김처사   정말 큰일입니다 보살님.

         윤노파와 김처사가 시름에 잠겨 빈 의자에 앉는다.
         식사손님들, 식사 끝내고 카운터에서 계산하고 출입구로 나간다.
         나그네는 식사를 끝내고 똥마려운 강아지처럼 카운터에 눈길을 보내
         며 어물거린다.
         이윽고 의자에서 일어난 나그네가 카운터에 이르러 서장순에게 말을
         건다.

나그네   저 아가씨!
서장순   네, 손님.
나그네   나 돈이 없어요.

서장순   뭐라구요? 아니 돈이 없다니요? (김처사에게 도움을 청한다) 처사
         님! 저 좀 보세요.
김처사   왜 그래? (일어나서 카운터로 간다) 왜 그래, 미스 서?
서장순   이 손님 곰탕 드셨는데 돈이 없대요.
김처사   뭐 돈이 없어?
나그네   죄송합니다.
김처사   아니, 이놈이 어디 와서 수작이야 수작이. 야 이놈아, 돈이 없으면
         처음부터 먹지를 말아야지 다 처먹고 나서 돈이 없다니 말이 돼?
나그네   죄송합니다. 죄송합니다.
김처사   밥값 내고 가, 이놈아!
나그네   아저씨, 한번만 봐 주세요. 네?
김처사   미스 서, 당장 파출소에 전화해, 음식 먹고 돈 안내는 무전취식자
         한놈 잡아놨다구!
윤노파   (카운터로 와서) 왜 그래!
서장순   식사 시켜먹고 나서 돈이 없대요. 처사님이 파출소에 넘기래요.
윤노파   그럴 것 없다.
서장순   네?
김처사   이런 놈은 본때를 보여줘야 합니다 보살님.

         김처사가 파출소에 넘기려고 나그네의 덜미를 닭모가지 잡듯 거머잡
         는다.

윤노파   이봐 김처사, 그 덜미 놔줘!
김처사   안됩니다. 이 놈은 단단히 혼이 나야 합니다.
윤노파   (역정) 놔줘!

         김처사가 손을 놓자 나그네가 비로소 몸을 추스르고는 맨바닥에 무릎
         을 꿇는다.

나그네   (울면서 윤노파와 김처사를 벌갈아 보며) 할머니, 사장님, 잘못했습
        니다. 한번만 용서해 주세요. 으흐흐흐.

김처사   난 사장 아냐. 난 지배인이야.

나그네   (울면서) 지배인님. 용서해 주세요. 으흐흐흐.

윤노파   울긴 왜 울어? 네 녀석네 집에 초상났니?

나그네   (얼이 빠져서) 네?

김처사   보살님, 이런 놈은 그저 혼구멍을 내야 합니다. 그래야 다시는 무
        전취식을 안하지요.

윤노파   (나그네를 지긋이 보다가) 멀쩡한 젊은 녀석이 왜 공밥을 먹어?

나그네   용서해 주세요 할머니. 사흘을 굶었습니다. 식당 앞을 지나는데 더
        이상 허기를 참을 수가 없었습니다. 그래서 염치불고하고 들어와
        서 곰탕 한 그릇 시켜서 먹었습니다. 하지만 가진 돈이 없어서…
        죄송합니다.

윤노파   (혀를 찬다) 몰골이 말이 아니네. 사흘을 굶었다니 어떻게 된 거야.
        자네 노숙잔가?

나그네   (고개를 푸욱 수그린다)

김처사   그저 이런 놈은 파출소로 넘겨서 경을 쳐야 해요 보살님.

윤노파   (치마 속주머니에서 돈을 꺼낸다) 이 사람 밥값은 내가 내지. 이러면
        식당의 계산은 된 거지? 자 사천원 받거라! (서장순에게 내민다)

서장순   (돈 받으며) 보살님.

김처사   그럼 이 사람은요?

윤노파   내가 밥값 주었잖어?

김처사   하지만.

윤노파   (나그네에게) 아무리 배가 고프기로 공밥 먹으면 써? 차라리 구걸
        을 해! 그게 훨씬 사내다워! 그래? 안 그래?

나그네   네.

윤노파   가봐!

나그네   하지만 할머니!

윤노파　아까 자네도 보지 않았어. 자네 밥값은 이미 내가 냈어. 그럼 된
　　　　거 아냐? 가봐! 가보라구.

- 암전 -

제 2 장
윤노파의 서울 식당 홀

전장으로부터 몇 시간이 지난 밤시간.
폐점후의 식당 홀 안에 윤노파를 제외한 식당 식구들이 막 청소를
끝내고 모여서 대화를 나누고 있다.

서장순　그럼 김처사 아저씨, 앞으로 무료급식은 어떻게 되는 거예요?
김처사　글쎄 보살님께서 결정을 하셔야 하는데 자꾸 인원수가 늘어나니
　　　　까 보살님도 엄두가 안 나시는 거지 뭐.
주방장　내 이럴 줄 알았다구!
김처사　무슨 소리를 하는 거야, 양씨는?
주방장　옛날부터 가난 구제는 나라에서도 못한댔어요. 그런데 식당이 좀
　　　　된다구 처음엔 십인 분, 다음엔 이십인 분, 그 다음엔 삼십인 분,
　　　　그냥 퍼주듯이 돌리더니 막상 사십인, 오십인 씩 어려운 노인네들
　　　　이 마구 몰려드니까 감당을 못하게 된 게 아니냐구요? 분수를 알
　　　　아야지! 안 그래요?
김처사　어디 보살님이 무슨 거창하게 가난 구제를 하시겠다구 시작하신
　　　　일인가? 끼니가 어려운 노인들이 공원에 나와서 점심도 걸르시고
　　　　종일 무료하게 보내시니까 그게 보기 안쓰러우셔서 시작한 일인
　　　　데 그나마 보살님이 아니면 못하는 보시야!

인연 235

서장순   그래요, 보살 할머니, 오늘두 무전취식자 한 사람이 밥값을 못 내
        자 안쓰럽게 생각하시구 대신 밥값을 내주셨다구요.

주방장   난, 그런 보살 할머니의 계산법을 잘 모르겠어.

김처사   양씨는 계속 무슨 소리를 하는 거야? 양씬, 우리식당 가족 아닌가?

주방장   주머니 돈이 쌈짓돈, 밥값은 어차피 보살 할머니의 주머니에 들어
        가는 게 아니라구. 한데 따로 돈을 내서 미스서 계산에 아귀를 맞
        출 게 뭐냐구요?

서장순   매사에 어김이 없어야 하신댔어요. 계산은 정확히, 보시는 남모르게.

주방장   엇쭈구리. 아주 너두 새끼 보살 다 됐구나.

서장순   새끼 보살?

주방장   그래 새끼 보살!

서장순   어머머.

박한구   (배꼽을 쥐고 웃어 제낀다) 아하하하. 아하하하.

주방장   저놈이 갑자기 허파에 구멍이 뚫렸나? 왜 저래?

박한구   미스서 언니가 새끼 보살이면 주방 아저씨는 양처사, (자기를 가
        리키며) 그러는 이 사람은 새끼 처사.

서장순   (깔깔거린다) 뭐 새끼 처사? 오호호호, 오호호호.

        이때, 주방 옆 통로로 긴 염주를 목에 건 윤노파가 등장한다.
        윤노파의 등장에 저마다 몸가짐을 추스른다.

윤노파   아니, 청소 끝났으면 갈 사람 가고 잘 사람은 집안으로 들어오잖
        구 홀에 모여서 무슨 역적모의들을 하고 있어?

김처사   보살님도, 역적모의라뇨?

윤노파   내 안에서 나오다가 다 들었다. 주방장 양씨?

주방장   (말한 간이 있어 목을 움츠리며) 네 보살님.

윤노파   내가 분수 모르고 막 퍼주었다며?

주방장   (머리를 긁적인다) 하이구….

윤노파   맞어, 맞는 말이야. 나는 불자가 되어서 무주상 보시를 해 오는 것
       이지 무슨 명리나 보답을 바라고 내 것을 나누는 게 아니야.

김처사   알고 있습니다 보살님.

윤노파   하지만 오늘 무료급식 나갔던 김처사의 태도는 나하구 이십년 이
       상 지내온 처사답지 않게 왜 그리 생각이 고리타분하구 옹졸해!

김처사   하지만 보살님!

윤노파   가지고 나갔던 급식이 모자랐으면 식당에 연락을 해서 부족분을
       더 내가던지 아니면 부근 식당에 교섭을 해서 식권이라도 만들어
       서 식사를 못하시는 분이 없도록 했었어야지 음식이 부족하다구
       도망을 쳐? 그러구도 자네가 불자야? 에이 못난 사람 같으니라구.

김처사   당장 내일은 어쩝니까? 내일은 더 많이 몰려들 텐데요. 저는 겁이
       납니다. 겁이 나서 내일부터는 못나갈 것 같아요.

윤노파   저런 융통성 하구는?

김처사   정말입니다. 내일부터는 다른 사람을 내보내 주세요 보살님.

윤노파   우리 식당에 김처사 말구 또 누가 있어서 그 일을 해? (일동을 둘
       러본다)

박한구   (톡 튀어나온다) 제가 나갈까요?

윤노파   박군 네가?

서장순   (킥하고 웃으며) 새끼 처사답네!

윤노파   그래 너, 너 아까 스스로 새끼 처사를 자처했겠다.

박한구   (쑥스러운 듯 머리를 긁는다) 하하하. 네 김처사님은 어른 처사, 저
       는 새끼 처사죠 하하하.

윤노파   (고개를 갸웃하며) 늘 보면 촐랑촐랑 까부는 것 같던데 네가 김처
       사를 대신할 수 있을까?

박한구   에이, 할머니두. 저요, 저 곧 영장 나와요. 군대 간다구요. 군인이
       된다는 건 어른이 되는 거 아닌가요? 저도 적과 일대일로 싸울 수
       있는 군인이 되는데 뭘 못합니까?

윤노파   (박한구의 등을 탁 치며) 오냐, 네가 바로 사나이 대장부다! 무료 급

식은 네가 맡아라!

박한구   (좋아 어쩔 줄 모르며) 어허허허. 어허허허.

서장순   그럼 객실 손님은 누가 맡죠?

주방장   김처사 형님 몫이지 뭐.

김처사   아니 양씨?

주방장   지배인에 객실담당에, 김처사 형님, 벼슬 호박이 넝쿨째 굴렀네요
          허허허.

김처사   (주먹을 휘두를 기세로) 이 자식이 그냥….

주방장   (몸을 피하며) 어어? 사람 치시겠네.

윤노파   (빽 소리지른다) 뭣들 하는 거야?

일 동   (모두 정숙해 진다)

윤노파   내일은 김처사와 주방장과 서장순이가 식당 일을 맡고 나는 박군
          데리고 공원으로 나간다.

김처사   아니, 보살님이 나가시게요.

윤노파   김처사는 식사 나를 자동차를 공원까지 운전해 주구 돌아가. 급식
          끝나면 전화할 테니까 그때 다시 와서 우리를 데려가구….

김처사   그냥 제가 나갈께요.

윤노파   한 입 가지구 왜 이랬다 저랬다 갈팡질팡 이야? 따로 운전기사 구
          할 때까지는 김처사 자네가 운전만은 계속해!

김처사   (윤노파의 단호한 태도에 밀려) 네 보살님.

윤노파   내일은 내가 나가서 어제 식사 못하신 어른께 사과를 드려야 해.

서장순   어제는 다 지나갔는데 새삼스럽게 사과가 다 뭐예요?

윤노파   당연히 사과를 드려야지. 내일 당장 무료급식을 그만 둔다 하더라
          도 그 동안 우리 식당 무료급식을 기다려 주신 노인들에게 식사를
          거르게 해 드려 죄송하다구 한 말씀 사과를 드려야 당연한 인사잖
          아?

서장순   (감동한다) 보살님!

윤노파   내거는 내거, 네거도 내거, 이건 도둑의 심뽀야. 잘못했으면 사과

를 할 줄 알아야지 참회를 모르면 무지한 자의 심뽀인 것이구. 알
아들어? 자 자. 그만들 하구 불 끄자. 김처사와, 장순이. 그리구 주
방장 양씨는 식구들이 기다릴 텐데 얼른 집에 돌아가.

서장순   네. 보살님.
주방장   네. 보살님.
윤노파   (소리를 빽 지른다) 전기료 무섭다, 빨리 불 꺼!

- 암전 -

제 3 장
공 원

도심에 있는 공원. 「점심을 드립니다」라는 팻말이 세워져 있고 타
이탄 트럭 뒤꽁무니 짐판 위에 대형 밥통과 국통. 윤노파가 밥과
국을 푸고 박한구가 줄지어 서 있는 노인들에게 급식을 하고 있
다. 무대 밖에서 혹은 여기 저기 놓인 장의자에서 식사를 마친 노
인들이 빈 스텐 그릇을 한구석에 놓인 빈 드럼통에 넣고 나가고
막 급식 받은 노인들은 무대 밖이나 여기 저기 장의자에 앉아서
식사를 하고 있다.

윤노파   (박한구에게) 박군아!
박한구   네, 보살님.
윤노파   이제 얼추 다 드신 것 같잖니?
박한구   그러네요. 저 노인이 마지막이셨어요. (음식통을 들여다 보고) 밥과
         국, 한 이 인분 정도 남았는데요.
윤노파   아무튼 오늘은 못 잡수신 분이 안 계셔서 참 좋구나.

박한구   그만 돌아가시죠 보살님.

윤노파   좀 쉬었다가 가자. (짐받이에서 내려와 적당히 앉으며) 박군, 너 오
         늘 처음으로 나와서 고생했다. 일루 와서 앉거라.

박한구   네. (적당히 앉는다)

이 때, 나그네 등장. 윤노파 앞에 와서 절한다.

나그네   할머니, 접니다.

윤노파   뉘신가? (박군을 쳐다본다)

박한구   아, 어제 그 무전취식자예요 보살님.

윤노파   무전취식자? (생각이 난 듯) 그래. 그 청년.

나그네   어제는 고마웠습니다 할머니.

윤노파   그래, 여기는 어떻게? 아, 자네도 급식 받으러 왔나 보군. 박군아.
         이 청년에게 식사 드려라.

박한구   네 보살님.

나그네   아, 아닙니다. 전 밥 먹으러 온 게 아닙니다.

윤노파   그래? 그럼 여긴 왜 왔나?

나그네   어제 밥값 갚으려구 식당엘 갔었죠. 그랬더니 할머니께서 공원에
         가셨다구 해서 찾아 왔는데 손수 어려운 노인들에게 무료급식을
         하고 계시는 줄은 몰랐습니다.

윤노파   노숙자라던 자네가 어디서 돈을 마련했어?

나그네   어제 무전취식을 했는데두 할머니께서 밥값을 내주셔서 경찰에 끌
         려갈 뻔하다가 놓여나지 않았습니까. 막상 식당에서 나오고 보니
         제가 얼마나 초라한지 쥐구멍이라도 있으면 들어가고 싶었습니다.
         그때 할머니의 말씀이 생각났습니다. 차라리 떳떳이 구걸을 해라,
         그게 얼마나 사내다우냐!

윤노파   내가 그런 소리를 했던가? 허허.

나그네   그 길로 남대문시장으로 달려갔습니다. 그 전에 안면이 있던 시장

사람에게 다짜고짜 부탁을 해서 지방으로 발송하는 화물 짐을 밤
새 날라다 주고 3만원을 벌었습니다.

윤노파   (일어나서 나그네의 어깨를 탁 때리며) 됐네.
나그네   여기 어제 밥값 사천원, 여기 있습니다.
윤노파   계산 다 끝났어. 됐다구.
나그네   식당에서도 그 김처사님인가 하는 분이 식대는 다 계산 끝났다면
         서 정 드리구 싶다면 공원으로 가라지 뭡니까? 그래서 공원까지
         왔는데 그런데 또 할머니께서 안 받으신다면 저의 체면은 뭐가 됩
         니까?
윤노파   체면?
나그네   네! 체면요!
윤노파   언제 한 번 식당에 들르게. 내 자네 마음이 이뻐서 저녁 한 턱 내지.
나그네   할머니!
윤노파   (박한구에게) 박군아. 다 끝났다고 김처사 오래라. 공중전화 저쪽
         에 있다.
박한구   내가 운전을 할 줄 알면 김처사님 안 불러도 되는데.
나그네   할머니. 저 운전면허 있는데요.
윤노파   뭐 운전면허 가졌다구?
나그네   이종면헙니다. 운전해야 할 자동차가 이 화물트럭이라면 문제 없
         습니다.
윤노파   밥값이 없어서 사흘을 굶었다는 자네가 운전면허가 있어?
나그네   잠시잠깐 인생을 포기했었으니까요.
윤노파   인생을 포기해?
나그네   네. 뭐 그런 일이 좀 있었습니다. 부끄럽습니다.
윤노파   (흐뭇한 표정으로) 알았네. (박한구에게) 박군아.
박한구   네 보살님.
윤노파   김처사 부를 것 없다.

박한구   네?

윤노파   이 젊은이에게 운전을 맡기자. (나그네에게) 자네가 이 차 운전하
          구 우리 식당으로 가세.

나그네   네. (자동차 앞쪽이 있는 무대 밖으로 퇴장)

윤노파   (공원의 노인들에게 작별 인사) 여러분, 안녕히 계세요!

노인들   (저마다 잘 가라는 인사. "잘가우!""고마워요 보살님!" 등등)

                                                    － 암전 －

제 4 장
윤노파의 살림집

대청이 있는 윤노파의 단독주택. 무대 왼쪽에 대문. 대문 옆은 작
은 화단.
무대 우측은 앞채에 있는 식당으로 통하는 협문.
대청에는 적당한 가재도구가 놓이고 그 중앙에 자그마한 작은 금
부처를 모신 한국식의 간이 불단. 이 집 주인인 윤노파의 불심을
헤아릴 수가 있다. 지금 윤노파는 늘 그러하듯이 오후 예불을 드
리고 있는 중이다. 녹음기에서 울려나오는 마하반야바라밀다심경.
무대가 밝아오면 불단 앞에 앉아 합장한 윤노파가 백팔염주를 굴
리며 함께 독경한다. 윤노파는 독경이 끝날 때까지 객석에 등을
돌린 채 그린 듯이 정좌하고 있다.

염 불   (녹음기에서 흘러나오는 마하반야바라밀다심경)
          바하반야바라밀다심경
          관자재보살 행심반야바라밀다시 조견오온개공 도일체고액 사리자

색불이공 공불이색 색즉시공 공즉시색 수상행식 역부여시 사리자
시제법공상 불생불멸 불구부정 부증불감 시고공중 무색 무수상행
식 무안이비설신의 무색성향미촉법 무안계 내지 무의식계 무무명
역무무명진 내지 무노사 역무노사진 무고집멸도 무지역무득 이무
소득고 보리살타 의반야마라밀다고 심무가애 무가애고 무유공포
원리전도몽상 구경열반 삼세제불 의반야바라밀다고 득아뇩다라삼
먁삼보리 고지 반야바라밀다 시대신주 시대명주 시무상주 시무등
등주능제일체고 진실불허 고설 반야바라밀다주 즉설주왈
아제 아제 바라아제 바라승아제 모지 사바하
아제 아제 바라아제 바라승아제 모지 사바하
아제 아제 바라아제 바라승아제 모지 사바하

독경 중간쯤부터 협문을 통해 김처사가 들어와 대청에 걸터앉아서 염
불이 끝날 때를 기다린다. 독경이 끝나고 인기척을 느낀 윤노파가 김
처사 쪽으로 등을 돌린다.

김처사   (말하면서 윤노파를 본다) 그 젊은 친구, 이름이 이판식이랍니다.
윤노파   운전을 썩 잘 하던데 왜 그랬대? 어제는 무전취식을 다 하구.
김처사   그러게 말입니다. 경찰에 넘겼으면 어쩔 뻔했는지 그 친구 뭘 물
         어도 싱글싱글 웃기만 하구 말을 잘 안 해요.
윤노파   내 보기에 심성은 착한 것 같던데 김처사 보기엔 어땠나?
김처사   혹시 운전기사로 채용하실 생각은 아니실 테죠.
윤노파   왜 한 식구가 되면 안되겠나?
김처사   뭐 우리 식당이야 기러기 가족이니까 보살님이 거두시겠다면 함
         께 사는 거죠 뭐.
윤노파   기러기 가족이라?
김처사   오가 가다 만난 사이란 말씀입니다.
윤노파   맞어, 맞어. 호호호. 참 오늘 낮장사는 어땠어.

김처사   어유 박군이 없으니까 객실 손님맞이도 보통 일이 아니던걸요.

윤노파   그랬을 게야.

김처사   그래, 무료급식 언제까지 계속하실 겁니까?

윤노파   무리할 수는 없지. 내 형편껏 하는 게야. 너무 걱정 말어.

김처사   물론입니다. 언제 보살님께서 무리하셨습니까? 이십 년을 모셔왔
        지만 절대로 무리하실 분이 아닌데 요즘 무료급식만큼은 왜인지
        집착을 하시는 것 같아서요.

윤노파   지난번 법회 때도 법사님께서 집착을 버리라고 얼마나 강조하셨
        는지 몰라. 하여간 잘 되겠지. 그 동안 김처사 자네 수고가 많았어.

김처사   그럼 보살님께선 그 이판식이란 젊은이에게 무료급식 일을 맡기
        실 생각이신 가요?

윤노파   본인만 좋다면야…. 그 사람, 안채로 데리구 오게.

김처사   네 보살님.

김처사는 협문 쪽으로 퇴장하고 윤노파는 일어나서 마당으로 내려선
다. 화단을 둘러보고 하늘도 치어다보고 뭔가 궁리를 하는 듯 마당을
오락가락 하며 서성인다.
이윽고 협문을 통해서 등장하는 김처사와 나그네.

김처사   보살님. 젊은 친구 데리고 왔는데요.

윤노파   그래. 어서 오게. 여기가 내가 사는 집이네.

나그네   그러시다구요. 참 점심 잘 먹었습니다.

윤노파   나하구 박군을 공원에서 데려다 준 수고비 치고는 약소하지 뭐.

나그네   별 말씀을 다 하십니다.

윤노파   자네에게 할 이야기가 있네. 우선 그리루 앉게.

나그네   네 할머니.

윤노파가 대청으로 올라와 앉으면 김처사와 나그네도 올라와 앉는다.

김처사   우리의 관계가 어떻게 되는지는 모르지만 우선 호칭부터 고쳐야
        겠네.

나그네   호칭이라니요?

김처사   우리 식당에선 할머니를 보살님이라구 부르네.

나그네   참 그러시더군요. (윤노파에게) 보살님?

윤노파   내가 듣기 좋아서 그렇게 부르게 했어 허허허. 그런데 젊은이.

나그네   제 이름은 판식입니다. 이판식. 친구들은 별명으로 이판사판이라
        구 합니다만.

윤노파   이름이 이판식?

나그네   네. 보살님!

윤노파   고향이 어딘고?

나그네   대전 밑의 옥천이라는 곳입니다.

윤노파   옥천?

나그네   아십니까?

윤노파   김처사, 이 젊은이 고향이 옥천이라오. 이봐 김처사.

김처사   네 보살님.

윤노파   자네와 내가 만난 것도 옥천 장거리였잖은가.

김처사   아무리 사람의 인연이 기묘하다지만 이 젊은이가 설마 옥천 장거
        리에서 잃어버린 아드님은 아닐 겁니다.

윤노파   그 때 나는 전쟁통에 시부모님 잃고 전쟁 후에는 또 교통사고로
        남편을 잃고 달랑 아들 아이 하나를 키우며 살아오다가 아들아이
        가 운동화 사달라고 조르기에 함께 장에 데리고 나왔다가 그만 아
        이를 잃어버리고 헤맬 때 순경을 하던 자네가 순찰을 돌다가 장바
        닥에 쓰러져 객사 직전에 있던 나를 들쳐업고 병원으로 달리지 않
        았던들 오늘의 나는 아마 없었을 걸세.

김처사   보살님과 저의 인연이야 참으로 끈끈하구 기기묘묘하지요 허허허.

윤노파   자네가 순경을 그만두구 식솔들 거느리고 서울에 올라와서 살 길
        을 찾고 있을 때 그 동안 서울에 올라와서 식당 문을 열고 있던

나는 불쑥 식당 문을 열고 들어오는 자네를 보고 그만 몇 십년 헤
어져 살던 이산가족을 만난 것만큼이나 반가운 나머지 얼싸안고
엉엉 울어버리고 말았었지.
김처사	그게 벌써 이십 년 전 이야깁니다, 허허허.

윤노파와 김처사가 회고담에 열중하자 흥미를 잃은 나그네는 자리에
서 일어난다.

나그네	저 보살님. 이만 돌아가 보겠습니다.
윤노파	아이구 내 정신 좀 보게. 미안하네 젊은이. 나 자네와 긴한 이야기
가 있어서 보자는 거 였어. 괜히 옥천 소리가 나와서 그만 흥분을
하고 말았네. 미안하이.
나그네	저에게 하실 말씀은 무엇이신지요.
윤노파	음. 자네, 그 동안 어떻게 살아왔는지는 잘 모르겠지만 직업 없이
노숙자 신세라면서 별 할 일 없으면 나 좀 도와 줄 수 없겠나?
나그네	무슨 일인데요?
윤노파	식당이란 것도 사업이랍시고 사람의 손이 어찌나 많이 가는지 정
신이 없어. 식당 영업도 하자면 새벽시장보기에서부터 시작해서
종일 손님맞이로 해가 저무네. 더구나 아까 보았듯이 공원에 나가
서 매일 삼십인 분의 무료급식을 하는데 그 일에도 사람의 손이
아주 많이 가. 마침 자네가 운전면허도 가졌구 첫째 사람이 성실
해 보여서 부탁을 하는 건데 내가 하고 있는 무료급식일 좀 맡아
줄 수 없을까?
나그네	제가 혼자서 말입니까?
윤노파	물론 김처사와 박군이 돕지, 하지만 자네가 책임자구 그 사람들은
보조에 불과하지. 아마 거의 자네 혼자서 해야 되지 싶어.
나그네	글쎄요.
윤노파	크게는 대우하지 못하지만 시세만큼은 보수를 내겠네.

나그네   생면부지인 저를 어떻게 믿으시구요.

윤노파   예로부터 문일지십이라구 했어. 한가지를 보면 열 가지를 알 수
          있지. 무전취식한 밥값 갚겠다구 밤새 시장바닥에서 등짐진 것 하
          며 수고비를 받아 가지고는 밥값 갚겠다구 찾아 온 거 하며, 또 공
          원에서 식당까지 자동차를 운전해 준 것하며….

나그네   군대에서 제대한 후 동업하던 친구에게 배신을 당하구 사업자금
          몽땅 날렸습니다. 하늘이 노오랬습니다. 에라 살아서 무엇하리 하
          고 죽을 결심으로 인천 연안부두까지 갔었지만 끝내 죽지 못하고
          사흘 동안 촐촐 굶다가 어제는 식당에서 무전취식까지 했습니다.
          그런 미욱한 인간에게 일거리를 주시다니요. 자신 없습니다.

윤노파   (나그네를 빤히 치어다 본다)

나그네   (면구스러워서) 왜 그러십니까 보살님. (손바닥으로 얼굴을 쓸며)
          제 얼굴에 뭐 묻었습니까?

윤노파   이봐 젊은이. 오른쪽, 그래 오른쪽 팔뚝 좀 걷어 보게.

나그네   오른쪽 팔뚝을요?

윤노파   음. 동전 만한 점이 있을 게야.

나그네   네. 있지요. 있습니다. (오른쪽 팔뚝을 걷어 보인다) 보세요 보살님.

윤노파   (확인하고 기함하듯) 나무관세음보살! (합장하며 외친다)

김처사   아니 보살님. 그럼 이 사람이.

윤노파   (고래를 끄덕인다) 음. 찾았네, 찾았어! 내 아들 이판식이가 틀림이
          없네!

김처사   (감격해서) 보살님!

윤노파   (사정없이 나그네를 얼싸 안고) 판식아!

나그네   (멍멍한 채) 보살님!

                                        - 천천히 막 -

단막

천당과 지옥

전 5경

□ **작의**

　치매에 걸린 시부, 그 수발을 드는 며느리 등
가족들의 고난을 통해 현대의 고질병에 시달
리는 사람들의 비극적 애환을 헤아려본다.

때

현대

곳

한치웅의 아파트 거실.

등장인물

한노인 (70세) 퇴직 고등학교 교장
한치웅 (50세) 한노인의 장남
양영주 (45세) 한노인의 큰며느리
한서희 (35세) 한노인의 큰딸
박동혁 (40세) 한노인의 큰사위
한치민 (30세) 한노인의 차남
진　호 (22세) 한노인의 큰손자. 대 2.
진　숙 (19세) 한노인의 큰손녀. 고 3.
교사 1, 2, 3　한노인의 현직시절 고등학교의 교사들

제 1 경
치매노인의 귀가

40평정도의 중류층 아파트 거실. 한노인의 큰아들 한치웅 내외가 거처하는 안방과 아이들의 공부방이 둘, 그리고 치매를 앓는 한노인이 거처하게 될 협실의 문짝이 보이고 무대 좌측으로 싱크대가 있는 주방과 그 앞에 식탁. 무대 우측에 화장실 겸 욕실. 무대 중앙은 현관. 거실에는 소파세트가 놓여 있다.

막이 오른다.

무대가 밝으면 개량한복을 입은 한노인이 무대 좌측 한갓진 곳에 가부좌를 틀고 앉아 있고 그 앞으로 한노인이 현직시절 함께 근무했던 고등학교 교사 1, 2, 3이 병문안을 왔다. 모두 소파에는 앉지 않고 편한 자세.

한치웅이 교사들 옆에서 접대하고 있고 양영주는 주방에서 손님용 차를 날라온다. 양영주가 손님 앞에 찻잔을 돌린다.

교사 1　(찻잔 받고) 고맙습니다.

교사 2　(찻잔 받고) 정말 얼마나 수고가 많으세요.

교사 3　(찻잔 받고) 아니 교장선생님께서 어쩌다 치매에 걸리셨대요?

교사 1이 교사 3의 옆구리를 쿡 찌른다.

교사 1　아니 김선생은 무슨 말을 그렇게 해요?

교사 3　교장선생님이 치매라면서?

교사 2　아유 김선생. 입좀 다물구 있어!

교사 3　(볼멘소리로) 알았어. 괜히 야단들이야.

양영주　자 식기 전에 차 드세요.

교사 1   네, 잘 마시겠습니다.
교사 2   (동시에) 잘 마시겠습니다.
교사 3   (동시에) 잘 마시겠습니다.

교사 1, 2, 3 일제히 차 마신다.

교사 1   참, 교장선생님도 드셔야죠.
한치웅   아닙니다. 아버지는 선생님들 오시기 바로 직전에 우유 한 컵을 드셨습니다.
교사 2   그래두 마시고 싶어하시는 표정이신데요.
한치웅   아닙니다. 괜찮습니다.
한노인   나도 차 줘!
한치웅   아니 아버지. 아버진 아까 우유 드셨습니다.
한노인   나도 줘!
교사 3   (자기 앞의 찻잔을 내밀며) 교장선생님, 이걸 드세요.
영영주   선생님. 저희 아버님은 과도하게 수분섭취를 하시게 되면 소피 때문에 고생을 하시게 돼요.
한노인   왜 난 차 안주는 거야!
한치웅   아버지!
한노인   이것들이 인간차별을 하는 거야 뭐야. 왜 이 사람들은 주구 난 안줘!
양영주   알았어요. 곧 갖다 드릴께요.

주방으로 간 양영주가 찻잔에 차를 넣고 주전자에서 물을 따라 가지고 온다.
그 동안 잠시 어색한 분위기.

양영주   아버님. 차 드세요.
한노인   (만족해서 훌훌 들여 마신다)

교사 1   함께 여러해 근무했던 저희도 못 알아보시니 언제부터 저렇게 기
         억을 잃으셨나요?

한치웅   한 6개월 되나요. 그때까지 아버지는 치민이라구 제 막내녀석과
         함께 따로 아파트에서 사셨었죠. 한데 어느 날인가 막내가 얼굴이
         새하얘 가지구 허겁지겁 달려오더니 아버지가 갑자기 막내아들인
         자신도 몰라보신다는 거였습니다.

교사 2   저걸 어째.

한치웅   그 소리를 듣고 깜짝 놀라 저희 내외가 달려가 봤죠. 했더니 막내
         아우의 말 그대로 아무도 몰라보시는 거였어요.

교사 3   저런. 아무도 몰라보시던가요?

한치웅   저는 선생님들처럼 같은 학교에 다니는 학생주임인 줄 아셨구요,
         집사람은 이십 년 전에 돌아가신 어머니인 줄 아시는 거였어요.

교사 1   아이구 저런. 며느님께서 황당하셨겠습니다.

양영주   아버님께서 절더러 임자, 임자 하시는데 그만 눈앞이 캄캄해지더
         라구요.

교사 2   그러믄요.

양영주   좀더 일찍 저희 집으로 아버님을 모시고 와서 살펴 드렸으면 예방
         도 할 수 있었을 텐데 어느 집이나 다 살기가 빠듯해서 편한 맛에
         차일피일 하다가 병을 키워 드린 셈이에요.

교사 3   그러니까 교장선생님의 증세는 치매가 틀림이 없는 거군요.

양영주   네. 그날루 병원으로 모시고 갔죠. 여러 날에 걸쳐서 여러 가지 검
         사를 했어요. 그런데 주치의의 말씀이 치매는 치맨데 같은 치매라
         도 동양사람은 혈액성 치매인데 반해서 아버님은 서양사람이 잘
         걸리는 알츠하이머병이라는 거였어요.

교사 3   알츠이머병이라면 레이건 미국 전대통령이 앓고 있다는 그 치매
         말이군요?

양영주   그런데 노인성 치매는 단순한 건망증이 아니라 기억상실에 가깝
         다는 거였어요. 그리고 이 노인성 치매는 기억상실뿐만 아니라 감

정 장애, 실어증, 인격기능 장애, 사고기능 장애, 지능 장애가 동반되어 점차 인간성마저 황폐화시킨다고 했어요.

교사 1   그렇게 가족들을 아무도 몰라보시나요?

한치웅   왜요. 진숙이라고 하는 고3짜리 제 딸아이, 손녀딸만은 알아 보시지요.

교사 2   저런.

양영주   매일 병원에서 만나는 주치의도 누구시냐구 자꾸 되물으시니 얼마나 민망했는지 모른답니다. 열흘만에 퇴원은 하셨지만 영 차도가 안 보이는군요.

교사 3   여북하면 치매환잡니까? 민망하실 것 없다구요.

양영주   아버님을 담당했던 주치의의 진단이 아버지는 노인성 건망증이 아니라 뇌혈관이 거의 막히고 뇌세포까지 손상돼서 회복가능성이 없는 치매가 틀림이 없다고 했어요.

교사 1   저도 얼핏 그런 이야기를 들은 적이 있어요. 전문 의사가 하는 말이 70대 노인에게 20대와 같은 기억능력을 요구하는 것은 무리라던가요.

양영주   맞아요. 그리구 노화 건망증은 어쩔 수 없는 것이라면서 그러나 비록 기억능력은 떨어지지만 연륜에 따른 판단력 등이 있기 때문에 어를 이겨내는 지혜가 필요하다는 말도 하더라구요. 치매환자가 어디 저희 집 뿐이겠어요. 우리 나라만도 약 28만 명, 전 세계적으로는 1천 8백만 명이나 된다는데요.

교사 2   굉장하군요.

한노인   이봐 임자!

양영주   (면역이 되어) 왜요 아버님?

한노인   나 바지!

한치웅   아니 아버지, 기어이 또!

양영주   이러신다구요. 그래서 수분섭취를 잘 조절해야 해요. 안 그러면 항상 시도 때도 없이 바지를 버리신다구요. (한치웅에게) 진호 아빠, 아버님 기저귀 갈아드리세요.

한치웅 알았어요. (한노인에게) 아버지, 방으로 들어가세요.

교사 1 오늘은 토요일, 자녀들이 도서관엘 갔어도 아드님하구 며느님이
       집에 계시구 내일 일요일에도 식구가 다 계시니까 괜찮지만 식구
       가 아무도 없는 평일에는 어떻게 하세요, 그래?

양영주 (선선히) 제가 해야죠 뭐.

교사 2 네? 아니 그럼 며느님이 시아버지의 기저귀를 갈아 드린다고요?

양영주 그럼 어쩝니까! 그게 다 하늘이 저에게 주신 운명인 걸요.

교사 3 아유 하느님 맙소사!

- 암전 -

제 2 경
치매퇴치를 위한 가족들의 노력

전장과 같은 한치웅의 아파트 거실. 다음날 오전.

거실에서는 한노인과 진호가 바둑판을 사이에 두고 오목을 두고 있다.
한치웅은 분재를 손질하고 진숙은 바둑판에서 관전. 양영주는 설거지
가 한창이다.

진 호 (바둑알을 놓고) 할아버지, 삼요 삼!

한노인 삼? 삼이라구?

진 호 바둑 두는 사람 어디 갔나? 빨리 두시라구요 할아버지.

한노인 삼, 받았다. 이번엔 내가 삼이다 삼!

진 호 얼러러 하이구 쌍삼이 됐잖아?

진 숙   (박수치며) 와! 할아버지가 이겼다.

한노인   (손 내밀며) 돈 내!

진 호   할아버지, 한 수만 물러요.

한노인   내기 바둑이야. 못 물러! 돈 내!

진 호   아유 망했다. (주머니에서 천원짜리 꺼낸다) 자요, 천원!

한노인   안돼. 파란 돈 한 장!

진 호   할아버지, 한판에 빨간 거 한 장 걸었잖아요.

한노인   돈 내! 파란 돈 한 장!

한치웅   애 진호야. 내기에 졌으면 깨끗이 승복해야지. 할아버지께 만원
         드려.

진 호   에이 한판에 천원씩 걸었는데… (주머니에서 만원권 한 장 꺼내 한
         노인에게 건넨다). 여기요 파란 돈 한 장!

한노인   응 해해해…(주머니에 넣고) 한판 더 하자!

진 호   안해요!

한노인   하자!

진 호   이젠 돈 없어요. 나 그만 할래요.

진 숙   할아버지, 나하고 산 이름 이어대기 내기해요.

한노인   산 이름 대기?

진 숙   내가 백두산 하면 할아버지는 한라산, 그런 방식요.

한노인   니가 백두산 하면 나는 한라산?

진 숙   네. 해요 할아버지.

양영주   아무리 치매예방이라지만 첫새벽부터 산책에 오목두기에, 이제는
         산 이름 대기, 할아버지가 너무 힘드시지 않니?

진 숙   치매예방은 바로 중단 없는 반복이라구.

한노인   좋아. 해! 지는 사람이 파란 돈 한 장씩.

진 숙   그래요. 그럼 시작해요. 백두산!

한노인   한라산!

진 숙   금강산!

한노인   (막혔다. 우물쭈물)
진 숙   (다그치듯) 금강산!
한노인   음…(끙끙댄다. 생각이 안 나는 것이다)
진 숙   할아버지. 금강산!
진 호   할아버지. 묘향산!
한노인   음. 묘향산!
진 숙   오빠, 왜 할아버지한테 가르쳐 주는 거야?
한노인   묘향산! 해해해.
진 숙   설악산!
한노인   (또 막혔다. 쩔쩔 맨다)
진 숙   할아버지! 설악산!
한노인   (진땀을 뺀다) 음….
양영주   그만해, 진숙아!
한치웅   그래, 그만해라!
한노인   나 안해! (일어나서 협실로 들어간다)

가족들. 한노인을 지켜본다.

진 호   아버지. 역시 할아버지의 치매예방은 쉽지 않아요.
한치웅   글쎄 말이다. 정말 한도 끝도 없이 어려움의 연속이로구나.
진 호   그 많은 의사, 그 많은 과학자, 다 무얼 하기에 치매에 잘 듣는 특
         효약 하나 개발 못하는지 모르겠어요?
양영주   내 말이 그 말이다. 21세기라고 모두가 들떠 있는데 현대의학은
         제자리걸음이니….
진 호   참 아버지.
한치웅   왜?
진 호   인터넷에 올라온 자료를 받았는데 한번 읽어보시겠어요?
한치웅   그래, 한번 보자꾸나.

양영주   나두 좀 보자.
진 호   그러세요. 지금 갖다 드릴께요.

진호가 공부방으로 들어간다.

양영주   여보! 아버님 어떻게 하구 계신지 협실 좀 들여다 보실래요?
한치웅   그러지 (협실로 가서 문을 연다) 뭐하세요 아버지?
한노인   (소리)(화가 났다) 내기 안해! 나가!
한치웅   (찔끔해서 어깨를 추켜 올리며 양영주를 본다)

- 암전 -

제 3 경
며느리가 시아버지의 등을 닦고

전장과 같다. 수일후의 오후.
무대가 밝으면 양영주가 두 손을 부벼가며 초초하게 서성이고 있다.
무대 어두워지고 양영주에게 스포트 · 라이트의 광망이 비친다.

양영주   (합장하고) 아버님, 제가 잘못했어요. 아버님을 혼자 집에 계시게
         하구 외출하는 게 아니었어요. 제가 장 보러 간 사이에 아버님은
         수위실 비상연락망을 통해 아파트 현관을 열게 하고는 밖으로 나
         가셨다가 길을 잃고 파출소 신세를 지셨다니 아버님 제가 정말 잘
         못했어요. 만약 아버님이 그대로 이 높디높은 육층에서 창문 밖으
         로 뛰어 내리셨으면 어떡할 뻔 했느냐고요. 하늘이 도우셨어요.
         고맙습니다 하느님, 부처님, 고맙습니다 고맙습니다.

이 때 차임벨.
스포트·라이트 사라지고 무대 밝아온다.

양영주   (밖에 대고) 현관 열려 있어요.

한치웅이 한노인을 부축하고 현관으로 들어온다.

양영주   (기쁨에 넘쳐 한노인을 잡는다) 고맙습니다 아버님! 무사하셔서 정
         말 고맙습니다 아버님.
한노인   (양영주 바라보며 빙그레 웃는다)
한치웅   당신이 채워드린 신원확인용 팔찌가 주효했어.
양영주   그랬군요 호호호.
한치웅   안으로 들어갑시다. 아버지 좀 쉬셔야 해.
양영주   그래요.

한노인을 부축하고 거실 안으로 들어간다. 소파 큰 의자에 한노인, 다
른 의자에 큰아들 부부가 앉는다.

양영주   아버님이 파출소에는 어떻게 오셨대요?
한치웅   음, 아파트에서 나가신 다음 곧바로 택시를 타셨나봐. 그런데 아버
         지가 운전기사에게 평양엘 가자느니 신의주엘 가자느니 횡설수설
         하시니까 이산가족 상봉을 기다리는 노인인 줄 알고 파출소로 모시
         고 갔다는 거야. 마침 파출소 순경이 아버지가 찬 신원확인용 팔찌
         를 확인하고 회사로 연락을 주어서 한달음에 달려갔지 뭐야. 그런
         데 아버지, 어쩌나 태평이신지, 계속 빙그레 웃고만 계시는 거야.
양영주   여러 날 만에 바깥 구경을 하셔서 그랬을 거예요. 일종의 해방감
         이죠 뭐.
한치웅   그래. 그런데 평양엘 가자, 신의주엘 가자, 그런 말씀은 어떻게 된

거야?

양영주　요즘 텔레비전에서 북한소개 프로그램이 며칠동안 계속 되지 않
　　　　았어요.

한치웅　맞아. 밤늦게 까지 계속 텔레비전을 보시더니…그렇다면 아버지의
　　　　치매성 건망증에 대해서 절망하기는 아직 이르지 않을까?

양영주　주치의 의견도 들어보고 인터넷의 자료도 살펴보지만 치매는 뇌
　　　　에 독성 물질이 쌓이고 뇌세포가 파괴되는 것과 깊은 관련이 있다
　　　　고 했어요. 물론 최근에는 면역요법 개발도 한창인데 치매와 관련
　　　　해서 뇌세포에 쌓이는 독성물질을 약화시켜 만든 항원을 백신주
　　　　사처럼 몸 속에 넣어주면 이에 대해 항체가 생기면서 독성물질이
　　　　제거된다는 원리라고 했어요.

한치웅　(놀란다) 당신 아버지 간병 6개월에 굉장한 치매전문가가 됐구먼.

양영주　그 면역요법이 동물실험에는 상당한 효과를 보였고, 사람에 대해
　　　　서도 임상시험 중이라고 했어요.

한치웅　기대해 볼만 하다는 건가?

양영주　하지만 아직도 암이 완치되지 않는 걸 보면 글쎄 치매특효약이 출
　　　　현할 날이 언제가 될지 모르겠네요.

한치웅　(실망) 나도 주치의에게서 들었지만 치매는 일찍 발견해도 뇌기능
　　　　을 정상으로 되돌릴 수 있는 치료법은 아직 없다고 했어. 아직은
　　　　캄캄해.

양영주　아뇨. 그럴수록 한가닥 희망을 갖고 마지막 한 순간까지 노력해
　　　　봐야 해요! 여기서 좌절할 수는 없어요.

한치웅　그래. 용기를 갖자구!

양영주　아버님 치료비에 쓰려구 대출 받은 돈, 이자는 꼬박꼬박 잘 갚고
　　　　있겠죠.

한치웅　물론이지, 자칫하다가는 어렵사리 장만한 이 아파트가 홀랑 날아
　　　　갈 판인데 정신 바짝 차려야지.

양영주　그건 그렇구 당신, 회사 안 나가도 돼요?

한치웅   앗차차 거래처 손님과 만날 약속이 있어서 금방 또 나가봐야 해.
         나 다시 나갔다 올께.
양영주   어째 태평스럽다 했죠. 늦지 않게 어서 나가봐요.
한치웅   그럼 아버지 부탁해!
양영주   염려 말아요.
한치웅   (한노인에게) 아버지, 다녀오겠습니다.
한노인   (말없이 빙그레 웃는다)
한치웅   어유 의식이 있으신 건지 없으신 건지 답답하구먼.

         한치웅 현관으로 퇴장하자 따라나온 양영주가 현관문 잠그고 다시 한
         노인에게로 간다.

양영주   아버님 시장하시죠?
한노인   음 배고파, 많이 배고파!
양영주   곧 점심상 채려드릴께요.

         양영주가 주방 쪽으로 가려는데 한노인이 부른다.

한노인   이봐 임자!
양영주   (면역이 된 듯, 선뜻) 왜요 아버님?
한노인   나 가려워! 긁어 줘! (손으로 등을 가리키며 들썩거린다)
양영주   어디가요?
한노인   등!

         양영주가 한노인의 등뒤로 가자 한노인이 옷을 걷어올린다.
         양영주의 손이 한노인의 등을 더듬는다.

한노인   거기!
양영주   (등을 더듬는다) 여기요?
한노인   음! 거기, 박박!

양영주   네 알았어요 (긁는 듯). 어때요 아버님!

한노인   아! 시원하다!

양영주   시원하세요?

한노인   음 아주 시원해. 임자의 손이 약손이야 허허허!

양영주   네?

한노인   임자의 손이 약손이라구 허허허! (문득 웃음 멈춘다)

양영주   왜요 아버님!

한노인   나 바지!

양영주가 한노인의 앞으로 와서 바지를 살핀다.

양영주   아이구 하느님 맙소사, 또 싸셨어요 또!

- 암전 -

제 4 경
시아버지의 자살 소동

전경과 같은 아파트 거실. 그날 밤.
무대가 밝으면 진호와 진숙의 공부방에만 불이 켜져 있고 무대는 공부
방에서 흘러나오는 푸른빛이 어린다. 사람의 형체는 알아 볼 정도의
광도(光度) 속에 흰 잠옷을 입은 한노인이 외부로 뚫린 유리창 가까이
에 발돋움용 의자를 갖다놓고 마치 유령처럼 서있다.
자살을 결심하고 있는 것이다.
이 때 진숙의 공부방이 열리고 진숙이 나와 화장실로 간다.
한동안 정적. 용변이 끝나 물을 내린 진숙이 화장실에서 나와 다시 물
을 마시려고 주방으로 간다. 물을 마시고 나서 진숙이 발길을 돌리려

다가 한노인을 발견. 한노인은 상반신을 거의 창틀에 걸쳤다. 창틀로
넘어가기 직전.

진 숙   (크게 놀란다) 거…거기…누…누구야!

잠시 정적.

진 숙   (공포감에 떨며 손바닥을 나팔처럼 펼치고 있는 대로 비명) 아악! 아악!

이방 저방에 불이 켜지고 거실로 뛰어나오는 가족들.
거의 동시에 진숙의 안위를 걱정한다.

진 호   뭐야? 뭐야?
한치웅   왜 그러니? 왜 그러니?
양영주   진숙아! 진숙아!
진 숙   (한노인을 가리킨다) 저기…저기!
한치웅   아니 아버지!
진 호   아빠! 할아버지가 창밖으로 떨어지기 직전이에요 (한노인에게로 달
         려간다).
양영주   (외치듯) 안돼요 아버님!
진 호   (안타까이) 할아버지!

한노인을 안아서 내리는 진호.
한노인은 푹 고꾸라지듯 무릎을 꿇으며 고슴도치처럼 웅크린다.
몰려드는 가족들.

한치웅   아버지!
진 숙   할아버지! (양영주에게) 엄마! 할아버지 바지가 또 젖었어! 바닥이
         흥건해!

양영주　아이구 아버님!

한노인은 그만 엎드린 채 울음을 터뜨린다.

- 암전 -

<h1 align="center">제 5 경</h1>
<h2 align="center">할아버지는 천당, 가족은 지옥</h2>

전경과 같은 아파트 거실. 다음날 낮.
무대가 밝으면 한치웅의 가족과 큰딸 한서희와 큰사위 박동혁, 막내 한치민 등 일가가 다 모였다.
기력이 떨어진 한노인은 무대 좌측 한갓진 위치에 벽을 바라보고 모로 누워있다.

한서희　온식구가 한밤중에 얼마나 놀랐어요 그래!
박동혁　그래도 그 시각에 마침 진숙이가 물먹으러 나왔기에 망정이지 아무도 안 나왔었으면 어쩔뻔 했어? 어휴.
한서희　오빠! 아버지가 왜 그러셨을까? 왜 아버지가 목숨을 버리실 생각을 하셨겠느냐구. 의식이 아주 없는 게 아니지 않어!
한치웅　아무런 의식이 없는 아버지는 천당이셨는지 몰라도 실성하신 아버지를 보살피는 우리 식구들의 나날은 매일 매일이 지옥이었다. 특히 너희 올캐언니! 내가 너무 염치가 없어서 얼굴을 들 수가 없구나!
양영주　지금 그런 한가한 얘기 할 때가 아니잖아요! 마음에 상처를 크게 받으셨을 텐데 빨리 병원에 입원시켜드려야 하잖아요?

한치웅   하지만 지금 당장 입원을 시켜드린다고 완쾌된다는 보장도 없지
       않어? 천천히, 천천히! 침착하게, 침착하게!

양영주   (성화가 나서) 여보!

박동혁   참 훈이 엄마!

한서희   왜 그래요?

박동혁   장인어른 입원비며 통원치료비 때문에 큰처남네 이 아파트 은행
       에 담보로 들어가 있는 거 알어? 몰라?

한서희   참, 오빠! 지금 훈이 아빠 하는 말이 정말이에요?

한치웅   맏이는 나니까 나만 희생하면 된다. 언제 끝날지 모르는 끝도 한
       도 없는 치매와의 전쟁에 너희와 치민이까지 끌어들이고 싶지는
       않다. 네 올케도 동의한 일이구.

한치민   (듣다못해) 형님!

한치웅   왜 그러니!

한치민   어차피 나는 미혼에 독신이에요. 지금 살고 있는 아버지 아파트
       팔아요. 팔아서 아버지 치료비에 쓰자구요.

한서희   애좀 봐. 넌 어떻게 하구!

한치민   난 하숙하면 돼!

한서희   너도 창숙이와 곧 결혼해야 되잖어!

한치민   난 단칸 셋방이라도 괜찮아. 창숙이가 싫다면 그까짓 결혼 작파하
       고 마는 거지 뭐.

한치웅   그래. 치민이의 생각은 대견하다마는 아버지의 아파트를 파는 문
       제는 좀 더 생각해보고 나서 결정하자!

한치민   아니야, 치매를 전문으로 치료해주는 병원도 생겼대. 문제는 돈이
       야, 돈만 있으면 아버지, 치매전문병원에 입원시켜드릴 수가 있어.
       그러면 며느리가 시아버지의 하체를 들여다보며 기저귀를 갈아드
       리는 비극은 사전에 방지할 수 있다구! 형님! 누나! 매형! 아버지
       가 왜 스스로 목숨을 버리시려고 했는지 정말 몰라? 창피해서, 부
       끄러워서, 너무너무 부끄러워서 그만 사시려구 했던 거라구. 알

어? 알어? 그러니까 내말 대로 해! 내말 대로! 형수가 무슨 죄야. 형수가 무슨 죄냐구!

한서희   훈이 아빠. 오늘부터 당분간 아버지 우리 집으로 모시면 안돼요?

박동혁   어머니는 어떡허구, 장인어른을 모시자는 거야?

한서희   어머니는 당분간만 대구 고모네에 가 계시게 하면 안돼요!

한치웅   (화났다) 너까지 억지 쓰고 이럴래 정말!

한서희   오빠, 그럼 어떻게 해. 오늘 밤, 내일 밤, 우리 아버지 잘못 되시면 나 못살아, 못산다구!

양영주   고모! 진정해요. 아버님은 우리가 계속 모셔요. 그까짓 집 날아가면 그만이에요. 셋방으로 나가죠 뭐. 고모도 아시겠지만 저희 친정아버지도 치매끼가 있으시대요. 그런 친정아버지, 저희 올캐가 잘 모시고 있어요. 그런데 제가 왜 아버님을 못 모셔요. 걱정 말아요 고모.

한서희   (울부짖는다) 언니! 어흐흐흐.

양영주   울지 말아요, 고모.

한치웅   초상났니? 왜 울구불구 난리야 난리가? 누군 울 줄 몰라서 안 우는 줄 아냐. 나도 울고 싶다. 엉엉 소리내어 통곡하고 싶다. 차라리 의학공부라도 했더라면 우리 아버지 치매 고쳐드릴 묘약이라도 개발할 수 있었을 텐데 어쩌다 치매에 걸린 아버지를 빤히 보면서 속수무책으로 하늘만 쳐다보구 있어야 하다니 차마 못할 일이로구나!

이때 부시시 일어나는 한노인.

한치웅   아버지!

한노인   (양영주에게) 임자!

양영주   네 아버님.

한노인   가방, 내 가방 갖다 줘!

양영주   아버님! 갑자기 가방은 왜요!
한노인   안 가져와?
한서희   아버지!
박동혁   장인어른!
한노인   가방 안 갖다 줘? 그럼 그만 둬! 치민이 어딨니?
한치민   아버지, 저 여기 있어요.
한노인   앞장 서! 우리 집으로 가자!
한치민   집으로요?
한노인   임자도 앞장 서!
양영주   네?
한치웅   왜 이러십니까? 어쩌려구 이러십니까?
한노인   임자도 안가겠다면 그만둬! 치민이 뭐하냐, 앞장서지 않구.

        잽싸게 협실로 들어간 진호가 한노인의 가방을 들고 나온다.

진 호   삼촌! 할아버지 가방!
한치민   그래. (가방을 받아들고) 염려 마세요. 며칠 후에 다시 모시고 올께요.
한노인   어흠 (큰기침하며 현관으로 나간다).

        가족들 저마다 거의 동시에 한노인을 부른다.

한치웅   아버지!
양영주   아버님!
한서희   아버지!
박동혁   장인어른!
진 숙   할아버지!
진 호   다녀오세요 할아버지!

        병자답지 않게 한노인 손을 번쩍 들어 보이고 현관으로 퇴장.

가족들, 다시 한번 거의 동시에 한노인을 부른다.

한치웅   아버지!
양영주   아버님!
한서희   아버지!
박동혁   장인어른!
진 숙   할아버지!
진 호   할아버지!

- 서서히 막 -

한국인의 원형질
-김광섭의 최근작을 중심으로-

金 興 雨
(동국대 교수)

1

  1997년 여름, 김광섭은 『사람은 죽어서 어디로 가나』라는 제1창작
희곡집을 상재한 바 있었다. 이때 필자는 《김광섭과 그의 희곡 세계》
라는 제하의 글을 그 첫 희곡집 말미에 게재한 바 있다.

  이때 다룬 작품은 사도세자의 비운을 담은 〈탕평전야, 蕩平前夜〉와
종교계의 문란성을 취급한 〈사람은 죽어서 어디로 가나〉, 그리고 선비
다운 선비가 없는 요즘 세태를 그린 〈선비의 칼〉, 이산가족의 상봉으
로 인한 가족간의 갈등을 고발한 〈저승꽃〉, 사제자간의 사랑을 취급한
〈함박눈〉, 군인정신이 배이지 않은 소대원을 용감한 소대원으로 이끌
어 가는 수색소대장의 휴머니티를 그린 〈눈보라 속에〉, 그리고 마지막
으로 우편물의 꼬리표가 근거가 되어 사건의 증거를 얻게 되는 추리극
형식의 〈꼬리표〉 등 7편의 장·단막들을 다룬 바 있다. 그러므로 여기
서는 그 이후에 쓰여진 김광섭의 최근 작품 장막 〈충절〉과 〈까마귀와
부엉이〉, 그리고 단막 〈종소리〉와 〈인연〉, 〈맞수〉, 〈천당과 지옥〉
등 총 6편의 희곡을 그 대상으로 삼기로 했다.

2

  〈충절〉은 5막 17장의 장막희곡. 이 희곡은 임금님과 나라를 위해서는
자기의 육신을 던져야 하는 한국인의 정신인 충절을 표상화 하고 있다.

극은 서양의 고대극처럼 프롤로그로 시작, 에필로그로 끝난다. 일본 국 장기현 대마도 '사호의 미나도'에 있는 박제상(朴堤上)공의 순국비 앞에 한국 관광객이 가이드의 안내를 받고 있다. 5세기 때 신라의 국 사 박제상의 순국비가 여기에 어찌하여 섰는가가 가이드의 해설로 시 작되면서 극은 시작하고 박제상의 순국비가 서게 되는 과정이 극의 중 심을 이루고 있다.

신라 눌지왕은 18대 실성왕 11년 고구려 인질로 보내진 아우 복호 왕제와 17년 전 왜국에 볼모로 보낸 막내아우 미사흔 왕제에 대해 가 슴 아파했는데 박제상의 충절에 의해 두 아우를 모두 구출하는데 성공 한다. 그러나 왜국에서는 미사흔이 탈출한 뒤, 박제상을 잡아 모진 고 문 끝에 화형을 한다는 내용이다.

작자는 이 작품에서 고구려 및 왜국을 나가고 들어올 때는 박제상집 가족들에게 마저 출입국의 이유와 자기의 행동거지를 극비에 숨기므로 한쪽으로는 국가와 국왕에 대한 충절을 한껏 느끼게 했으며 한쪽으로 는 '이산가족의 한'을 관객들에게 느낄 수 있도록 극을 짜임새 있게 구성하고 있다.

이러한 충절은 현대에 와서는 보기 힘든 모양이 되어 버린 데 대한 반동의 입장이 작가로 하여금 이런 소재를 선정케 했을 것이다. 결국 순국비의 내력에 감동한 관광객들은 박제상공의 귀국을 기다리다 망부 석이 된 금교부인등 가족의 비극에 찡한 마음을 달래게 했을 것이다. 더구나 이러한 문제는 그냥 역사의 문제라기보다 현대인들에게 오늘의 문제로서 분명 다가섬의 한 계기가 되었을 것이다.

〈까마귀와 부엉이〉는 1960년대 서양으로부터 각종 문물이 쇄도하면서 부쩍 대가족 제도가 무너진 한 가정의 이질화되어 몰락된 경우를 통렬히 비판하고 있는 극이다. 대가족 제도까지만 해도 우리의 전통 예절이라든가 효에 대한 것은 우리들 몸에 배어 있었다. 그런데 핵가족 제도로 바뀌면서 전통으로 내려오던 효 사상과 전통 예절은 사라지고 황금만능에 개인주의가 팽배해 지기 시작했다. 건일그룹 총수 왕건일 회장의 집안이 그 표본이 되었다. 급작스런 왕회장의 졸도는 가족과 그룹 전체의 큰 충격, 다행히 회장은 차도가 있어 퇴원하지만 절대 안정을 요하게 된다. 재산 상속의 속셈이 있는 가족들은 은퇴를 권장한다. 미국에서 큰아들이 돌아왔지만 결단을 못 내리고 고문 변호사에게만 자기의 구상을 밝힌다.

왕회장은 부인 김여사와의 대화에서 부자지간의 길을 다음과 같이 분명히 한다. (2막 1장)

『김여사＝ 나누어주고 싶은 마음이 굴뚝 같으면 뭘 해요. 내 수중에는 아무 것도
　　　　　가진 게 없는데.
　왕회장＝ 당신 말대로 하면 내 재산의 절반은 당신 것이니까 당신 재산 당신
　　　　　마음대로 나누어주고 싶겠지. 하지만 그건 안돼. 깨진 독에 물 퍼붓기
　　　　　는 끝도 시작도 없는 악순환일 뿐이야. 이제 말이지만 그 동안 나도
　　　　　자식들에게는 다른 집 아버지 이상으로 했다고 자부해. 우선 대학공
　　　　　부 다 시켰어. 큰애는 미국유학까지 시켰어. 그리고 모든 자식들에게
　　　　　중간치 아파트 한 채씩은 마련해 주었어. 그러면 살 길은 스스로 열

어 나가야지 언제까지 부모에게 기대겠다는 거야. 그런데 당신은 뭘
또 나누어주자는 건지 난 도무지 이해할 수가 없어.

김여사= 보기 딱하니 그렇죠. 잘 났든 못 났든 당신과 내가 낳은 새끼들이라
구요. 우리 부부는 마치 까마귀의 부모처럼 먹이 물어다 어린 새끼
들을 큰 새로 길러 놨어요.

왕회장= 그래 당신 말 잘했다. 그렇다면 이제는 저희들이 늙은 부모에게 먹이
를 물어다 먹여주어야 이게 바로 까마귀의 가족사랑이 아닌가. 왜 옛
부터 까마귀를 효자새라고 했게? 어미 아비가 늙으면 저희들이 먹이
를 물어다 늙은 부모 봉양을 했대서 그런 말이 전해 내려왔어. 그런
데 나이가 사십, 오십이 되도록 계속 먹이를 먹여 내라니 이런 억지
가 어딨나?』

　　결국 왕회장은 6.25 전우인 한인석과 강원도 농장에서 만년을 보내
기로 결심한다. 그리고 그 농장마저도 한인석에게 넘기기로 한다.

『왕회장= 생전에 알았던 전우에 대한 내 마지막 정표예요, 하하하.

김변호사= 정표로 수천 만원 짜리 농장을 공짜로 주신다구요?

왕회장= 그 친구 부엉이 아범을 닮아서 온 몸을 자식들에게 뜯어 먹히고 집
도 절도 없이 떠돌며 살아요.

김변호사= 부엉이 아범을 닮았다니요?

왕회장= 부엉이란 놈은 밤눈이 어두워서 제구실도 못하다가 마침내는 제가
낳서 기른 새끼 부엉이들에게 온몸을 몽땅 뜯어 먹히고 말아요.』(2
막 3장)

　　결국 왕회장은 언론에 은퇴를 공개하고 강원도로 낙향을 결정한다.

이때 사위가 다니는 기업체에서 부도가 난다. 그리고 아들 동수 마저 다단계 판매망 사기사건에 휘말리게 된다. 결국 왕회장은

『왕회장= (근처에서 작대기를 주워 들고 동수의 등에 내려친다) 야 이 버러지
　　　　만도 못한 놈아. 네놈이 인간이냐? 이 까마귀만도 못한 놈. 부엉이
　　　　만도 못한 놈. 죽어라 이놈아! 에잇, 에잇…』(3막 2장)

왕회장은 피신해 온 아들 동수를 자수시키고 만다.
작가는 이 〈까마귀와 부엉이〉를 통하여 핵가족 제도가 되면서 오는 병폐에 대하여 일침을 가하면서도 결국 다음 세대(손자)에게 호적에 붉은 줄 오르는 걸 보여 주고 싶지 않아 이 일을 해결해 주고 마는 입장에 서고 있다.

〈맞수〉는 고부간의 갈등을 그린 작품이다. 얼마 전까지 "미국은 고부간의 갈등에 시달리고 있다", "미국도 고부간의 갈등이 오래 가는군"라는 소리가 많았다. '고어'와 '부시'의 대통령 선거를 놓고 하는 유행어였다. 고부간의 갈등은 분명 대중 속에서는 어디서나 볼 수 있을 만큼 흔하기 때문에 이런 유행어가 만들어지지 않았는가 여겨진다.
옛부터 우리 나라는 시어머니와 며느리 사이에는 종종 불화가 일어나기 때문에 TV드라마나, 영화, 연극에서 흔히 이를 소재로 다루고 있는 경우가 많다. 김광섭의 〈맞수〉도 소시민 가정의 한 삽화적 이야기를 극화한 것이다. 대성이네 집 할머니와 어머니 사이엔 아주 사소한

일로 늘 불화가 움튼다. 그리고 할머니들끼리 만나면 며느리 성토가
시작된다. 할머니는 노인대학 친구들에게 점심대접하기로 결정, 며느리
에게 일방적으로 알린다. 그러나 며느리는 자신의 건강 때문에 거부하
고 식당에서 베풀기로 하자고 간청하지만 할머니는 화가 나 큰 아들네
집으로 가버린다.

큰집에 간 할머니는 이층 계단에서 굴러 중상을 입는다. 이를 알고
달려온 아버지와 대성이의 부축으로 집에 되돌아온다. 그 동안 지켜보
던 대성이는 잔꾀를 낸다.『할머니는 아버지의 엄마, 이분은 나의 엄
마, 그러니까 아버지는 아버지의 엄마 수발, 나는 나의 엄마 수발을 들
어야 이치에 맞죠』라고 하고 솔선수범 보여 준다.

부자가 야식을 만들어 보려고 나서고 어머니도 나서고 할머니도 기
어 나와 이에 가담하자 대성은 엄마를, 아버지는 할머니를 업고 방안
을 돌게 되면서 집안엔 웃음이 일기 시작한다는 내용이다. 서로 조금
씩 양보하면 고부간의 갈등은 해소된다는 것이 작가의 메시지이다.

〈종소리〉는 7경으로 구성된 단막극이다. 이 작품은 『삼국유사』가
운데 나오는 9세기 신라시대의 '효'에 관한 설화 〈손순매아, 孫順埋
兒〉를 극화한 것이다. 작가가 '효'에 대해 집착하는 이유는 20세기 말
부터 불기 시작한 황금만능, 개인주의 풍조가 '효'를 깨트리고 있다는
데 관심의 초점이 되었으며 또 작가가 세월이 자꾸 흐르면서 주변에서
'불효'가 극대화되는 것을 체득한데 근거를 둔 것이라 여긴다.

신라 42대 흥덕왕 때, 서라벌 모량리 손순의 집은 육두품 집안이었

는데 선대부터 가세가 기울어 이즈음은 품팔이로 연명하고 있다.

소금장수 부들의 아내는 남편의 당부로 고기를 사다 할머니 운오부인이 자시도록 하였는데 게걸스럽게 먹어치우는 손자 창이 때문에 할머니는 한 점 맛도 못 보게 된다. 아내로부터 이 사실을 들은 부들은 손순을 불러 게걸스런 손창이 이야기를 들려준다. 기가 막힌 효자 손순은 "자식은 또 얻을 수 있으나 어머니는 다시 모시지 못한다"고 아내와 숙의 끝에 산에다 묻어 없애 버리자고 하고 취산에 이르러 구덩이를 파는데 곡괭이질 할 때마다 쿵쿵 소리가 나서 파보니 돌종(石鐘)이 나왔다. 손순은 아들 파묻을 생각을 거두고 돌종을 집에 가지고 돌아온다. 손순네와 부들네 가족이 모여 돌종을 치니 종소리는 널리 퍼져 왕궁에까지 들리게 된다.

이 사실을 알게된 흥덕왕은 손순의 효성을 기려 노모 운오부인을 위해 집 한 채와 매년 벼 50석씩을 내리고 석종은 새로 절을 지어 간수하게 하였다는 내용이다.

내용으로 보아서는 계몽극처럼 느껴지지만 이 극을 통해 작가는 '효'는 한국인의 가치관이며 변해서는 안될 것이라는 점에 역점을 두고 있다. 다음 한 개인의 효성은 가족을 평안케 하고 나라가 안정될 수 있다는 점도 부각시키고 있다.

〈인연〉은 전 4장으로 된 단막이다. 이 작품은 불교의 인연법에 관한 것을 소재로 다루고 있다.

즉 윤보살이 운영하는 우리식당은 최근 들어 무료급식을 시작했다.

이 날도 윤보살 식당에 무전취식자가 나타나자 김처사는 파출소에 신고하려고 하나 윤보살은 돈을 내주며 돌려보낸다. 다음날은 윤보살과 박한구 청년이 무료급식에 나서기로 한다. 공원에서 급식을 하는 도중 고마움을 느낀 나그네가 나타나 어제의 빚을 갚으려 한다. 윤보살이 차라리 구걸을 하라는 말에 자극 받은 나그네는 시장에서 등짐을 져서 돈을 벌었다는 것이다. 윤보살은 급식을 끝내고 돌아가려 하자 김처사 대신 트럭운전을 자기가 하겠다고 나그네가 나선다.

그후 윤보살이 집에서 예불을 올리고 있을 때 나그네가 찾아온다. 윤보살은 나그네의 심성에 반해 무료급식 일을 맡기기로 한다. 김처사와 지난 날 이야기를 나누다 보니 어떤 인연 때문인지 나그네는 분명 윤보살과 흡사한 과거를 가지고 있었던 것이다. 윤보살은 나그네의 팔뚝에서 동전크기의 점을 발견, 꿈에도 그리던 아들을 찾게 된다는 내용이다.

마지막 〈천당과 지옥〉은 전5경의 단막으로 최근 많이 보이는 노년기의 고질병 '치매'에 얽힌 이야기를 극화하고 있다.

교육자 출신인 한노인의 거처에 옛 직장의 교원들이 병문안차 들린다. 며느리가 차 대접을 문병객들에게 하자 한노인도 차를 들게 했더니 한노인은 바지에 오줌을 싼다. 문병객들이 돌아가고 가족들의 간병을 받으며 하루하루가 지나지만 노인은 집을 뛰쳐나가는가 하면 며느리를 부인으로 착각하기도 하는 등 치매는 점점 극치에 이른다. 어느 날 밤늦도록 공부하던 손녀딸이 물을 마시려는 순간 창 너머로 뛰어 내리려는 한노인을 발견, 집안이 벌컥 뒤집힌다. 한노인의 자살미수 사건 때문에 고심하는 가족들은 지옥 생활인데 한노인의 마음은 천당이다.

이 작품에서 작가는 한 치매환자 때문에 겪는 가족들의 고난과 그 비극적 애환을 파헤쳐 보이고 있다. 번복되는 어처구니없는 일들, 그리고 천연덕스러운 표정 속에 또 어떤 일이 일어날지 모르는 순간 순간들, 자기가 살던 곳으로 가겠다는 한노인을 배웅 아닌 배웅을 하는 가족들의 바램은 무엇인가? 한노인은 천연덕스럽게 집을 나서 어디로 갔을까? 치매는 원인불명의 고질병인 것만은 틀림없다.

3

이상의 작품 6편을 통해 보면 김광섭 희곡의 특징을 다음과 같이 종합 정리할 수 있다.

첫　째, 한국인의 정서가 담긴 희곡에 몰두하는 경향이 짙다.

둘　째, 종교에 얽매이기 싫어하는 작가에서 어딘지 모르게 불교-유교 쪽에 편향되어 가는 모습의 특징을 발견할 수 있다.

셋　째, 그의 작품엔 첫 번째 희곡집에서도 지적했듯이 법에 대한 이야기가 확연하게 엿보인다.

넷　째, 리얼리즘 추구에 계속 몰두하고 있음이 드러난다.

다섯째, 그가 부쩍 다루려는 것은 '효'와 '불효', '선과 악'같은 것이다.

여섯째, 연극의 기능면에서 볼 때 극적 재미(오락성)와 연극의 교육성이 배어 있고 치료적 효과도 나타남을 볼 수 있다.

일곱째, 김광섭 희곡의 주인공은 노년층이 많으며 젊은이들의 모습은 선한 쪽 보다 악한 쪽이 많다.

　여덟째, 김광섭 희곡은 거의 주변 상황에서 소재를 가져 왔는데 최
　　근에 이르러서는 신화나 설화 또는 전설, 그리고 역사적 사
　　실에 근거한 작품이 많아지기 시작했다는 것이다.

　이러한 모든 것들은 작가가 차츰 '한국적인 것', '우리 적인 것'을 탐
색하다보니 한국인의 원형 구현과 한국인의 정신의 표상화에 새로운
좌표를 설정한 것이 아닌가 여겨진다.

　이 책이 많이 읽혀지기를 기대하며 마무리 짓는다.

圓潭 金光燮 약력

1927年 서울出身
國立警察專門學校 本科 第3部(初級幹部再教育課程 第16期) 修了(1954)
檀國大學校 法政大學 法律學科 卒業(1967)
1964 KBS(서울中央放送局) 新春連續放送劇「바보와 천치」當選・劇作家 데뷔
韓國放送作家協會 會員(1979年 第14代 理事長 歷任)
韓國文人協會 會員 / 國際펜클럽 韓國本部 會員
韓國戲曲作家協會 運營委員 / 韓國推理作家協會 顧問
國際劇藝術協會 韓國本部 會員 / 檀國文人會 理事
月刊雜誌 搜査研究 主幹 및 圖書出版 第一加除法令出版社 編輯理事 歷任
大韓民國在鄉警友會 弘報局長(警友新報 編輯擔當) 歷任
綜合印刷 (株)凡信社 會長 歷任
日本地域 取材旅行(1986・1990・1993) / 美國地域 取材旅行(1992)
서울靑少年會館 靑少年文化講座 드라마分野 講師(1986~1989) 歷任
國際펜클럽 第53次 서울大會 參加(1988)
第1回 韓國放送作家大賞 運營委員(1989) 歷任
韓國放送作家協會史 編纂委員會 顧問(1999) 歷任

● 수 상
第7回 檀國文學賞 本賞(檀國文人會)・第17回 戲曲文學賞(韓國戲曲作家協會・1998)

● 저 서
第1放送劇集・바보와 천치
第2放送劇集・암호명은 붉은 입술
第1戲曲集・사람은 죽어서 어디로 가나?
第2戲曲集・까마귀와 부엉이
刑罪珍書(王與・桂萬榮 原著-古典法醫學・古典搜査學) 飜譯

● 방송극
連續劇「바보와 천치」(KBS), 單幕劇「횡재」(DBS)・「무정한 땅」(MBC), 「추산당과 곁사람들」(김정한 원작 각색・TBC-TV) 等 各 放送社에서 長・短幕劇 多數 發表

저자와의
합의하에
인지생략

김광섭 제2희곡집

까마귀와 부엉이

초판 1쇄 · 발행일 · 2001년 2월 20일

지 은 이 : 김 광 섭

펴 낸 이 : 전 의 식

기 획 **유 스 컴**

펴 낸 곳 **다인미디어**

서울시 종로구 운니동 65-1 월드오피스텔 603호
전화 : (02) 742-9183 / 팩스 : (02) 743-7615
e-mail : dynemedia@hanmail.net

(등록번호 · 제1-2233호 · 1997년 10월 10일)

값 10,000원

ISBN 89-87957-28-4

잘못된 책은 구입한 서점에서 바꾸어 드립니다.

※ 이 책은 한국문화예술진흥원의 2000년도 문학창작활성화 지원을 받아
출간되었습니다. 감사합니다.